기독교 아동문학과 『아이생활』

박영지(朴暎智)
아동청소년문학연구자. 인하대학교 졸업. 동대학원 석사 및 박사 과정 졸업. 계간『어린이책이야기』 편집위원으로 활동하였으며 인하대학교 프런티어창의대학에서 글쓰기 과목을 강의하고 있다. 주요 논문으로는「이원수의「꼬마 옥이」와 강소천의「꿈을 찍는 사진관」의 판타지성 연구」,「태평양 전쟁기『아이생활』의 친일 변화 과정에 대한 연구」,「어린이 잡지『아이생활』의 창간 주도 세력 연구—『아이생활』 발간에 참여한 미국 기독교 선교사 집단을 중심으로」 등이 있다.

아동청소년문학총서 **20**

기독교 아동문학과『아이생활』

2025년 5월 1일 1판 1쇄 인쇄 / 2025년 5월 15일 1판 1쇄 발행

지은이 박영지 / 펴낸이 임은주
펴낸곳 도서출판 청동거울 / 출판등록 1998년 5월 14일 제2023-000034호
주소 (12284) 경기도 남양주시 다산지금로 202(현대테라타워DIMC) B동 317호
전화 031) 560-9810 / 팩스 031) 560-9811
전자우편 treefrog2003@hanmail.net / 네이버블로그 청동거울출판사

북디자인 서강
출력 우일프린테크 | 인쇄 하정문화사 | 제책 상지사

책값은 뒤표지에 있습니다.
잘못 만들어진 책은 바꾸어 드립니다.
지은이와의 협의에 의해 인지를 붙이지 않습니다.

이 책의 본문은 친환경 재생용지를 사용해 제작했습니다.

Christian Children's Literature and *AISaengHwal*
Written by Park Youngji.

First published in Korea in 2025 by CheongDongKeoWool Publishing Co.
Printed in Korea.

ISBN 978-89-5749-238-3 (94800)
ISBN 978-89-5749-141-6 (세트)

아동청소년문학총서 20

기독교 아동문학과 『아이생활』

박영지 지음

청동거울

| 머리말 |

인하대 한국어문학과 학부생 신분이었을 때 원종찬 교수님의 아동문학 강의를 듣고 처음으로 아동문학의 세계로 들어섰다. 아동문학이라고 하면 '어린아이들이 읽는 책'이라는 선입견이 있었기에 수업을 듣기 전까지는 큰 기대를 하지 않았는데, 매주 수업을 들으면 들을수록 아동문학 연구의 세계가 매우 방대하고 많은 부분들이 연구되지 않은 채로 남아 있음을 알게 되었다. 원종찬 교수님의 아동문학 수업을 들은 후 아동문학을 보는 시각이 바뀌게 되었고, 대학원에서 아동문학을 좀 더 깊이 있게 연구해 보고 싶다는 마음이 들었다.

그후 석사과정에서 강소천과 이원수의 판타지 동화를 연구하여 석사학위를 받고 잠시 대학원을 떠나게 되었다. 어린이책 출판사에 입사하여 일하면서 어린이책을 만드는 일을 하였다. 먹고사는 문제가 걸려 대학원을 떠나 어린이책 출판계에서 일하게 되었지만 항상 마음 한구석에는 아동문학을 더욱 깊이 있게 연구하고 싶다는 마음과 박사과정에 진학하고 싶다는 마음이 공존하고 있었다.

결국 1년간의 출판사 편집자 생활을 마치고 다시 인하대 대학원으로 돌아왔다. 인하대 대학원으로 돌아왔을 때는 앞으로 하게 될 공부와 연구에 대한 기대와 설렘으로 가득했다. 원종찬 교수님과 최원식 교수님의 강의를 박사과정에 들어와서 다시 들을 수 있다는 것이 너무나도 기뻤다. 아동문학을 공부하는 선배님들과 후배들과의 교류로 매우 행복한 시간을 보냈다.

그러면서 박사과정 중반까지 왔을 때 갑자기 정체성의 혼란을 느끼는 시기가 찾아왔다. '내가 무엇을 위해서 아동문학을 공부하고 있는가?'에 대한 근본적인 질문에 대한 답을 찾기가 어려웠다. 단순히 아동문학에 재미를 느낀다는 이유로 여기까지 왔지만, 아동문학 연구를 계속해 박사 논문까지 써야 하는 박사과정에서 단순히 '재미'라는 명분 하나만으로는 버티기가 힘들다는 사실을 뒤늦게 알게 되었다. 내가 생각하는 것 이상으로 박사과정 공부와 박사 논문을 쓰는 일은 매우 어렵고 힘든 일이었던 것이다.

그렇게 박사과정 중반부에 와서 방황하던 중, 원종찬 교수님께서 내게 잡지『아이생활』을 연구할 것을 권유해 주셨다. 기독교 잡지인『아이생활』 연구가 기독교적 정체성을 가지고 있는 나와 잘 맞을 거라는 조언을 해주셨다. 교수님의 말씀을 듣고 일부 가지고 있던『아이생활』을 살펴보니 내가 평소에 기독교인으로서 관심을 갖고 지켜보는『성경』의 내용과 서구권 선교사들의 활동, 조선인 목회자들의 활동들이 모두 담겨 있었다. 내가 좋아하는 아동문학과 기독교를 동시에 연구할 수 있는 잡지가 바로『아이생활』이었다.

이후『아이생활』연구를 시작하면서 많은 선생님들로부터 도움을 받았다. 특히 근대서지학회의 선생님들께서 새롭게 발굴하거나 여러 곳에 흩어져 있던『아이생활』을 스캔하여 아무런 대가 없이 자료를 제공해 주셨다. 근대서지학회의 선생님들이 계시지 않았다면『아이생활』연구는 자료를 구하기가 너무 어려워서 아직까지 논문이 완성되지 않았을지도 모른다. 특히 근대서지학회의 정선희 선생님께 너무나 많은 도움을 받았기에 특별히 감사의 말씀을 전하고 싶다.

공부하는 과정에서 도움을 주신 분들이 너무나 많다. 지도교수님인 원종찬 교수님을 비롯하여 인하대 대학원에서 깊이 있는 학문의 길로 인도해주신 최원식 교수님께 감사드린다. 겨레아동문학회의 선배님들과,『어린이책이야기』의 조태봉 선생님, 친구 은선이를 만난 것은 나에게 큰 행운이었다.『아이생활』연구의 틀을 잡아주신 류덕제 교수님께도 마음 깊이 감사드린다. 무엇보다『아이생활』연구를 할 수 있도록 방향을 잡아주시고 지도해주신 원종찬 교수님께 말로 다 표현 못할 깊은 감사를 드린다. 책이 나올 수 있도록 도와주신 정민나 선생님과 조태봉 선생님께도 한없이 감사한 마음뿐이다. 아동문학을 함께 공부하면서 만난 모든 분들은 내가 아동문학에 대해 많은 것을 배울 수 있도록 도와주신 은사님들이시다. 그 모든 분들에게 감사의 인사를 전한다.

지금은 천국에 계신 아빠. 아빠는 그 누구보다 내 박사논문이 완성되길 기다려주신 분이었다. 박사논문이 완성되기 전에 돌아가셔서 큰 불효를 했지만 지금이라도 논문이 완성되고 단행본으로 나오게 되어 천국에 계신 아빠가 이 책을 보고 크게 기뻐하실 거라고 믿는다. 언제나 날 지지하고 함께해주고 사랑해주는 언니와 엄마. 박사논문이 나오길 고대하면서 나를 응원해주었던 언니와 엄마에게 감사드린다. 격려의 말을 해주시던 형부, 사랑하는 하나뿐인 조카 주원이에게 이 책을 보여주고 선물할 수 있을 것임에 마음이 너무나 기쁘다.

아빠, 엄마, 언니는 이 세상에서 내가 가장 사랑하는 사람들이다. 이 세 분에게 이 책이 나오는 모습을 보여드릴 수 있어서 감사하다. 내가 사는 이유인 엄마와 언니, 그리고 천국에 계신 아빠에게 이 책을 바친다.

그리고 이 모든 것을 주관하시고 인도하시고 이끌어주신 하나님께 감사드린다.

2025년 봄

박영지

| 차 례 |

기독교 아동문학과 『아이생활』

제1장

『아이생활』 연구를 시작하며

1. 왜 『아이생활』인가

『아이생활』은 1926년 3월에 창간되어 1944년 1월까지 17년 11개월간 지속적으로 발행된 기독교 계열의 아동잡지이며 한국아동문학사에서 가장 오랜 기간 발행된 잡지이다. 한국아동문학사에서는 4대 아동문학 잡지라 하여 『어린이』, 『신소년』, 『아이생활』, 『별나라』를 꼽는다. 이는 발행 기간이 10여 년 이상 지속되었고 문단에서 그 영향력이 컸던 것을 감안해 선정한 것으로 보이는데, 이 네 가지 잡지 중에서 가장 발간 기간이 긴 것은 1926년 3월부터 1944년 1월까지 17년 11개월간 발간된 『아이생활』이다.[1]

『아이생활』은 처음 얼마 동안은 4·6판의 크기로 나왔으나, 곧 70여 페이지의 국판으로 바뀌었는데 체제는 그대로 유지되었다. 표지에는 주로 계절의 묘사를 그린 색채화가 주로 실렸고 어린이들의 모습을 그려

1 1923년 3월 『어린이』가 발간되고 이어서 6월에 『신소년』이 발간되었다. 1925년 11월에는 『새벗』이, 1926년에 3월에 『아이생활』, 그리고 6월에 『별나라』가 발간되었다. 『아이생활』을 제외하고 이들 잡지는 1930년대 중반에 모두 폐간되었다.

넣은 표지도 자주 발견된다. 표지의 하단에는「The Children's Magazine」 또는「The Child life」라는 영문 표기가 병기되었다. 처음 제호가 『아희생활』이었으나 1930년 11월호부터『아이생활』로 바뀌었다.

『아이생활』은 1926년 3월부터 시작해 1944년 1월호까지 통권 202호(?)[2]를 발간하고 폐간되었기에 발행 호수만 해도 다른 잡지의 서너 배이다. 발간 기간이 긴 만큼 잡지에 실린 작품과 기사도 많은 양에 이르고 있다.『아이생활』은 잡지에 실린 작품들의 절대량을 봤을 때도 다른 잡지들에 비해 수적으로 많은 양을 차지하기 때문에『아이생활』에 실린 작품들을 발굴하여 분석하고 연구하는 것은 한국아동문학사의 온전한 서술을 위해서 반드시 수행되어야 하는 작업이다. 하지만『아이생활』은 자료 확보의 어려움과 방대한 분량 때문에 미발굴되거나 연구도 충분히 이루어지지 못한 상황이다.

이 연구의 목적은『아이생활』에 실린 다양한 문학작품을 실증적으로 연구하고 분석하여 잡지의 문학사적 의의를 밝히는 데 있다. 아동문학과 근대사 연구에 있어서『아이생활』에 주목해야 하는 이유 중 하나는 잡지의 긴 발간 기간과 작품 수의 절대량 외에도『아이생활』의 발간 배경인 기독교와 관련된 것에 있다.『아이생활』은 기독교적 정체성을 강하게 가진 잡지로서 그 발간 배경에는 기독교와 일부의 서구권 내한 선교사, 조선인 목회자들과 신도들이 있다. 그러므로 본고에서는『아이생활』에 실린 기독교적 성격의 작품들에 대해서 자세히 고찰할 것이다.『아이생활』이 기독교 문서 선교의 일환으로 발간된 성격이 강한 만큼『아이생활』에는 기독교적 가치와 성격을 드러내는 문학 작품이 다수 게재되었다. 본고는『아이생활』이 가진 기독교적 특성에 주목하여 일제강점기에 발간된

2『아이생활』의 통권 호수와 결호를 참고하여 매긴 호수이나 미발굴본이 존재하고『아이생활』에도 통권 호수 매김에 오류가 있어 정확한 확인을 위해 차후 연구가 더 수행되어야 한다.

여러 아동 잡지들 사이에서 『아이생활』이 어떤 특수한 역할을 하였는지와 어떠한 문학적 성취를 이루었는지를 살펴보고 『아이생활』의 문학사적 역할과 의의를 규명해 보고자 한다.

『아이생활』은 조선인 목회자와 신도들이 중심이 되어 발행된 잡지이며 잡지의 창간 목적도 문서 선교적 성격이 강했다. 조선주일학교 연합회 및 대한야소교서회와 같은 기독교 선교 단체가 잡지 발행에 참여하기도 했다. 기독교는 일제강점기 식민지 조선의 근대화와 관련하여 다양한 측면에서 지대한 영향력을 발휘했으며 한국 사회와 역사를 논하는 데 있어서 반드시 고려되어야 하는 종교이다. 1909년의 기독교 부흥운동을 기점으로 조선에서는 기독교인이 크게 증가하였고 기독교적 신념을 가지고 작품을 창작하는 작가들도 다수 등장하여 『아이생활』의 지면에 기독교적 색채가 강한 다양한 글을 기고했다. 기독교의 영향력과 『아이생활』의 연관성을 고찰한다면 『아이생활』에 실린 각종 텍스트와 잡지가 가지는 독특한 성격을 더욱 명확히 규명할 수 있을 것이다.

그러나 『아이생활』은 그 발간 배경에 기독교가 있지만 잡지에 실린 문예물들을 검토해 보면 종교적인 내용의 작품만 존재하는 것이 아니라 다양하고 다채로운 내용과 양식의 작품들이 존재하는 것을 알 수 있다. 동화, 동요, 아동극, 소년소설 등의 여러 장르에 걸쳐서 문학성과 작품성이 뛰어나고 흥미로운 내용들의 문예물이 다수 게재되었다. 이에 대해 이재철은 『한국현대아동문학사』에서 『아이생활』에 관하여 다음과 같이 서술하였다.

> 『아이생활은』 처음부터 「조선예수교서회」와 「조선주일학교연합회」를 배경으로 다수의 외국인 선교사들이 그 발간과 재정면에 관여하고 있었기 때문에 애당초 선교를 염두에 둔 기독교 포교잡지적인 색채가 농후했다.(……) 그러나 그렇다고 해서 초기의 『아이생활』지가 전적으로 기독교 전도지로서만 일

관했느냐 하면 그런 것은 물론 아니다. 아무리 『아이생활』이 종교적인 배경을 가지고 존립해 왔더라도 어디까지나 자라는 어린이들을 대상으로 해서 발간되었다는 점을 생각할 때, 필수적으로 여기에 교육적인 의도를 가미하지 않을 수 없었기 때문이다. (……) 『아이생활』지는 기독교적인 것을 바탕으로 하고 있으면서도 아동교육에도 적잖은 헌신을 했으며, 비교적 많은 문예작품들을 취급했을 뿐만 아니라 아동문학의 비평활동과 이론적 연구에도 많은 지면을 할애하기도 했다.[3]

위의 인용문에서 이재철이 지적한 바와 같이 『아이생활』에는 기독교적인 내용만 있었던 것이 아니었다. 『아이생활』은 종교와 상관없이 많은 어린이들이 재미있고 유익하게 읽을 수 있는 문예물들을 다수 실었던 '아동문예지'였다.

『아이생활』의 발간 배경과 집필진이 대부분 기독교와 관련이 있지만 그렇다고 해서 『아이생활』을 기독교적 잡지로만 제한시켜서 독해하기에는 무리가 있다. 『아이생활』에는 기독교를 넘어서 식민지 조선을 살아가는 아동들에게 꿈과 희망을 심어주고 유희와 감동을 줄 수 있는 다양한 작품들이 실렸기에 『아이생활』을 기독교적 시각으로만 보아서는 잡지에 게재된 많은 문예물들을 연구하고 분석하기 어렵다. 따라서 본고에서는 기독교적인 측면의 『아이생활』과 일반 아동 문예지로서의 『아이생활』 두 가지 측면에서 잡지를 바라보고 분석하고자 한다. 잡지에 실린 문예물들을 분석하여 『아이생활』이 기독교계에만 국한된 잡지가 아니며 한국 아동문학사에 남을 수 있는 뛰어난 작품들을 다수 게재했음을 밝히고 그러한 작품들을 분류 및 분석하여 『아이생활』의 문학사적 의의를 정립하고자 한다.

---

3 이재철, 『한국현대아동문학사』, 일지사, 1978년, 113~115쪽.

식민지 조선의 사회적 정치적 상황의 특수성으로 인해 아동 교육을 위한 한국어 잡지를 발간하는 것은 어려운 일이었다. 그럼에도 어린이 잡지를 창간하여 아동 교육에 정성을 들인 이유는 그들의 가치관을 이루고 있는 기독교에서 찾아야 한다. 어린이의 '어린이성'을 표적으로 하여 어른들이 자신의 희망과 기대를 위탁한 것은 20세기 근대적 특징 가운데 하나라는 것도 고려되어야 하지만,[4] 그것에 더해져 기독교만이 가지고 있는 독특한 아동관도 함께 고려되어야 한다.

기독교의 교리가 적혀 있는 성경에는 아동의 중요성과 더불어 아동 교육의 중요성이 강조된다. 기독교에서는 창조주로 여겨지는 '야훼(Yahweh)' 신이 아동을 창조했다고 주장하며, 아동은 죄에 물든 성인보다 순수하고 깨끗한 존재라고 주장한다. 그러나 여전히 원죄를 가지고 있으므로 교육을 통해 하나님인 야훼 신의 형상을 회복할 수 있도록 해야 한다. 위와 같은 논리에 따라 기독교에서는 아동 교육을 매우 중요한 선교 사업 중 하나로 진행하였고 그것은 주일 학교의 형태로 나타나기도 했다. 어린이 잡지 창간도 그러한 선교 사업의 일환으로 이해될 수 있다. 죄성이 존재하는 인간으로 태어난 어린이들은 적극적인 교육의 대상이 되었고 그 점은『아이생활』에 게재된 다양한 텍스트들에 나타난다. 또한 예수의 행적을 기록한 복음서에서 예수는 "어린 아이와 같은 존재가 되어야지만 천국에 들어갈 수 있다",[5] "그러므로 누구든지 이 어린 아이와 같이 자기를 낮추는 사람이 천국에서 큰 자니라"[6] 등과 같이 어린이를 순수하고 깨끗한 존재로 보는 발언을 했으며 예수의 이런 발언들은 기독교에서 어린이에게 관심을 갖게 하고 어린이의 중요성을 격상시키는 역할을 했다. 이에 따라 어린이가 하나님의 형상이자 창조물

---

4 혼다 마스코, 구수진 옮김,『20세기는 어린이를 어떻게 보았는가』, 한림토이북, 2002, 87쪽.
5 마태복음 19:14
6 마태복음 18:4

이라는 믿음에서 어린이를 존귀하게 대하고, 한편으로는 죄에 물들지 않도록, 죄성을 다스릴 수 있도록 교육의 중요성이 강조되었다.[7] '어린이'와 '교육'이 갖는 중요성은 당시 조선의 선교사들과 기독교 목회자들이 아동잡지를 창간하고 교육시키려 한 것에 필사적이었던 이유를 알 수 있게 해준다.

『아이생활』의 집필진은 창간 주체인 목사와 신자, 선교사 그리고 저명한 문인들뿐만 아니라 전국의 소년문사, 곧 독자들도 필자로 참여하였다. 『아이생활』의 발간 배경이 기독교인 만큼 기독교가 발달한 지역이었던 북선(北鮮) 지역의 독자들 다수가 작품을 투고하였다. 또한 기독교의 영향을 받은 지식인들과 문사들이 적극적으로 작품과 기사를 투고하였다. 기독교 신앙을 가진 독자들과 문인들의 투고가 잦았기에 『아이생활』을 두고 비판적인 목소리를 내는 문인들도 많았다. 당시 아동잡지에 대한 매체 비평에 나섰던 신고송(申孤松)은 『아이생활』을 두고, "기독교에 톡톡히 물들린 잡지"[8]라 했고, 과목동인(果木洞人), 연성흠도 "야소교 냄새"가 난다며 거리를 두었다. 홍은성(洪銀星, 宮井洞人)은 『어린이』가 천도교를 배경으로 두고 있으나 종교적 색채가 거의 나지 않는 것에 비해 『아이생활』은 지나치게 기독교적 색채를 강하게 낸다며 비판하였다.[9] 그러나 『아이생활』은 처음부터 기독교 선교를 염두에 두고 발간된 잡지이기 때문에 종교적 자유의 입장에서 바라보았을 때 종교적 색채를 드러냈다는 이유로 비판을 받는 것은 온당하지 못하다. 또한 『아이생활』에 기독교적 색채가 강했던 것은 1920년대와 1930년대 초반이기에 이 시기에 두드러진 경향만으로 『아이생활』 전체를 평가하려 하는 것은 옳지 않다.

---

7 강란혜, 「기독교 세계관에서 본 아동관」, 『한국일본교육학연구』 Vol.7, 한국일본교육학회, 2003.

8 신고송, 「9월호 소년잡지 독후감(5)」, 조선일보, 1927.10.6.

9 궁정동인, 「11월 소년잡지(3)」, 조선일보, 1927.11.29.

『아이생활』은 1944년 1월까지 발행되면서 일본의 군국주의와 제국주의가 정점에 도달할 때까지 지속되었고, 종국에는 민족과 종교적 신념을 모두 외면한 채 천황제 이데올로기를 적극 홍보하는 친일의 길을 걸었다. 이 시기에 게재된 작품들은 노골적으로 친일적 색채를 드러내는 작품들이 대다수였다. 어린이를 일제에 충성하는 '황국신민'으로 양성하기 위한 책략에 『아이생활』이 포섭되었고 『아이생활』은 어린이들에게 일제의 천황제 이데올로기를 주입하는 수단으로 전락했다. 일본의 제국주의 이데올로기를 홍보하고 어린이들에게 그러한 사상을 주입시키려는 시도가 문예물에 나타나면서 '친일 아동문학'으로의 타락이 불가피해지고 말았다.

긴 발간 역사를 가진 만큼 다양한 아동 문예물을 보여주는 『아이생활』은 기독교적 관점에서도 연구되어야 하지만, 긴 발간 기간 사이에 몇 차례나 작품 경향에 변화를 보이고 있다는 점을 감안해 다양한 관점에서 문예물을 두루 살펴보는 연구가 필요하다고 본다. 본고에서는 『아이생활』의 창간 배경 및 주도 세력을 고찰하는 것을 시작으로 『아이생활』에 게재된 작품들을 분석하여 한국 아동문학사의 빈 공백으로 남아 있는 『아이생활』 연구를 수행하고자 한다. 그런 과정을 통해 한국 아동문학사에서 『아이생활』이 가지는 특성 및 문학적 성격을 파악하고 문학사적 위치를 정립하게 될 것이다.

2. 『아이생활』에 대한 논의들

『아이생활』에 관한 연구는 첫째로 자료 확보의 어려움, 그리고 잡지에 실린 문예물에 관한 부분적인 연구는 다수 존재하지만 약 20여 년이나 되는 긴 발간 기간으로 인해 『아이생활』에 관한 총체적 연구는 찾아보기 어렵다. 그러므로 본고에서는 『아이생활』의 총체적 연구에 앞서 부분적으로 연구된 『아이생활』의 연구 논문들을 범주화해서 살펴보고자 한다.

이재철의 『한국현대아동문학사』는 『아이생활』을 초기(1926~1933), 중기(1934~1939), 말기(1940~1944)의 세 시기로 나누어 고찰한다. 초기와 중기에는 "기독교적인 것을 바탕으로 하고 있으면서도 아동 교육에도 적잖은 헌신을 했으며 비교적 많은 문예작품들을 취급했을 뿐만 아니라 아동문학의 비평 활동과 이론적 연구에도 많은 지면을 할애"했다고 평가하며, 말기에는 "기독교 전도지적인 특성이 극도로 흐려지는가 하면 순친일적 경향은 반비례"한다는 평을 내린다.[10] 이 연구는 『아이생활』을 초기, 중기, 말기라는 세 시기로 구분했는데 이재철은 "그것은 어디까지나 편의상의 구분이지 절대적인 구분이 못됨은 물론이다"[11]라는 말을 덧붙임으로서 『아이생활』의 시대 구분 연구의 한계를 인정했다. 필자가 검토한 『아이생활』은 잡지 창간 초기 몇 년간은 기독교적 색채가 다소 강하게 나타나지만 이후에 발간된 『아이생활』은 시기를 구분하여 연구하기에 적합한 시기별 특성이 두드러지게 나타나지는 않는다. 그것은 아마도 『아이생활』의 주간이 중간에 교체되는 일 없이 정인과가 연속적으로 잡지의 주간을 담당했을 것이기 때문이기도 하고, 기독교적 성격의 문예물 외에도 특정 종교적 세계관에 갇혀 있지 않는 다양하고 개성 있는 문예물들이 게재되었기 때문에 "초기, 중기, 말기"로 시기 구분을 하여 연구하기에는 어려움이 있다.

또한 『아이생활』의 발간 배경에는 기독교가 있지만 『아이생활』은 '기독교인 어린이'만을 독자 대상으로 삼지 않았다. 따라서 기독교적 색채

10 이재철, 『한국현대아동문학사』, 일지사, 1978, 114~116쪽.

11 이재철, 『한국현대아동문학사』, 일지사, 1978, 113쪽.

가 강했던 초반을 제외하고는 다양한 문예물들이 게재되었다. 기독교가 잡지의 발간 배경이었다고 해도 어디까지나 광범위한 '어린이'들을 독자 대상으로 발행한 잡지였기 때문이기도 하고, 한편으로는 기독교 전도지라는 지향성이 기독교를 신앙하지 않는 다수의 어린이들에게도 다가갈 수 있는 잡지가 되도록 하는 역할을 했다. 기독교를 전도하기 위해서는 기독교를 신앙하지 않는 사람들이 첫 번째의 전도 대상이 된다. 그러한 점에서 『아이생활』은 광범위한 독자들을 염두에 두고 발간될 수밖에 없었다. 그래서 기독교적인 것 외에도 어린이들의 정서를 함양하고 올바른 가치관을 교육할 수 있는 문예물, 흥미와 재미를 갖고 읽을 수 있는 문예물 등 다양한 문예물을 게재할 수 있었다. 기존『아이생활』 선행 연구들의 다양성이 그러한 점을 잘 보여준다.『아이생활』을 연구한 논문은 아직 소수여서 범주화할 수 있는 정도는 아니지만『아이생활』의 개괄적 연구와 발간 배경,『아이생활』에 게재된 만화, 유년문학, 친일아동문학, 삽화, 동요 및 동시 등이 부분적이나마 다양하게 연구되었다.

정선혜는『아이생활』에 대해 우리의 말과 글, 그리고 민족적 정서마저 송두리째 빼앗긴 일제 말 전시체제기에 "『아이생활』만이 1944년까지 살아남아 그 민족정서의 맥"을 이어왔다고 평가하였다. 정선혜의 연구대로『아이생활』은 1944년 1월호까지 발간되면서 잡지의 반 이상이 일본어로 채워졌으나 한글을 사용한 작품도 조금씩 함께 실린 것이 발견된다.[12]

주목해야 할 연구로는 류덕제의 연구로『아이생활』을 개관하는 연구와『아이생활』의 발간 배경을 연구했다.「한국 근대 아동문학과『아이생활』」[13]에서 류덕제는『아이생활』의 발간 배경과 필자, 재정 확보 문제,

---

12 정선혜,『韓國 基督教 兒童文學 硏究 : 形成과 展開를 中心으로』, 성신여자대학교 박사학위논문, 2001.

독자 및 잡지에 실린 게재물들을 개관 및 검토하는 연구를 확보된 자료를 통해 실증적으로 연구했으며 『아이생활』의 민족주의적 측면과 1930년대 말부터 시작된 친일적 행보를 실증적으로 검토하였다. 이후 류덕제는 「『아이생활』 발간 배경 연구」[14]를 통해 그동안 이재철의 『한국현대아동문학사』에 기술된 내용을 실증적 검토 없이 답습한 선행연구를 비판하며 꼼꼼하고 치밀한 자료 검토를 통해 『아이생활』 발간 배경을 밝혀내었다. 최명표의 「『아이생활』 연구」 역시 『아이생활』의 문예물들을 개괄적으로 살펴본 논문으로 의미가 있으나 『아이생활』의 발간 기간이 길고 워낙 다양한 작품들이 실린 만큼 하나의 소논문으로는 총체적으로 잡지의 문예물들을 분석할 수 없었기에 아쉬움이 있다.[15]

백정숙은 「『아이생활』에 게재된 만화 연구」[16]에서 『아이생활』에 실린 만화의 종류와 작품의 성격, 작가들에 대해 연구하였다. 임홍은과 김진수, 임동은이 주축이 되어 『아이생활』에 다양한 만화를 실었으며 20여 명 가량 되는 작가진이 있어 "만화 발표의 장으로 『아이생활』이 기능했다는" 결론을 내렸다. 또한 『아이생활』에 게재된 만화들이 '기독교적 색채'와 '모험 중심'이라는 언급을 하면서 향후 『아이생활』에 게재된 다양한 만화들에 대한 심도 깊은 연구가 필요함을 언급하였다.

『아이생활』에 게재된 유년문학을 연구한 논문들은 다른 주제들에 비해 다양하게 연구되어 여러 논문으로 발표되었다. 박인경은 『1930년대 유년문학의 형성과 전개에 관한 연구』[17]에서 『아이생활』에 실린 유년문학 작품들을 분석하였다. 『아이생활』에는 유년을 대상으로 한 동요와

13 류덕제, 「한국 근대 아동문학과 『아이생활』」, 『근대서지』 No.24, 근대서지학회, 2021.
14 류덕제, 「『아이생활』 발간 배경 연구」, 『국어교육연구』 No.80, 국어교육학회, 2022.
15 최명표, 「『아이생활』 연구」, 『한국아동문학연구』 No.24, 한국아동문학학회, 2013.
16 백정숙, 「『아이생활』에 게재된 만화 연구」, 『근대서지』 No.24, 근대서지학회, 2021.
17 박인경, 『1930년대 유년문학의 형성과 전개에 관한 연구』, 인하대학교 대학원 박사학위논문, 2021.

동화들이 다수 실렸기 때문에 한국 유년문학의 형성과 전개 과정을 연구하는 데 있어서 꼭 필요한 잡지이며, 1930년대『아이생활』에 실린 유년문학 작품들은 한국의 유년문학 형성과 전개에 많은 영향을 미쳤다. 박인경은 이 연구를 통해『아이생활』에 게재된 유년물들에 대해 성장을 도모하는 교훈성, 유년기 특성을 반영한 유희성, 동심을 표현한 예술성이라는 공통된 특성을 도출해냈다.

이미정은「『아이생활』 유년꼭지의 시기별 특성 연구 : 형성부터 해체 과정까지」[18]와「『아이생활』을 통해 본 유년서사물 특징 연구」[19]에서『아이생활』에 실린 유년문학 작품들을 연구 및 분석하였다. 이미정은『아이생활』의 유년꼭지를 형성부터 해체 과정까지 통사적 관점에서 살펴보고『아이생활』의 유년꼭지는 크게 형성기와 안정기, 해체기로 구분할 수 있다고 보았다. 후자의 논문에서는『아이생활』에서 유년서사물에 해당하는 작품 현황과 그 특징을 살펴보고 "생활, 의인화, 판타지, 번역물"로『아이생활』 유년서사물의 종류를 구분하였다.

『아이생활』의 유년문학에 함께 게재된 삽화에 대한 연구도 있다. 이은주는「『아이생활』의「아가차지」 삽화에 대한 연구」[20]에서 김동길의 삽화를 중심으로 연구하였다.『아이생활』의 유년문학 꼭지인「아가차지」는 1930년부터 1939년까지 게재되었다. 이은주는「아가차지」의 글과 삽화를 정리하고 1930년에서 1935년까지 김동길이 그렸던「아가차지」의 표제화와 본문삽화를 분석하였다. 김동길의 삽화는 실험적인 이미지로 새로운 시각과 세계를 보여주고, 명암으로 인물의 성격과 작품의 분위

18 이미정,「『아이생활』 유년꼭지의 시기별 특성 연구 : 형성부터 해체 과정까지」,『근대서지』 No.24, 근대서지학회, 2021.
19 이미정,「『아이생활』을 통해 본 유년서사물 특징 연구」,『批評文學』 No.91, 한국비평문학회, 2024.
20 이은주,「『아이생활』의「아가차지」 삽화에 대한 연구1」,『근대서지』 No.25, 근대서지학회, 2022.

기를 구축하며 원근법으로 근대의 풍경을 보여준다고 분석하여 『아이생활』 연구에 있어서 문학작품 뿐만 아니라 그림으로도 연구의 외연을 확장하였다.

『아이생활』에는 20여 년에 걸처 수많은 동요와 동시들이 게재되었기에 연구자들은 『아이생활』에 게재된 작품들을 작가별로 연구하거나 시기를 정해서 연구하였다. 이동순은 「목일신 작품 서지오류와 발굴작품 의미연구—잡지 『아이생활』을 중심으로」[21]라는 연구에서 동요시인 목일신의 작품을 새롭게 발굴하고 『아이생활』이 목일신의 초기 창작 무대였음을 확인하였다. 진선희는 「일제강점 말기 『아이생활』 수록 동시 연구—1937년~1944년 수록 동시의 동심을 중심으로」[22]에서 1937년부터 잡지가 폐간되는 1944년까지 『아이생활』에 수록된 동시를 탐색하여 일제 강점 말기 동시 속 동심의 특성을 연구하였다. "현실을 그대로 바라보기 두려워하는 동심", "동심의 시선이 자연에 머물고 있다는 점" 등 『아이생활』에 게재된 동요와 동시들 중 일제 말기에 게재된 작품들에서 어둡고 험난한 현실을 외면하고 도피하고자 했던 특성을 발견하였다.

『아이생활』이 일찍이 여러 연구자들에게서 주목받았던 부분은 안타깝게도 '친일 아동문학'과 관련된 것이었다. 『아이생활』은 일제 말기에 노골적인 친일 경향을 보이며 '친일 아동문학'이라고 명명할 수 있을 법한 작품들을 다수 게재한다. 『아이생활』의 친일 아동문학을 연구한 연구자로는 김화선, 박금숙, 이현진이 있다. 김화선은 「대동아공영권의 전쟁동원론과 병사의 탄생—일제 말기 친일 아동문학 작품을 중심으로」[23]에

21 이동순, 「목일신 작품 서지오류와 발굴작품 의미연구—잡지 『아이생활』을 중심으로」, 『語文論集』 Vol.93, 중앙어문학회, 2023.
22 진선희, 「일제강점 말기 『아이생활』 수록 동시 연구—1937년~1944년 수록 동시의 동심을 중심으로」, 『청람어문교육』 No.84, 청람어문교육학회, 2021.
23 김화선, 「대동아공영권의 전쟁동원론과 병사의 탄생—일제 말기 친일 아동문학 작품을 중심으로」, 『인문학연구』 Vol.31 No.2, 충남대학교 인문과학연구소, 2004.

서 『아이생활』에 실린 친일 아동문학 작품 일부를 분석하였다. 『아이생활』에 실린 친일 아동문학 작품들은 대동아공영권의 논리에 따라 식민지 조선의 아동들을 총후보국에 동원 및 포섭하기 위해 해당 슬로건과 이데올로기를 어느 정도까지 반영하고 있는지 실증적인 자료 분석을 통해 확인하고 있다. 이현진은 「일제강점기에 있어서 전쟁과 한일아동문학 : 아동잡지 『아이생활』을 중심으로」[24]에서 『아이생활』에 실린 친일 아동문학 중 일본인이 일본어로 창작한 친일 아동문학과 식민지 조선인이 일본어로 창작한 친일 아동문학을 한국어로 번역하여 작품을 분석하였다. 이와 비슷한 맥락으로 진행된 연구로 박금숙의 「일제강점기 『아이생활』의 이중어 기능 양상 연구—1941~1944년 『아이생활』을 중심으로」[25]가 있다. 해당 연구들은 『아이생활』에 실린 친일 아동문학 작품을 분석하여 식민지 조선의 아동들을 '소국민'으로 보고 내선일체와 대동아공영권, 총후보국 사상을 교육시키기 위한 수단으로 아동문학 작품을 도구화하였음을 밝히고 있다.

다양한 선행 연구들을 살펴본 결과 연구자들은 『아이생활』에 실린 다양한 문예물들과 자료들을 장르별, 주제별, 작가별로 세분화해 집중적으로 다룬 연구가 주를 이루고 있었다. 『아이생활』이 20여 년이라는 긴 시간 동안 간행된 잡지이기에 많은 작가들이 다수의 작품을 게재하여 연구범위와 주제가 워낙 방대하고, 자료 수집의 어려움도 있었기에 부분적으로 연구가 진행되었을 것으로 추측한다. 이에 본고에서는 『아이생활』을 총체적으로 살펴보는 연구를 수행하고자 한다. 아동문학의 주요 장르들인 동화, 동요, 아동극, 소년소설, 친일 아동문학이라는 카테

24 이현진, 「일제강점기에 있어서 전쟁과 한일아동문학 : 아동잡지 『아이생활』을 중심으로」, 『근대서지』 No.24, 근대서지학회, 2021.

25 박금숙, 「일제강점기 『아이생활』의 이중어 기능 양상 연구—1941~1944년『아이생활』을 중심으로」, 『동화와 번역』 Vol.30, 건국대학교 동화와번역연구소, 2015.

고리를 만들어 각 분야에서 『아이생활』에 게재된 문예물이 보여주는 특징적인 요소들을 정리하여 『아이생활』의 문학사적 의의를 정립하고, 『아이생활』의 발간 배경과 기독교적 요소들을 함께 연구하여 잡지 『아이생활』을 총체적으로 살펴보고 조감하여 『아이생활』을 바라보는 총체적이고 종합적인 시각을 구성해보고자 한다.

3. 『아이생활』의 키워드: 종교와 친일

이 연구에서는 1926년 3월에 창간되어 1944년 1월호를 마지막으로 17년 11개월간 발행된 『아이생활』을 통독하면서 잡지를 총체적으로 검토하고자 한다. 『아이생활』에 관한 선행 연구들을 살펴보면 『아이생활』의 유년문학, 삽화, 동요 등을 부분적으로 연구한 논문들이 있지만 『아이생활』을 총체적으로 종합적으로 연구한 논문은 아직 보이지 않는다. 이에 본고에서는 『아이생활』을 하나의 매체로 보고 종합적으로 검토하고자 하였다.

본고에서는 『아이생활』을 '중일전쟁' 이전과 이후로 나누어 연구하도록 한다. 『아이생활』의 사장이자 편집주간이었던 정인과가 수양동우회 사건 이후 중일전쟁이 일어난 해인 1937년도에 『아이생활』에 실은 글에서 그의 민족주의적 신념에 균열이 생기는 것이 발견되고, 이후 『아이생활』은 빠른 속도로 친일로 변절하는 모습을 보인다. 따라서 본 연구에서는 중일전쟁이 일어난 1937년을 기점으로 『아이생활』에 변화가 일어났다고 판단하여 1937년 이전과 이후로 『아이생활』을 구분하고 『아이생활』의 문예물을 연구하도록 한다.

구체적 연구방법으로 2장에서 『아이생활』의 창간 주도 세력에 대한 실증적인 연구를 수행하여 『아이생활』을 본격적으로 분석할 수 있는 토대를 만들도록 한다. 『아이생활』 발간에 주도적 역할을 하고 집필진으로 참여하였던 조선의 기독교인들은 미국과 영국 등의 서구권 선교사들로부터 교육을 받았으며 많은 영향을 받았다. 선교사들의 기독교적 신념과 가치관이 조선의 목회자들과 기독교인들에게 전달되었을 것을 고려하여, 본고에서는 서구에서 조선으로 내한한 선교사들에 대한 연구부터 시작하여 한국 근대 기독교사를 살피고, 그 흐름이 조선인 목회자들을 통한 『아이생활』의 창간 배경까지 연결되는 과정을 살펴볼 것이다.

『아이생활』에 게재된 기독교적인 성격을 가진 작품을 분석하기 위해 필자는 『성경』을 적극적으로 활용할 것이다. 『아이생활』을 발간한 기독교계에서는 일찍이 미국인 목회자가 쓴 동화작법서를 번역하여 동화를 창작하는 작가들에게 보급하였던 것으로 보이는데, 조선주일학교연합회에서 발간한 『신선동화법』과 『동화연구법』이 그 책들이다. 미국인 선교사 피득(彼得, Alexander Albert Pieters)이 역술하고 도마련 선교사가(都瑪蓮; M. B. Stokes)가 발행한 『동화연구법』(1927)과 탐손 박사의 동화이론 강연을 강병주(姜炳周) 목사가 정리한 『신선동화법(新選童話法)』(1934) 이 두 책은 주일학교의 동화구연자를 위해 펴낸 동화이론서이다. 『신선동화법』과 『동화연구법』에는 『성경』의 일화들을 동화 창작의 모범이자 예시로 들며 동화 작법을 서술하였다. 실제로 『아이생활』에 게재된 기독교적 성격의 작품들은 『성경』에 나타난 화소나 모티프를 빌려와 창작한 작품들이 다수 발견된다. 이러한 작품들을 분석하기 위해서 해당 『성경』과의 연관성을 찾으며 『아이생활』에 게재된 기독교적 성격의 작품을 『성경』과의 상호텍스트성에 관해 연구하도록 한다. 『아이생활』은 기독교 문서 선교의 목적으로 발행된 성격이 존재하고 있고, 기독교의 핵심에는 『성경』이 자리하고 있다. 기독교를 이해하기 위해서는 『성경』을 탐구해야 하며 이것은 결국 『아이생활』에 게재된 기독교적 색채를 띤 작품들을 분석하기 위해서는『성경』텍스트에 대한 연구가 함께 이루어져야 함을 의미한다.『아이생활』에 게재된 문예물들을 통해 전파하려 한 여러 신념들은『성경』에서 전달하는 메시지들이기 때문에 본고에서는『성경』이『아이생활』의 문예물들에 미친 영향을 분석해 보도록 한다.

『아이생활』에는 기독교적 색채가 나타나지 않는 일반 아동문학도 다수 게재되었다. 이러한 작품들에 대해서는 작품을 꼼꼼하게 읽고 분석하여 해당 작품의 문학적 의의를 평가하고자 한다. 동화, 동요, 아동극, 소년소설 등 다양한 장르의 작품들이『아이생활』에 장기간 게재되었기 때문에 잡지를 통독해 나가면서 해당 작품들이 가진 특징들을 도출하고자 한다.

이후에는『아이생활』의 친일 문제에 대해 연구한다. 이 연구를 위해서는 한국 기독교의 친일 행적과 그 성격에 대한 고찰이 선행되어야 한다. 한국 기독교는 일제와 타협하고 일본식 기독교를 받아들이면서 천황제 이데올로기가 수용된 혼합 종교 형태의 이단적 기독교로 변질되었다. 이러한 특성은『아이생활』에도 반영되어 동요, 동화, 소년소설, 일반 기사의 형태로 다양하게 홍보되고 있다.

1940년대는 일제가 한국 언론을 완벽하게 장악하여 철저한 검열과 통제가 이루어진 시기이다. 이 일제 말기에 총독부의 검열 기구와 교육 정책을 통해『아이생활』의 많은 문예물과 기사들이 통제를 받았을 것이다. 따라서 1940년대의『아이생활』을 연구하는 데 있어서는 일제의 제국주의 이데올로기와『아이생활』에 게재된 작품들의 연관성이 검토되어야 할 것이다. 이러한 역사적 정치적 검토를 바탕으로『아이생활』의 친일 아동문학들이 연구될 것이다. 일본의 제국주의 이데올로기와 군국주의 이데올로기가 반영된 문학작품들이 어떤 형태로 그 이데올로기들을 드러내고 있는지 검토하고 당시 일제에 협력한 한국 기독교와『아이생활』편집진과 집필진에 대해 비판적 검토를 하고자 한다.

『아이생활』은 아직까지 잡지를 전체적으로 보는 총체적 연구가 진행되지 않았기 때문에 필자는 본고에서 『아이생활』의 발간 배경부터 시작하여 『아이생활』에 게재된 다양한 기사와 문예물을 연구하여 총체적으로 잡지를 분석하는 작업을 할 것이다. 이 작업을 통해 『아이생활』의 전체적인 특성과 특색을 밝히고, 잡지에 실린 문예물들을 연구하여 『아이생활』의 총체적 특성을 드러내고자 한다. 그리하여 『아이생활』이 한국 아동문학사에 어떤 문학사적 의의를 남기고 있는지에 대해 탐구하고자 한다.

제2장
『아이생활』의 창간과 기독교 민족주의

1. 개항기 조선과 서구권 기독교 선교사

『아이생활』이 창간되고 지속적으로 발행될 수 있었던 데에는 외국인 선교사의 역할이 매우 컸다. 잡지를 연구하는 데 있어서 이들에 대한 검토는 필수적으로 이루어져야 한다고 본다. 당시 조선에서 활동하던 외국인 기독교 선교사에 대한 학계의 평가는 우리 근대사 내지는 민족문제에 끼친 영향과 관련한 견해는 대체로 긍정과 부정으로 나뉘어 있는 듯하다. 일반 역사학계에서는 선교사가 제국주의 세력의 첨병이라는 인식에서, 한국에 파송된 선교사들이 제국주의 국가인 일본과 친화관계를 유지하였고 한국교회가 항일운동 내지 민족운동에 참여하지 못하도록 영향력을 미침으로써 일제의 침략과 식민지배에 협력하였다는 부정적인 견해를 갖는다. 반면에 주로 기독교계 내부에서 주장되는 것으로, 한국이 비기독교 국가인 일제에 의해서 식민통치를 받았기에 기독교와 선교사에 대한 거부감이 덜했고 선교사의 전도와 교육을 통하여 한국의 근대화와 민족운동에 기여하였다는 긍정적인 견해가 그것이다.[1]

두 견해 모두 부분적으로는 사실이나, 이를 좀 더 객관적으로 평가하기 위해서는 당시 조선의 상황과 국제정세, 선교부의 정책 및 한국 교계 지도자들과의 관계 등 보다 넓은 시야에서 당시 상황과 구조적 측면을 종합적으로 그리고 실증적으로 살펴보아야 한다. 이 점은 선교사를 주축으로 18년이라는 긴 기간 동안 발행된, 기독교 전도지의 성격이 강했던 『아이생활』 연구에 있어서도 밑바탕이 되어야 하는 부분이다. 특히 일제의 선교사에 대한 정책 변화와 이에 대한 선교계의 대응은 강력한 친일 성격을 갖는 40년대의 『아이생활』을 연구할 때에 자세히 고찰되어야 할 것이다.[2]

『아이생활』은 아동문학과 아동문화에 기여한 종합지의 성격을 가지고 있지만 우선적으로는 기독교라는 종교 사상을 내재한 잡지였다. 또한 이 잡지의 발행인과 편집장은 홀드크로프트, 본 윅 등의 기독교 선교사였고 한국인 편집인들의 경우 그들과 동역자의 관계에 있었던 조선인 기독교 지도자들이었다. 따라서 『아이생활』을 제대로 연구하기 위해서는 조선 기독교계에게 지대한 영향을 미쳤을 내한 외국인 선교사, 특히 미국인 선교사에 대한 기초적인 이해가 필요하며, 타국의 생소한 종교였던 기독교가 어떻게 조선으로 침투할 수 있었는지를 이해하기 위해서는 19세기 말 20세기 초의 기독교 선교에 대한 연구가 이루어져야 한다. 그러므로 이 논문에서는 『아이생활』의 창간 주도세력인 선교사에게

---

1 김승태, 위의 책, 20쪽.

2 이를 고찰하기 전에 선교사에 대한 객관적 인식을 갖는 것이 중요하다고 생각된다. 우선 선교사는 당시 식민지 조선 민족의 일원이 아니며 타국 국적을 갖고 그 나라의 지시와 보호를 받는 외국인이라는 점을 기억해야 한다. 따라서 타국인인 그들에게 인류 보편적이고 인도적인 처신 이상의 것, 우리 민족이 가졌던 민족의식이나 나라에 대한 애국심과 충성심을 동일하게 바라는 것은 무리가 있으며, 또한 주체적 입장에서 바람직한 것도 아니다.
다음으로 선교사가 당시 조선에 온 목적은 어디까지나 기독교 전파와 교회의 설립에 있다. 『아이생활』도 주일학교연합회가 관여한 보조교재로서 어린이들을 대상으로 전도 사업을 수행하기 위해 발행된 잡지이고 이는 종교인인 선교사에게 있어서 자신들의 목적을 수행하기 위한 활동 중 일부였다. 따라서 그들이 부정하고 불법적인 방법을 동원하지 않은 한, 그 목적을 효과적이고 충실히 수행하려 한 노력을 비판할 수 없다. 『아이생활』의 전도지적 특성 자체를 비판하는 연구들은 대부분 위의 사항들을 간과해서 발생한 것으로 보인다. 김승태, 위의 책 참조.

초점을 맞추고, 선교사들이 조선으로 내한하게 된 배경과 동기에 대해 '우선적으로' 고찰하고자 한다.

한국에 기독교를 전파하려는 노력은 여러 나라의 기독교 기관에서 시도하였지만, 선교사를 직접 한국에 파견한 최초의 나라는 미국이다. 미국의 장로교와 감리교 등의 교파들이 한국에 선교사를 가장 먼저 상륙시켰다. 미국 선교부가 한국에 선교사를 파견한 것은 그들의 해외 선교열의 결과라 할 수 있으며 여기에는 몇 가지 배경이 있다. 미국에서는 18세기 말에 제2차 대각성운동(The Second Great Awakening)이 일어났고 거기에 따라 일련의 종교적 열정으로서 해외선교열이 고조되었다. 전도사 드와이트 무디(Dwight Moody)가 주도하는 SVM(The Student Volunteer Movement for Foreign Missions) 운동으로 1880년대에 이르러 신학교 및 일반대학교 학생들 사이에 선교운동의 열기가 치솟았다.[3] 한국에 왔던 초대 선교사들 중에는 이 운동에 자극받아 해외 선교에 뜻을 세운 사람들이 많다.[4]

그러나 한편으로 선교사들은 미국 정부의 한반도 정책이 구체적으로 적용된 대상이었고, 제국주의 열강의 한반도 진출에 편승하여 자신들의 종교적인 사명을 수행했던 서구인이기도 했다.[5] 그러나 알려진 것과

---

3 학생자원운동(The Student Volunteer Movement for Foreign Missions)은 1886년 미국 노스필드에서 미국의 대학생들에게 복음과 선교에 대한 도전을 주기 위하여 아서 피어슨 박사(Arthur Tappan Pierson)가 드와이트 라이먼 무디(Moody L. Moody)와 함께 설립한 해외 선교를 위한 학생 선교운동 단체이다. 1886년 헐몬산(Mt. Hermon)에서 하버드 대학교, 프린스턴 대학교, 예일 대학교 등 미국 및 캐나다의 89개 대학에서 251명의 대학생 대표들이 7월 6일부터 8월 2일까지 "대학생 YMCA Summer Bible School"에 참석하였다. 그 집회에서 당시 선교와 설교로 유명한 피어슨 박사가 세계선교에 대한 인상적인 설교를 통하여 이 운동을 창설하도록 제안하였다. 그의 유명한 설교 '우리는 가야 한다. 모든 곳으로 가야 한다'('All should go, go to all")는 대학생들에게 큰 감동을 주었는데 이 운동이 태동한 계기가 된다. 이 운동의 영향을 받은 선교사들을 SVM 출신 선교사라고 하며 그들의 다수가 조선에 와서 전도, 교육, 봉사에 공헌을 하였다.

4 한국기독교역사연구소, 『한국 기독교의 역사 1』, 기독교문사, 2006, 174~175쪽.

5 류대영, 『개화기 조선과 미국 선교사』, 한국기독교역사연구소, 2004, 19쪽.

달리 미국은 처음부터 조선에 관심이 있었던 건 아니었다. 조선은 주변국 중국이나 일본에 비하면 자원이나 시장이 너무 작고 낙후한, 가난한 나라였기 때문이다. 조미수호통상조약이 1882년에 체결되자 몇 개월 후 베이징 주재 미국공사 존 영(John Young)이 또 다른 베이징 주재 미국 공사 프레데릭 프레링후이센(Frederic Frelinghuysen)에게 조선의 운명과 관련하여 다음과 같은 의견을 보낸 것을 보면 위의 사실을 추론해 볼 수 있다.[6] "조선이 중국의 한 주가 되건, 일본에 합병되건, 아니면 독립국가로 남아 있건 우리가 잃을 것은 거의 없습니다."[7]

19세기 후반과 20세기 초, 조선에 대한 미국의 무관심은 조선에 진출한 주요 국가 가운데 미국만이 서울 이외의 지역에 영사관을 설치하지 않은 유일한 국가였다는 사실을 통해서도 짐작할 수 있다. 일본은 거의 모든 개항지에 영사관을 설치하고 있었으며 중국, 러시아, 영국 등도 최소 한두 개의 영사관을 가지고 있었다. 어떤 국가가 영사관을 여러 개 설치했다는 것은 보호해야 할 자국의 이익이 해당 국가에 많고, 또 영사 인력이 그만큼 많이 들어와 있다는 사실을 말한다. 미국 공사관 인력은 충분히 채워지지 않을 때가 많아 공사 혼자서 모든 외교 영사 업무를 맡아야 하는 경우가 비일비재했다.[8]

물론 이것은 미국의 제국주의적 면모와 성격이 조선인에게는 잘 드러나지 않았던 시기의 이야기다. 1898년 스페인과의 전쟁 이후 미국이 제국주의적 면모를 서슴지 않고 보여주며, 필리핀과 하와이를 점령해 가던 모습은 외세를 경계하던 개화적 유학자들에게 미국의 한반도 진출 동기를 의심하게 만들었다. 특히 미국의 하와이 병합은 사탕농장을 두

---

6 류대영, 위의 책, 48쪽.

7 Young to Frelinghuysen, Dec. 26, 1882, United States Department of State, Papers relating to Foreign Relations of the United States. Washington : Government Pringting Office, 1882~1910. 172쪽.; 류대영, 위의 책 48쪽에서 재인용.

8 류대영, 위의 책, 51쪽.

고 미국과 경쟁관계에 있던 일본의 반발을 불러일으켰으며, 일본 언론의 보도를 통해 조선 지식인들에게도 잘 알려졌던 것으로 보인다.[9]

이렇듯 여러 가지 이유로 인해 그동안 많은 학자들이 해외 선교는 제국주의의 한 요소였다는 주장을 펴 왔다. 선교사업을 두고 "도덕화된 제국주의의 한 형태(a moral equivalent for imperialism)"라거나 혹은 "미국의 경제적 팽창의 문화적 동반자(the cultural counterpart to America's economic expansions)"라고 부르는 것이 바로 그런 경우다. 그러나 이런 결론을 내린 학자들의 일반적인 경향은 특정한 지역에서의 선교사들의 활동을 구체적으로 점검하는 과정을 거치지 않은 채, 선교사업이 제국주의의 한 형태였다는 명제를 그냥 받아들이거나 아니면 거부하는 것이었다고 생각된다. 이런 선험적인 결론들은 실상 학자들이 평소에 지니고 있던 가치관을 드러내는 것 이상의 의미를 가진다고 보기 어렵다.[10]

선교사의 선교사업과 관련하여 미국의 일반사학자와 종교사학자들이 가졌던 공통적 관심사 중 두드러진 것은 선교사업의 '동기 유발 요인'이었다. 이는『아이생활』을 연구함에 있어서도 연결되는 주제로 생각된다. 선교사업의 동기 유발 요인을 찾음으로써 선교사들이 조선에 진출하여 펼치는 활동의 배후에 어떤 목적이 있는지 보다 명확히 알 수 있

9 그 당시 막 배재학당을 졸업했던 이승만은 미국의 하와이 강점을 본 후 미국 선교사들을 "미국 정부가 장래의 조선 강점을 준비하기 위해서 보낸 앞잡이들"로 이해할 수밖에 없었다고 한다. 하와이 강점의 모습은 미국이 먼저 사업가와 선교사를 보내서 준비 작업을 하고 난 후, 때가 무르익으면 정부가 나서서 강점하는 과정을 보여주었던 것이다. 동아시아에서도 미국은 중국과 일본에서 무역을 시작한 후 선교사를 보냈으며, 조선에서도 그와 똑같은 일이 반복되고 있었기 때문에 선교사를 보내는 미국의 동기는 의심의 대상이 될 수 있었다. 류대영, 위의 책, 72쪽.; '19세기 말 20세기 초' 미국은 국가 안보와 이익에 심대한 영향을 끼칠 중요한 국제정치적 사안에 온통 정신이 팔려 있는 상태였다. 따라서 조선 문제가 외교 정책 입안자들 사이에서 깊이 있게 논의될 리 없었다. 영국과의 베네수엘라 국경분쟁(1895), 스페인과의 전쟁(1898), 필리핀 점령(1898), 하와이 합병(1898), 그리고 중국 의화단 운동(1899-1900) 등과 같은 중요한 외교적 문제들에 비해서 조선과 관계된 일은 미국 정부의 입장에서 그야말로 사소한 일에 불과했다. 류대영, 위의 책, 74쪽.

10 류대영, 위의 책, 20쪽.

기 때문이다.[11] 선행 연구들을 살펴보면 학자들이 이런 작업에서 얻어낸 잠정적 결론은, 19세기 말에 서구의 복음적 기독교인들 사이에 유행했던 전천년설적(premillennial) 세계관과 미국의 대학교 캠퍼스 선교에 크게 성공한 드와이트 무디(Dwight L. Moody)의 학생자원운동(SVM)이 선교사들의 조선 선교를 유발한 원동력이 되었다는 것이다.[12]

1) 학생자원운동(SVM)과 내한 선교사

미국 교회의 해외 선교사업은 19세기 중반에 이를 때까지 수십 년 동안 번창하였다. 이제 막 독립하여 공화국을 이룬 미국의 고양된 사회 분위기와 왕성한 경제 성장이 연료를 제공했고, "제2차 대부흥(the Second Great Awakening)" 이후 미국 사회를 주도하기 시작한 "복음적(evangelical)" 개신교단들이 그 동력기관이 되었던 것이다.[13] 그러나 초기의 이런 고무적인 현상에도 불구하고 19세기 중간에 이르렀을 때 해외 선교사업은 쇠퇴하기 시작했다. 선교사 지원자들의 수뿐 아니라 교회로부터의 관심과 지원도 줄어들었다. 특히 남북전쟁이라는 파괴적 비극을 겪고 난 이후에는 상황이 더욱 악화되었다. 1870년까지 미국 개신교계가 파송한 해외 선교사의 수는 약 2,000명이었고, 이것은 당시 미국의 국력, 인구, 기독교 신앙의 부흥 정도 등을 생각해 볼 때 기대 이하의 수치였다.[14]

---

11 류대영, 『초기 미국 선교사 연구』, 한국기독교역사연구소, 2001. 참조.

12 그리스도의 재림의 시기 및 천년왕국과 관련된 학설로(계20:1-6), 천년왕국이 임하기 전에 그리스도의 재림이 먼저 있다는 견해이다. 일명 '천년왕국 전(前) 재림설'이라고 한다. 이 학설은 '천 년'을 문자적인 1,000년으로 보며, 그리스도의 재림 후에 천년왕국이 실현된다는 것이다. 가스펠서브, 『교회용어사전 : 교리 및 신앙』, 생명의말씀사, 2013.

13 미국에서 1787~1825년에 일어난 국가적 신앙 부흥운동. 뉴잉글랜드의 회중교회에서 시작되어 장로교회, 감리교회, 침례교회 등 미국 전역으로 확산되었다. 미국 동부 지역에서는 대학이 있는 도시들을 중심으로 1차 때와 달리 자제력 있고 질서 있게 전개되었으나, 서부에서는 1차 때와 유사한 감정적 기운이 여전하였다. 2차 대각성운동은 주로 정통 신앙의 확립, 도덕생활 확립, 국가 사랑, 노예 폐지, 선교 등을 강조하였다.

그러나 1880년부터 선교 관계의 각종 지표들은 상승세로 돌아섰다. 단적인 예를 들자면, 파송되어 해외에서 일하던 선교사의 수가 1890년에 943명이던 것이 세기말에는 약 5,000명, 1920년대 말에 이르러서는 12,000명이 되는 변화를 보인 것이다. 해외 선교에 대한 관심과 지원이 1880년대 말 이후 이렇게 급증한 현상을 두고 학자들은 그동안 여러 가지 견해를 밝혀 왔다. 그 중 일반사학자인 존 페어뱅크는 1880년대 북미 대륙이 완전히 정복되어 개척지가 사라진 것과 해외 선교를 위한 '학생자원운동(SVM)'이 일어나기 시작한 시기가 일치한다는 점을 지적했다. 다시 말해서, 해외 선교운동이 1880년대 말 이후 급격히 부흥기를 맞은 것은, 북미 대륙에서 더 이상 정복해야 될 땅이 사라진 이후, 미국인들 속에 있는 개척 정신이 해외로 눈을 돌려 진출을 도모하기 시작한 현상과 깊은 상관관계가 있다는 것이다. 1880년대는 미국이 산업혁명에 성공하여 산업자본주의가 완성된 시점으로 제국주의적 해외 진출을 모색하던 시점이었다. 해외 선교는 미국 산업자본주의의 제국주의화와 같은 시기에 일어났다.[15]

한편 종교사학자들은 해외 선교에 대한 관심 증가의 이면에는 19세기 말에 복음권에서 위세를 떨친 새로운 종말론적 믿음에 있다고 보았다. 전천년설(前千年說, Pre-Millennialism)을 지지하는 "전천년주의자"들은 비극적인 종말관을 가지고 있어서, 유토피아와 같은 낙원이 종말 이전에 완성될 수 있을 것을 믿지 않았고 예수의 재림(再臨)이 이루어져야만 그것이 완성된다고 믿었다.[16] 특히 19세기 말부터 20세기 초에 이르기까

14 류대영, 위의 책, 36쪽.

15 류대영, 위의 책, 38쪽.

16 그리스도의 재림의 시기 및 천년왕국과 관련된 학설로(계20:1-6), 천년왕국이 임하기 전에 그리스도의 재림이 먼저 있다는 견해이다. 일명 '천년왕국 전(前) 재림설'이라고 한다. 이 학설은 '천 년'을 문자적인 1,000년으로 보며, 그리스도의 재림 후에 천년왕국이 실현된다는 것이다. 가스펠서브, 위의 책 참조.

지 전천년설은 주류 교단 내에 깊이 침투하여 영향을 미쳤다.[17] 많은 뛰어난 지식인들이 전천년설을 받아들였던 것이다. 이 일에 특별한 역할을 한 사람들이 드와이트 무디(Dwight Lyman Moody)와 그의 전천년주의 동료들이었다.[18]

전천년주의자들이 특별히 두각을 나타낸 곳은 해외 선교 분야였다. 전천년주의자들은 도래한 세상의 종말에 대한 위기감을 느끼는 사람들이었기 때문에 그 누구보다도 해외 선교에 적극적이었다. 드와이트 무디와 함께 SVM을 창설했던 아서 피어슨(A.T. Pierson)이 만들어 SVM의 운동 구호로 널리 사용되었던 "이 세대에 세계를 복음화시키자(evangelize the world in this generation)"는 말 속에는 종말론적인 색체가 매우 농후하다.[19]

자연히 그들의 영향을 받았을 SVM 출신 내한 선교사들은 전천년주의자, 즉 종말론적 신념이 강한 사람들이었을 것이다. 『아이생활』에 "「이상한소식」 주예수그리스도께서오십니다!"(1931. 9)라는 책자의 광고가 발견되는 것도 이런 영향력 때문일 것이다. 전천년설은 예수의 재림, 즉 세상과 역사의 종말을 강조하는 경향이 강하기 때문이다. 또한 1905년부터 1909년까지의 기간을 예로 들면, 이 기간 동안 한국에 새로 입국한 미국 선교사는 135명으로 추정되는데, 이 가운데 81명이 SVM을 통해 지원한 사람들이었다. SVM 지원자들은 거의 예외 없이

17 Hutchison, William R., *Errand to the World: American Protestant Thought and Foreign Missions*, University of Chicago Press, 1987, 112쪽.; 류대영, 위의 책 51쪽에서 재인용.

18 매사추세츠주(州) 노스필드 출생. 구두수선 · 구두방 경영을 하다가, 보스턴에서 신앙생활로 변절한 후 1860년 시카고에서 전도사가 되었다. 1870년 I.D.생키를 만나면서부터는 그가 찬송을 불러서 무디의 대중전도를 도우면서 영국과 미국 각 도시에서 전도집회를 열었다. 1879년 노스필드여자신학교, 1881년 소년교육을 위한 마운트 헤르몬학교를 세우고, 1889년에는 초교파적인 무디성경학원(후에 신학교)을 설립하였다. 그는 성경교육 · 전도로 일생을 마쳤다.

19 류대영, 위의 책, 40쪽.

주류 4대 교단 선교부[20]를 통해 한국에 왔기 때문에 주류 교단 중 하나인 북장로교 선교부 소속 지원자들 역시 SVM 출신이 많을 것으로 추정할 수 있다.[21] 각주의 표를 보면 SVM 출신 선교사는 전체 내한 선교사의 60% 이상을 차지한다. 상술한 바와 같이 『아이생활』의 발행인이자 주축이 되었던 선교사들을 비롯하여 조선주일학교연합회(1905년 설립)와 조선예수교서회(1889년 설립)는 주류 4대 교단, 특히 북장로교 소속 선교사들이 중심이 되어 설립된 단체들이다.

2) 조선예수교서회와 조선주일학교연합회

『아이생활』의 발행에서 두 축이 되었던 기관은 '조선예수교서회'와 '조선주일학교연합회'이고 이 단체들은 외국인 선교사들을 주축으로 설립되었다. '조선예수교서회'는 기독교 서적을 출판하는 문서 사업 단체였으며 '조선주일학교연합회'는 전국의 교회에 주일학교를 보급하고 통솔하고 운영하는 사업을 진행하는 개신교 교육 사업 단체였다. 또한 두 단체의 최초 설립은 미국 북장로교 선교사들의 주도하에 진행되었으나 차

20 남 · 북 장로교단, 남 · 북 감리교단.

21

연도	*총 내한 선교사	내한 선교사 중 SVM 출신자	내한 선교사 중 4대 교단 출신자
1906	14	8	14
1907	43	23	42
1908	48	29	45
1909	30	21	28

(*)추정치

"Appedic A : List of Sailed Volunteers" Students and the Present Missionary Crisis: Addresses Delivered before the Sixth international convention of the student vol-unterr movement for foreign missions, Rochester, New York, December 29, 1909 to January 2, 1910, 513~532쪽.; 류대영, 위의 책, 51쪽에서 재인용.

차 미국 감리교 및 타 교단과 연합하여 초교파적인 사업을 전개하였다.

조선예수교서회는 1889년 미국 북장로교 소속 선교사 존 헤론(J. W. Heron)의 제안으로 언더우드(H. G. Underwood) 선교사의 사택에서 최초로 조직되었고, 그 자리에서는 장로교회와 감리교 선교사들에 의해 기독교 문서 출판사 설립을 의논하기 위한 비공식 회합이 있었다.[22] 백낙준 박사의 『한국개신교사』에는 "이 서회의 기원은 아이디어를 낸 헤론 박사, 영국 및 미국 기독교서회의 재정 지원을 확보한 언더우드, '조직화'를 이룬 올링거(Ohlinger)[23]에게 돌려져야 한다."고 서술되어 있다.[24] 이후에도 서회가 후원받은 내용을 보면 『아이생활』의 발행에 해외 기독교 단체의 재정 지원이 있었음을 알 수 있다.[25]

조선 기독교인의 인구가 폭발적으로 증가함과 동시에 서회의 활동은 비약적인 발전을 이루었다. 『미국 북장로교단 선교회사』를 보면 서회는 1910년부터 1931년까지 20년 동안 단행본, 정기간행물, 소책자 등을 합하여 총 3,200만 권의 판매량을 기록했다.[26] 또한 서회는 '연합선교공의회'와 '조선주일학교연합회'의 조정으로 주일학교에 지급하는 보조교재와 잡지를 출판하였다고 기록되어 있다.[27]

서회를 조직하는 과정에서 간사의 필요성이 제기되면서 1910년에 북장로교 선교사 제럴드 본 윅(Gerald Bonwick)이 간사로 임명되었고 10년 이상 홀로 행정 일을 수행하였다. 본 윅은 '반우거'라는 한국 이름으로

---

22 대한기독교서회 홈페이지 http://www.clsk.org/history.php?bo_table=intro

23 프랭클린 올링거(F. Ohlinger)는 한국 기독교 문서 선교 및 출판 분야의 선구자로 평가받는 인물이며 감리교 소속이었다.

24 백낙준, 『한국개신교사』, 연세대학교출판부, 1998. 130쪽.

25 서회는 판매 수입 외에 연회원이나 평생회원 구독료, 선교회의 충당금, 한국 교회들의 몇 차례 기증금, 개인들과 여러 해외 선교회 단체들의 헌금으로 후원을 받았다. 헤리 로즈, 위의 책, 404쪽.

26 헤리 로즈, 위의 책, 403쪽.

27 홍승표, 『일제하 한국 기독교 출판 동향 연구 : 「조선예수교서회」를 중심으로』, 연세대학교 대학원 박사학위논문, 2015.

오랜 기간 『아이생활』의 발행인으로 활동한 인물이다. 다수의 외국인 선교사들과 한국인 기독교 지도자들은 '조선예수교서회'와 '주일학교연합회' 두 기관에서 동시에 활동하였다. 또 다른 발행인이었던 홀드크로프트(허대전) 선교사와 정인과 목사, 한석원 목사 등등의 편집인들도 마찬가지였다.

조선주일학교연합회는 전국의 주일학교를 통솔하고 총괄하여 주일학교 사역이 원활히 수행될 수 있도록 세워진 기구이다. 주일학교는 기독교계의 핵심 사업 중 하나로서 한국 교회의 부흥과 발전에 중요한 역할을 한 것으로 알려져 있다. 한국 주일학교의 역사는 1886년으로 거슬러 올라가며, 그 연원은 교회가 아닌 교육기관으로서의 학교로부터였다.[28] 선교사 스크랜튼(Mary F. Scranton)은 1886년 7명으로 학교를 시작하게 되고, 고종은 그 학교의 명칭으로 '이화학당'을 하사하게 된다.[29] 이때 이화학당에 모인 학생들을 중심으로 후에 일요일마다 성경공부를 시작하게 되었고, 그곳에서 '주일학교'가 시작되었다. 이것이 최초의 한국 주일학교이다.

그러나 최초의 주일학교에는 성인 여성들이 포함되어 있었고, '유년주일학교'의 시초는 1900년으로 보며, 평양의 남산현 감리교회에서 시작되었다는 설이 가장 유력하다. 선교사 윌리엄 아서 노블(William Arthur Noble)의 부인 매티 윌콕스 노블(Mattie Wilcox Noble)이 '유년주일학교'라는 명칭 하에 5세로부터 15세까지의 아동을 모아서 가르치기 시작한 바, 이것이 유년주일학교의 시작으로 알려져 있다. 그때 아동 수는 200명, 교사는 20명이며, 공과는 통일공과를 사용하였다고 한다.[30] 이처럼

---

28 손원영, 「한국초기 주일학교의 특성에 대한 연구」, 『기독교교육논총』 18, 2008.

29 Clark, A. D. *A history of the church in Korea*. Seoul: Christian Literature Society, 1971, 쪽. 93~98 손원영, 위의 논문에서 재인용, 159쪽.

30 정달빈, 『주일학교지도법』, 대한기독교서회, 1956, 62쪽.

유년주일학교는 어린 아동을 대상으로 한 주일학교로서, 후에 한국 주일학교의 대명사가 되었다.[31]

주일학교의 또 다른 표현은 '소아회'(小兒會)이다. 이것은 1907년 연동교회에서 이루어진 유년 주일학교를 부르는 다른 이름이다. 당시 유년주일학교가 주로 감리교에서 사용하던 용어였기 때문에, 장로교회에서는 다른 명칭의 필요성이 제기되었던 것이다. 그래서 연동교회 평신도 지도자였던 김종상과 선교사였던 제임스 게일(J. S. Gale)이 나서서 '소아회'라는 새로운 명칭을 짓게 되었다. 이에 따라 장로교회인 연동교회에서부터 주일학교를 '소아회'로 부르기 시작하였다.[32]

1915년『기독신보』에 제안된 "주일학교의 표준"(1915)의 주요 내용은 다음과 같다. "주일학교 기간은 해마다 매주일이고, 성경공부시간이 제일 중요하고, 아동(1~13세), 청년(14~20), 성인(21세 이상)을 구분하여 반을 편성할 것, 교리문답자와 세례교인을 위해 반을 나눌 것, 교사들의 준비모임이 매주 개최되어야 할 것, 진흥주일을 준수할 것, 그리고 매주 일반적 성경지식에 대한 훈련프로그램이 있어야 할 것" 등이다.[33]

개신교복음주의통합선교공의회(General Council of Protestant Evangelical Missions)가 1905년에 조직되었을 때 조선주일학교위원회가 결성되었다. '조선주일학교위원회'는 1911년 세계주일학교연합회 특파원으로 내한한 브라운(F.H. Brown) 씨와 협의한 결과 '조선주일학교연합회'로 발전하게 됐다. 세계 기구와 손을 맞잡고 일하기 위함이었다. 이 새 기구의 실행위원으로 13명이 선출되었는데, 외국 선교사들인 서로득(M. L. Swinhart–남장로회), 방위량(W. N. Blair–북장로회) 권찬영(Y. J. Crothers 북장로회) 부두일(L. H. Foote) 맹호은(McRae–호주) 고영복(C. T. Collyer–남감리

---

31 손원영, 위의 논문에서 재인용, 159쪽.
32 연동교회편,『연동주일학교 100년사: 1907~2007』, 연동교회역사위원회, 2008, 72쪽.
33『기독신보』,「주일학교표준의 해석」, 1915.12.25.; 손원영, 위의 논문에서 재인용, 166쪽.

교), 변영서(B. W. Billings-북감리교) 노보을(Mrs. W.A. Noble-북감리교) 등 선교사와 현순, 윤치호, 한석원, 남궁혁, 홍겸선 등의 한국 대표이다. 초대회장에는 서로득, 초대 총무에는 허대전(J. G.Holdcroft)이 선출되었다. 주일학교 사업은 국제적인 네트워크를 가지며 움직였는데, 한국 대표들이 세계 주일학교 대회에 참석하여 세계 주일학교 운동의 흐름과 그 움직임을 같이했다. 1907년 5월 로마에서 개최된 제5회 주일학교 대회에 윤치호가 개인 자격으로 참가하여 실행부 위원으로 선택되었고 그 자리에서 한국의 사정을 소개하는 연설도 했다. 1910년에는 워싱턴에서 열린 제6회 주일학교 대회에 참석하여 재차 실행부 위원으로 당선되었다.[34] 또한 '세계주일학교연맹'에서 매년 2,000달러를 원조해 주어 각종 주일학교 교재를 편찬할 수 있었다.[35] 주일학교는 한국의 기독교 단체의 활동 중 가장 빠르고 역동적인 성장을 이루었다.[36]

주일학교 운동은 1924년까지는 선교사들이 중심이었다가 1925년에 『아이생활』의 대표적 편집자인 정인과 목사와 한석원 목사가 협동총무가 되면서 한국 지도자들도 실무에 참여하게 됐다.[37] 정인과 목사와 한석원 목사는 『아이생활』의 편집인이었고, 특히 정인과는 오랜 기간 단독으로 『아이생활』을 편집하거나 단편동화, 번안동화 등을 게재했다. 장로교회에서는 1933년 총회 내에 종교 교육부를 신설하고 정인과 목사가 총무가 되어 주일학교 사업을 관장해 나갔다.

이 주일학교연합회의 핵심 인사들이 『아이생활』의 발행인 및 편집인을 담당하였다. 발행인 중 한 명이었던 홀드크로프트 선교사는 이 협회

---

34 김득룡, 「한국주일학교사 연구」, 『전국주교30년사』, 대한예수교장로회 전국주일학교연합회, 1985, 42~45쪽.
35 김인수, 『한국 기독교회의 역사』, 쿰란출판사, 2012.
36 1922년에 1개 학교, 5명의 교사들, 100명의 학생들로 시작해서 1931년 10년 후에는 800개 학교들, 4천 명의 교사들, 거의 7만 명의 학생들이 있게 되었다. 헤리 로즈, 위의 책, 431쪽.
37 김득룡, 위의 책, 48쪽.

의 총무였으며 전국의 주일학교를 통솔하였다.[38] 편집인인 정인과 목사와 한석원 목사는 1925년에 이 협회의 협동총무가 되었다. 주일학교협회에서는 주일학교용 교재 및 잡지를 다양하게 발간하였는데, 그 목록 중 하나를 『아이생활』이 차지하고 있었다.[39]

또한 주일학교연합회에서는 한국아동문학사에 의의가 있는 중요한 책들을 출판하였다. 첫째로는 미국인 선교사 피득(彼得, Alexander Albert Pieters)이 역술하고 도마련 선교사가(都瑪蓮; M. B. Stokes)가 발행한 『동화연구법』(1927)이 있다. 또한 탐손 박사의 동화이론 강연을 강병주(姜炳周) 목사가 정리한 『신선동화법(新選童話法)』(1934)이 있는데, 두 책은 주일학교의 동화구연자를 위해 펴낸 동화이론서이다.[40]

홀드크로프트 선교사는 주일학교 사업과 문서 사업에 관심이 많았던 인물로, 한국 교회의 주일학교 사업에 지대한 관심을 갖고 1911년 4월 전국주일학교연합회를 조직하는 데 결정적 역할을 수행하였다. 그는 이 연합회의 상임총무를 맡아 1932년까지 직무를 수행하였고 그는 총무 재임 기간 중 주일학교 교재 출판에 힘을 써 1932년의 경우 한 해에 10만 부나 되는 방대한 분량의 서적을 반포하는 실적을 올렸을 정도로 능

---

38 1909년 12월 15일 홀드크로프트(James G. Holdcroft, 허대전) 선교사가 부인(Nellie Cowan)과 함께 내한했다. 처음에 그는 평양스테이션에 배속되었다. 그런데 그는 특히 한국교회의 주일학교 사업에 지대한 관심을 갖고 1911년 4월 전국주일학교연합회를 조직하는데 결정적 역할을 수행하였다. 홀드크로프트 선교사는 이 연합회의 상임총무를 맡아 1932년까지 직무를 충실하게 수행하였다. 그는 총무 재임 기간 중 주일학교 교재 출판에 힘을 써 1932년의 경우 한 해에 10만 부나 되는 방대한 분량의 서적을 반포하는 실적을 올렸다. 헤리 로즈 저, 위의 책, 420쪽.

39 교재로는 1927년부터 『계단공과』가 출판되었고, 잡지로는 『주일학계』·『주일학교잡지』가 있었으며, 1930년부터 『종교교육』으로 발전하였다. 특히 『아이생활』은 1938년 일제의 탄압으로 주일학교연합회가 해체될 때까지 존속하여 인기가 높았다고 한다.

40 '탐손' 선교사의 영문명과 정확한 약력은 아직 파악이 안 되고 있으나, 동아일보의 한 기사를 보면 세계주일학교협회의 특파원(파견원) 자격으로 조선에 파견된 인물로 추측된다. "萬國幼年主日學校聯合會 特派員 米人「탐손」博士講演會: 現在 朝鮮人의 最急務가 幼年敎育(馬山)" 『동아일보』, 1921년 12월 27일.

력있는 발행인이자 편집자였다.

이 주일학교연합회의 소속 인물들이 『아이생활』의 편집을 맡은 만큼 주일학교연합회를 통해 각 교회의 주일학교와 기독교인 가정에 잡지가 보급되었을 것으로 추측된다. 이는 위에서도 언급한 바와 같이 소위 '독자의 소리' 코너인 '자유논단'에서 주일학교 소속 학생들의 사연이 많이 게재되는 것으로도 확인할 수 있다. 결국 『아이생활』이 겨냥한 1차 독자는 주일학교 학생들이었을 것으로 생각된다.

주일학교로 매개된 아동 독자의 기반이 얼마나 탄탄했는지는 대규모 행사 및 주일학교용 코너에서 구체적으로 확인된다. 『한국기독교교육사』에 『아이생활』이 언급되는 것도 그 증거로 볼 수 있다. 해당 책에서는 기독교 교육 잡지로서 크게 성공한 『아이생활』이 함께 언급된다.

> "교재 출판으로 특기할만한 일은 1927년부터 사용할 수 있도록 부별 계단 공과를 출판했다는 점이다. 잡지로서는 1919년부터 홍병선씨 주간으로 『주일학교』라는 잡지가 야소교 서회 출판으로 나왔고(……) 얼마가지 못하였으나 1925년(1926년)부터 시작된 『아이생활』만은 대성공이었다."[41]

『아이생활』의 기독교적 특성 중에서도 주일학교와의 연관성은 『아이생활』이 어린이들을 대상으로 한 잡지라는 점에서 주의 깊게 보아야 할 요소다. 교회에서 운영되는 주일학교의 학생들 대부분이 유·소년층이며, 이 주일학교 학생들과 함께한 잡지라는 점은 잡지의 운영과 유통, 게재물의 특성 등 여러 측면과 관련하여 『아이생활』 연구의 방향성을 알려 준다.

---

41 대한기독교교육협회, 『한국기독교교육사』, 대한기독교교육협회, 1974, 49쪽.

2. 『아이생활』의 기독교 민족주의적 성격

식민지 조선의 기독교가 일제 말기 이전까지 민족주의적 성향이 강했다는 것은 주지의 사실이다. 식민지 조선의 기독교인들은 3·1운동을 비롯하여 여러 독립운동에 적극적으로 참여하였고, 다양한 독립운동 단체를 조직해서 활동했으며, 서구권에서 내한한 조선의 선교사들 역시 조선의 독립에 깊은 관심을 가지고 그들의 활동을 지원하였다. 『아이생활』의 대표적 편집인이자 사장까지 지냈던 정인과는 흥사단(興士團)과 수양동우회(修養同友會), 그리고 장로교회를 기반으로 하여 1938년 이전까지 기독교를 중심으로 문화적, 종교적 민족주의 운동을 활발하게 전개하였다.

정인과는 『아이생활』의 창립 멤버였으며 '아이생활사'에서 최장 기간 사장을 역임하고 또한 잡지의 편집인으로 활동하며 다수의 문학 작품과 사설을 기고하였다. 또한 그는 당시 기독교계에 있던 많은 목회자들에게 영향을 미친 기독교계의 중심적 인물이자 권력자였다. 장홍범과 한석원은 정인과가 조선주일학교연합회와 장로교 종교교육부에서 활발한 활동을 시작한 후 거의 비슷하게 두 단체에 발을 들였다. 따라서 장홍범과 한석원이 뒤늦게나마 『아이생활』에 관여하게 된 것은 두 단체에서 이루어진 정인과와의 만남과 연관성이 있을 것으로 본다. 장홍범과 한석원은 둘 다 조선주일학교연합회와 종교교육부 등 교회의 교육사업에 집중한 활동가들로서 정인과와 함께 활동을 했다.

정인과는 1888년 평안남도 순천에서 출생하여 1902년 기독교를 믿기 시작했고, 고향에서 예수교소학교에 들어가 1904년 5월 졸업했다. 평양 숭실중학교에 들어가 1907년 6월 제4회로 졸업했으며, 숭실대학에 들어가 1911년 5월 제3회로 졸업 후 숭실중학교 교사가 되었다. 하지만 1912년 교사직을 사임하고 중국을 여행하다가 1913년 밀항해 미국 유학길에 오른다. 1914년 캘리포니아 산호세에서 태평양대학 보습과를 수학한 후 로스앤젤리스 성경학원(Bible Institute of Los Angeles)에 들어가 1917년 6월에 수료한 뒤 샌프란시스코 산안젤모신학교(San Anselmo Theological Seminary)에 입학해 수학하던 중 1919년 국내의 3 · 1운동 소식을 듣고 휴학한다.[42] 3 · 1운동이 발발하자마자 미국에서의 공부를 포기하고 귀국한 것을 보면, 이 당시만 해도 그는 독립운동에 깊은 관심을 갖고 상당한 열정을 가졌던 것으로 보인다.

3 · 1운동이 일어나고 그 해 4월 상해에 임시정부가 조직되었다. 3 · 1운동의 소식이 전해지자 미주의 교포단체이자 독립운동 단체인 국민회(國民會)는 "원동에 대표를 파송하여 대한민국 임시정부수립에 봉사"하게 한다는 결의를 하고 국민회 북미지방총회에서 안창호(安昌浩)를 특파원으로 파송했다. 이때 정인과, 황진남(黃鎭南)이 안창호를 수행하게 되었다.[43]

정인과는 8월 18일에 열린 제6회 임시의정원 회의에서 당시 부의장이었던 신익희(申翼熙)가 법무차장으로서의 업무 때문에 부의장을 사임함에 따라 부의장 보선 투표에서 임시의정원 부의장에 당선되었다. 당시 임시의정원 의장이던 손정도(孫貞道) 목사는 건강이 좋지 않았기 때문에 부의장인 정인과가 회의를 진행하기도 하였다. 그는 외무차장을 맡아 1920년 8월 미국의원단 동양 유람단이 중국을 방문했을 때 여운형(呂運亨) 등과 함께 이들에 대한 활발한 외교활동을 벌이기도 하였다. 그러나 임시정부의 내분이 격화되고 독립에 대한 전망이 흐려지자 1920년 10월경 외무차장직과 임시의정원 의원직을 사임하고 다시 미국으로 돌아가고 말았다. 정인과는 임시정부에서 떠나기는 하였지만 바로 국

42 한국민족문학대백과, 한국학중앙연구원.

43 김승태, 「정인과 목사 : (鄭仁果, 창씨명 : 德川仁果, 1888~1972)」, 『한국기독교와 역사』, 한국기독교역사연구소, 1994, 213~214쪽.

내로 들어왔던 것은 아니었다. 미국에 다시 건너가 1921년 프린스턴신학연구과에서 신학사 학위를 받고 1923년에는 같은 대학 정치사회학과에 들어가 문학사 학위를 받았다. 1924년 11월 말경 국내에 입국하여 1925년부터 조선주일학교연합회 협동총무를 맡았다.[44]

국민회와 임시정부, 흥사단(興士團)과 같은 굵직한 독립운동 단체를 거쳤고, 안창호, 신익희, 손정도, 여운형 등의 독립운동가들과 함께한 이력을 보면 정인과는 친일로 변절하기 전까지는 적극적인 민족주의자이자 독실한 기독교 신자였던 것으로 보인다.

흥사단을 거친 것은 40년대의『아이생활』을 주관한 한석원 목사도 마찬가지였다.『친일인명사전』에 그 이름이 올라 있는 한석원은 한때 정인과와 함께 흥사단 단원으로 활동했다. 한석원은 1894년 2월 11일 평안북도 선천에서 태어나 1909년 9월 진남포 삼숭학교를 졸업하고 1912년 6월 경성청년학원을 졸업한 후, 일본에 유학하여 1917년 3월 일본 고베의 간사이 학원 신학부를 졸업했다. 1918년 6월까지 정동교회와 만리현교회 전도사로 시무한 뒤 1918년 6월부터 1919년 3월까지 충청남도 천안에서 주일학교 순행총무를 맡는다. 1919년 4월부터 11월까지 강서교회 목사 겸 청년학교 교장을 지냈고, 그후 정동교회 부목사를 맡고 아현교회의 목사를 맡는 등 다양한 사역 활동을 한다. 1925년 9월에는 집사목사 안수를 받고 1927년 8월까지 조선주일학교연합회 부총무를 맡았는데, 조선주일학교연합회는 정인과가 깊게 관여하고 있는 단체였으며 당시는 정인과가 연합회 소속으로서『아이생활』을 열정적으로 발행하던 때였다. 때문에 한석원과 정인과의 만남은 이 시기에 이루어진 것으로 추측된다. 그후 그는 1927년 7월 장로목사 안수를 받고 미국에 건너가 1928년 9월부터 캘리포니아주 리들리 교회를 담임한 후 미국의

44 김승태, 위의 논문, 213~214쪽.

신학교에서 공부한다. 1935년 6월 흥사단에 가입하고 1937년 귀국하여 1939년까지 교회의 교육사업을 맡아 철원지역에서 철원성경학원을 열었고, 1939년부터 춘천지방 전도 사업과 종교 교육 사업을 펼쳤다.[45]

장홍범 목사는 1878년 2월 26일 황해도 안악에서 태어나 1909년 8월 안악읍 사범강습소를 졸업했다. 1914년 3월 평양 장로회신학교에 입학하여 1918년 6월 졸업한 후 1909년부터 1913년까지 안악읍교회가 운영하는 안악보통소학교에서 교사로 근무했다. 1914년부터 신학생으로 있으면서 황회노회 조사로 있다가 1918년 7월 황해노회에서 목사 안수를 받고 안악군 동창교회를 담임한다. 그 뒤 쭉 목회 활동을 하다가 1921년 대한민국임시정부가 조직한 연통제(聯通制)[46]의 황해도 교통사로 임명되었고, 같은 해 6월 주비단(籌備團)[47] 사건 혐의로 황해도에서 체포되었으나 7월 무혐의로 풀려났다. 같은 해 12월 황해노회장에 피선되었

45 『친일인명사전』 종교편.

46 대한민국 임시정부의 국내외 업무 연락을 위한 지하 비밀행정조직. 상해 임시정부가 국내외 국민간에 독립 의지를 상통하고 구국 사업의 완성을 기하며, 내외의 독립을 수립하기 위해 실시하였다. 연통제는 임시정부 내무부 소관사항이었다. 당시 내무총장 안창호(安昌浩)가 1919년 5월 25일 상해에 도착해 7월 10일 대한민국 임시정부 국무원령 제1호로 <임시연통제>가 공포되면서부터 본격적으로 업무가 개시되었다. (한국민족문화대백과, 한국학중앙연구원)

47 1919년 서울에서 조직되었던 독립운동단체. 한말의 고관직에 있던 이민식(李敏軾)은 1910년 국권상실 이후 일제의 한국 침략에 의분을 느껴 항일독립운동을 전개하기로 결심하고 동지 장응규(張應圭) · 여준현(呂駿鉉) · 안종운(安鍾雲) · 심영택(沈永澤) · 조경준(趙景俊) · 소진형(蘇鎭亨) · 신석환(申奭煥) · 이철구(李哲求) · 정인석(鄭寅錫) · 이규승(李奎承) 등과 함께 구체적 방법을 모색하였다. 그러던 중 1919년의 3 · 1운동 직후 상해(上海)에서 대한민국 임시정부가 수립되자, 이에 대한 원조와 연락을 담당하며 독립운동을 전개하기로 목표를 정하였다. 우선 실천 방안을 강구하였다. 그래서 지속적인 운동을 펴기 위해서는 비밀결사에 의한 독립운동단체의 조직이 필요하다고 느껴 안종운과 의논하여, 운영난으로 폐간 직전에 있던 『경성신문』을 매수하기로 하고, 그곳을 근거로 삼고자 하였다. 그리하여 매수 자금을 마련하기 위해 백방으로 노력하였으나 일부 잔액이 부족하여 실패하고 말았다. 그 뒤 이민식 등 동지들은 대한민국 임시정부에 장응규를 파견하여 임정 요인들과 의논하고, 같은 해 6월 비밀결사 조직에 착수하였다. 비밀결사의 이름을 주비단으로 정하고 심영택을 사령장, 안종운을 부사령장, 이민식을 참모장, 여준현을 재무부장, 장응규를 교통부장으로 선출하였다. 그런데 얼마 뒤 소진형을 단장으로 선임하고 이민식을 사령장으로 바꾸며, 신석환을 참모장으로 하는 주비단 조직을 새롭게 구성하였다. 그리고 이와 같은 경과를 대한민국

고, 1924년 10월 조선주일학교연합회 회장에 선출되어 2년간 겸임했다. 1925년 10월 제2회 조선주일학교대회 대회장을 맡았으며 1932년 9월부터 장로회 총회 종교교육부장을 맡았고, 1933년 조선예수교장로회 제22회 총회에서 총회장에 선출되었다. 조선주일학교대회는 조선주일학교협회가 주관하는 대회였고, 장로교의 종교교육부와도 연관이 있었다. 이 두 단체는 정인과의 주력 사역장이었기 때문에 장홍범이 주일학교와 종교교육부로 사역장을 옮기면서 정인과와 함께 사역을 한 것으로 보인다. 그는 1937년 사리원동부교회를 사임하고 장로회 총회 종교교육부 간사, 편집부장, 교육부장을 맡았다.[48]

정인과와 한석원, 장홍범뿐만 아니라 식민지 조선의 기독교는 일제말 변절하기 전까지는 민족주의적 성향이 강한 '민족교회'였다. 1920년대와 30년대 중기까지의 『아이생활』 역시 민족주의적이고 애국심을 함양할 수 있는 게재물이 발견된다. 특히 1931년 7월호의 『아이생활』은 '이순신 특집호'로 발간되어 이순신을 소재로 한 동시, 동요「이순신 어른」(주요섭 작사, 현제명 작곡),「조선을 구원한 이충무공」이라는 글과 "충무공 리순신의 무덤'이라는 설명과 함께 이순신 장군의 무덤 사진이 게재된다.[49] 또한「이순신의 유적을 찾아서」,「거북선, 세게에서제일처음생긴철갑선」,「충무공 이순신의 인격」은 이광수(李光洙)와 국어학자 김윤경(金允經)이 직접 집필했다.[50] 식민지 치하의 조선에서, 그것도 기독교 잡

임시정부에 알렸다. 주비단이 제일 먼저 착수한 것이 독립운동자금의 모금이었다. 그런데 처음에는 단순히 자산가를 설득하여 이들로부터 군자금을 모으려고 하였다. 그러나 생각한 것처럼 여의롭지 않자 협박장을 보내는 등의 방법으로 자금을 조달하기로 하였다. 그래서 일부는 주비단의 활동자금에 충당하고 일부는 임시정부의 독립자금으로 보내려고 하였다. 그러나 이러한 방법으로 모은 독립운동자금은 6,000원 정도에 불과하였다. 그런데 이러한 활동이 일본 경찰에 탐지되면서 더 이상의 활동이 여의치 못하게 되었을 뿐 아니라, 동지들 대부분이 잡힘으로써 큰 성과를 거두지 못하고 말았다. (한국민족문화대백과, 한국학중앙연구원)

48『친일인명사전』 종교편.

49『아이생활』, 1931.7, 2~5쪽.

지에서 임진왜란의 영웅인 이순신을 기념하는 특집호를 발간하기로 한 것에서는 여러 가지 의의를 찾아볼 수 있다고 생각한다. 이순신 장군의 서사는 독자들에게 애국심과 민족주의를 고취시기에 매우 적합하며, 일제치하의 기독교 출판사에서 이와 같은 특집을 기획한 것은 한국 기독교의 민족주의적 성향을 나타내는 한 증표로 보이기도 한다.

또한 국어학자 김윤경은 「한글독본」이라는 코너를 1931년 1월부터 1933년 12월호까지 3년간 꾸준히 연재한다. 「한글독본」은 단군부터 시작하여 조선, 신라, 고구려, 고려, 백제 등의 나라들의 역사를 순한글로 서술하여 개관한다. 이 외에도 20년대와 30년대에 다양한 콘텐츠들이 있는데, 이 논문에서는 1940년대의 『아이생활』에 집중할 것이기에 『아이생활』의 민족주의적 성격은 다음 연구에서 자세히 논의할 것이다.

세계적인 보편종교로서의 특성을 갖고 있는 기독교가 유독 한국에서 민족주의적 성향을 강하게 갖게 된 이유는 무엇이었을까. 종교사학자 서정민은 한국 교회의 민족주의에 대해 기독교사의 핵심 민족인 이스라엘 민족과 그 이스라엘의 역사가 기록된 구약성경에서 찾는다. 이스라엘이 처한 역사적 상황과 조선이 처한 역사적 상황 및 지리적 환경의 유사성을 당시 선교사들과 식민지 조선 기독교인들은 의미심장하게 받아들인 것이다.

> 한국교회가 구약성서에서 증거되는 이스라엘 민족의 고난과 구원의 사건을 신앙적으로 승화시켜 받아들이는 일은 지극히 당연한 일이었다. 바로 이와 같은 신앙 형태의 기조가 한국교회 '민족교회' 형성의 바탕이 되었다고도 볼 수 있다. 한국교회가 구체적으로 근대적 의미의 민족의식을 함양하거나 민족의식을 나타내 보여준 시기라고 보는 것은 1898년에 선교사 피터스(Al-

50 『아이생활』, 1931.7, 6~21쪽.

exander A. Pieters)가 “내가 깊은 곳에서”라는 찬송가의 시를 편역하였을 때이다. 이는 당시 한국교회에 널리 불리어졌는데, 이 찬송은 ‘한국민족교회’ 구약적 신앙의 ‘초창’을 잘 나타내고 있다.

“나와나의 령혼이 쥬를ᄇᆞᄅᆞ는거슨 파슈군이 붉기를 / ᄇᆞᄅᆞᆷ보다더ᄒᆞ네/ 이스라엘의족쇽아 쥬를ᄇᆞ랄지어다/ 쥬가ᄌᆞ비ᄒᆞ심을 사ᄅᆞᆷ의게베풀고 또한구원ᄒᆞ심을/ 만히베프르시네 이스라엘을죄에셔 구쇽ᄒᆞ시리로다”[51]

이스라엘은 근동에 위치한 작은 나라로 그 주변에 강대국들이 포진해 있었다. 그리고 그 당시 고대 국가인 페르시아, 바벨론, 팔레스타인, 로마 등 크고 작은 나라의 침략과 식민통치를 오랜 기간 겪은 나라였다. 당시 조선에 온 선교사들은 조선이 일본, 중국 등의 강대국에 둘러싸여 오랜 기간 전쟁과 침략을 겪은 것을 알았으며 직접 목도하기도 했다. 미국 북장로교 선교사인 헤리 로즈(Harry A. Rhodes)는 1934년에 편찬된 『미국 북장로교 한국 선교회사』(History of The Korea Mission Presbyterian Church U.S.A.)에서 다음과 같은 말로 책을 마무리한다.

하나님은 그의 말씀과 세상 구원 사역을 맡기려고 유대인을 선택하셨다. 그러면 하나님은 오직 유대인만을 선택하셨던 것인가? 한국인을 또한 선택하지 않으셨을 것인가? 진실로 그러하며, 하나님은 특별한 목적을 위해 다른 민족도 선택하신다. (……) 근동에서 주변에 강대국들을 둔 작고 외세에 복속된 나라(이스라엘)가 주변 나라들을 향해 선교할 특권을 받았다고 한다면, 극동에서도 그 같은 일이 일어나는 것이 가능하지 않겠는가? 한국과 팔레스타인의 지리적 위치와 역사를 그 주변 나라들과 관련지어 비교해보라.[52] (밑줄

---

51 서정민, 『한일 기독교 관계사 연구』, 대한기독교서회, 2002, 228쪽.

은 인용자)

이러한 역사적 상황 속에서 한국 기독교인들이 지닐 수 있는 신앙적 정체성은 한국을 '이스라엘'과 동일시하는 신앙이었을 것이다. 이 외에도 여러 문서나 일반 언론에 이르기까지 한국의 민족상황과 이스라엘의 경우를 유비시킨 표현은 자주 등장하며, 한국 교회의 설교, 기도, 개인 신앙인들의 행동 지표 등에서 '유대적 정체성'은 드물지 않다. 일제 통치기의 한국 교회, 즉 이른바 '민족교회시대'로 규정되는 시기에 한국 교회 강단에서 비교적 구약설교의 비중이 높았던 것은 여러 자료에서 증명된다.[53]

민족교회시대, 20년대 후반과 30년대 초중반의『아이생활』에서는 실제로 구약성경과 관련된 내용의 게재물이 다수 발견된다. 1931년 10월호『아이생활』의 주일학교용 "월간서적" 도서광고란에는『이스라엘 유다 선지자들』이라는 제목의 책이 등장한다.[54] '유다'는 이스라엘국이 '남유다'와 '북이스라엘'로 분열되었을 때의 '유다국'을 뜻하는 용어로, 결국 '북이스라엘'과 '유다'의 선지자(예언자)들의 일대기를 담은 책으로 추정된다.

『구약성경』을 보면 이스라엘이 남북으로 분열된 이후 여호와신, 즉 하나님의 계시를 받고 하나님의 말씀을 전하는 자들이 시대마다 등장한다. 그들은 외세의 침략을 받는 이스라엘 민족들에게 하나님의 메시지를 전하며 나라를 되찾고 독립할 수 있는 길을 반복적으로 이스라엘 민족에게 제시하는 행동을 한다. '에스겔', '이사야' '예레미야' 등의 선지자로 불리는 인물들이 그들인데, 구약성경은 이들 선지자들이 기록한

52 헤리 로즈 저, 최재건 편역,『미국 북장로교 한국 선교회사』, 2010, 524쪽.
53 서정민, 위의 책, 230쪽.
54『아이생활』, 1931.10.

책에 「에스겔서」, 「예레미야서」 「이사야서」라는 이름을 붙여 하나의 책으로 묶여진 책이다. 구약성경의 대부분이 이스라엘의 역사와 그 역사 속에서 나타나는 선지자들의 이야기로 구성되어 있기에 『이스라엘 유다 선지자들』이라는 도서는 신약이 아닌 '구약'만을 강해하는 책일 것이다. 1927년 9월호부터 시리즈로 실리는 「열렬한션지예리미야」[55]는 『구약성경』 중 하나인 「예레미야서」의 내용을 강해하는 게재물이며, 1932년 4월호에서는 「이상한제물」이라는 제목으로 「창세기」의 아브라함과 이삭, 그 자손들의 이야기를 동화 형식으로 풀어낸다.[56] 구약성경에 나타나는 이스라엘의 고난과 외세로부터의 독립 쟁취의 역사는 식민지 조선의 기독교인들에게 깊은 인상을 남겼을 것이다. 특히 평양은 조선에서 기독교세가 가장 강했던 지역으로, '평양 대부흥운동'[57] 이후 기독교인과 선교사들 사이에서는 '동방의 예루살렘'이라는 별칭을 갖고 있었다. '예루살렘'은 이스라엘의 수도로, 여호와 신인 하나님의 성전이 위치한 종교적 의미가 있는 도시다. 성경에서는 하나님이 예루살렘을 신성한 도시이자 자신의 선택을 받은 도시라고 말하는 대목이 반복하여 나타난다. 이스라엘의 수도인 예루살렘을 평양과 동일시하는 이러한 작명은 식민지 조선의 기독교인들이 나라의 수난과 고난, 국난의 극복까지 이스라엘에 투영했다는 또 하나의 근거로 볼 수 있다.

결국 일제 말기로 들어서면서 일제 당국은 구약성경을 식민지 조선의 기독교인들이 어떻게 이해하며 받아들이고 있는지를 파악하고, 민족주의 고취라는 이유로 교회에서의 구약의 상고, 강독을 금지시키고 결국에는 신약 중에서 4복음서만을 사용하도록 한 극단적 조치를 내렸다.[58]

---

55 박연서, 「열렬한션지예레미야」, 『아이생활』, 1927.9, 18~20쪽.
56 반우거, 「요섭과 그 형들」, 『아이생활』, 1932.4, 28쪽.
57 1907년 1월 6일부터 10일간 평양 장대현교회를 중심으로 일어난 신앙 부흥운동. 한국교회의 오순절로 평가된다. 가스펠서브, 『교회용어사전』, 생명의말씀사, 2013.

1) 한국 역사와 한글교육

『아이생활』에는 민족주의적 성격을 갖는 글과 기사가 다수 실렸다. 역사 교육과 한글 교육 분야가 특히 두드러지는데, 『아이생활』이 갖는 이러한 민족주의적 성향은 사장인 정인과의 민족주의적 성향과 연관이 있을 것이다.

민족의식을 교육하고 일깨우기 위한 노력으로서 『아이생활』에는 조선의 역사를 소개하고 교육하는 글들이 다수 실렸다. 현재 발견된 『아이생활』에서는 1927년 3월호에 연재가 시작된 정병순의 『조선사개관』이 최초로 발견되는 역사 교육 지면이다. 1927년도 3월호의 『조선사개관』은 이미 4회차로 연재되고 있었고 1920년대의 『아이생활』에 한자어가 많았던 반면 정병순의 『조선사개관』은 대부분이 한글로 작성되었다.

◇고대사(一千年쯤)

—삼국(三國)이셜때부터남북조(南北朝)가망할때까지

(……)

—삼국(三國)이셜때부터고구려(高句麗)가사군(四郡)을회복(回復)할때까지[59]

4호의 제목을 보면 조선의 '고대사'를 소개하고 있는데 삼국(신라, 백제, 고구려)시대의 역사를 조선사로서 기록하고 있다. 이러한 역사 교육은 일본의 식민통치하에 있는 조선의 어린이들에게 민족의식과 민족적 자부심을 일깨울 수 있다.

이러한 노력은 이후에도 여러 역사 교육 지면을 통해 지속된다. 정신

---

58 서정민, 위의 책, 228~229쪽.

59 1927년 3월호, 4쪽.

여학교 교사 김원근은 단오, 세시뿐만 아니라 '이달의 선인' 또는 '유년 천재'라는 주제로 김시습, 사임당 신씨, 박엽, 이항복, 길재, 김효성, 유형원, 신항, 황희, 정염, 신계화, 김정, 김계휘, 양예수, 이해룡 등 우리나라의 뛰어난 인물에 대한 소개글을 써서 어린이들에게 조선의 역사적 인물들에 대해 교육하였다.

1927년 9월호에는 박제상(朴提上)에 관한 글이 게재되었다. '신라사담' 「박뎨상」 이라는 제목으로 실린 이 글은 신라의 충신 박제상이 삼국시대 신라 제19대 눌지왕의 동생을 일본과 고구려에서 구한 일화를 담고 있다. 이러한 내용은 당시 일제의 입장에서는 불편하게 여겨질 수 있었으며 조선의 어린이들에게 조선의 위인들에 관해 교육시키며 민족의식을 가르치려 노력한 것으로 볼 수 있다.

1927년도 10월호에는 「의긔론개」를 실었다. 최성찬의 글인 「의긔론개」는 임진왜란 당시 일본군 장수를 끌어안고 남강에 투신한 의로운 기생으로 전해 내려오는 '논개'에 관한 일화를 적은 글이다. 임진왜란과 관련되어 조선을 지키려는 노력을 한 조선의 인물들에 대한 소개는 일본에게 식민통치를 당하던 당시 시대를 생각했을 때 일본의 입장에선 탐탁치 않은 일이고 편집진의 입장에선 쉽지 않은 일이었을 것이다.

『아이생활』에는 정인과의 민족주의적 성향이 반영되어 다수의 한국 위인과 한국의 역사, 한글에 관한 기사들이 실렸다. 1931년 1월호에는 권두화로 '한배 단군상'을 실었다. '단군'은 한민족의 시조로 여겨지는 인물로 그 역사성과 중요성, 민감성을 생각하면 일제강점기 식민지 조선에서 펴내는 잡지에 싣기 위해서는 큰 용기를 필요로 하는 일이었다.

'단군'은 식민지 조선에서는 매우 중요한 의미를 갖고 있는 민족의식의 상징이었다. 식민지 조선에서 한국의 독립운동가들은 제국주의에 맞서는 방법으로 '저항적 민족주의'를 발견하였고, 독립운동가들은 독립운동의 정신적 구심점으로서의 단군을 발견하였다. 독립운동에 민족 구성원 다수를 참여시키기 위해, 단군이란 민족적 동원력이 강한 역사적 소재를 찾았던 것이다. 한국 근대 독립운동의 모색과 전략화 과정에, 독립운동은 물론 그에 필수적인 역사 연구의 출발점은 모두 단군이 되었다.[60]

이와 관련하여 신채호는 우리 민족사가 바로 단군으로부터 시작되고, 단군의 후예가 만들어 전해오는 역사임을 주장하였다.

> 고대의 불완전한 역사라도 이를 자세히 살펴보면, 우리 국가의 '주족(主族)'인 단군 후예의 발달한 실적이 명백하거늘, 어떤 이유로 우리 선민(先民)을 왜곡함이 이에 이르렀느뇨. 금일에 민족주의로 온 나라의 완고한 꿈을 일깨우며, 국가 관념으로 청년의 새로운 두뇌를 단련시켜, 우수함은 살아남고 열등하면 망하는 갈림길에서 함께 나서서, 한가닥의 실처럼 아직 남아있는 국가의 명맥을 지켜내고자 할진대, 역사를 버리고서는 다른 방법이 없다고 할 수 있으니, 이러한 것과 같은 역사를 역사라 한다면 역사가 없는 것과 같지 않도다.[61]

위의 글을 보면 신채호는 단군으로부터 시작되며, 그 후예에 의해 발달되어온 민족의 역사로써 민족주의를 일으켜 완고한 꿈에 빠져 있는 전체 민족을 깨워 망해가는 국가를 되살려야 한다고 주장하였다. 이와 같이 신채호는 민족 차원에서 전개해야 할 독립운동의 정신적 구심점으로서의 단군을 발견했고, 단군을 통한 민족주의를 일으켜, 민족 구성원인 전체 동포를 동원하여 독립운동을 전개할 것을 주장하였다.[62] 이

---

60 임찬경, 「근대 독립운동과 역사연구 출발점으로서의 단군인식 검토」, 『선도문화』 Vol.23, 국제뇌교육종합대학원대학교 국학연구원, 2017, 116쪽.

61 신채호, 『독사신론』 「서론」, 『대한매일신보』(1908.8.27), 위의 논문 129쪽에서 재인용.

62 위의 논문, 130쪽.

렇듯 '단군'은 조선의 민족주의와 독립운동에 매우 중요한 상징성을 갖는 존재였으며 일종의 구심점 같은 존재였다. 이러한 '단군'의 민족주의적 상징성으로 인해 '단군' 초상을 잡지에 게재하고 단군과 관련한 일화를 잡지에 게재하는 것은 큰 의미를 지니는 일이다. 단군과 관련된 기사로는 1931년 1월호의 '한배 단군상' 외에도 1931년 2월호에 김윤경의 「한글독본 제이과 단군(檀君)」이라는 제목으로 단군과 관련된 조선의 역사를 서술한 글을 게재하였다. 『아이생활』은 이 두 번의 게재 외에도 단군과 관련된 글을 게재하였다가 잡지가 검열당하고 기사가 삭제되는 일을 당하였다.

1929년 1월호에는 "本月에는 좀 자미잇게 만드러서막나가여러분을 뵈옵게된 이때에 당국에뎌촉되는 사건이잇슴으로 아래와가치十三페지를 삭뎨하고 바행됨으로 좀늦게됨을량해 해주십시오"라는 글에는 삭제된 페이지로 "새해를맛고무근해를도라보면서「한배검님께대한나의참회」"라는 제목이 소개되어 있다. 이미 단군과 관련된 기사를 삭제당한 경험이 있었기 때문에 이후에 단군과 관련된 기사를 다시 게재하는 것은 편집부의 용기가 없으면 가능하지 않은 일이다. 정인과의 민족주의적 성향과 식민지 조선에서의 기독교 민족주의가 『아이생활』에도 영향을 미치고 있었음을 보여주는 사례이다.

1931년 7월호에는 이순신 특집이 게재되었다. 이순신 장군은 일본과 조선의 전쟁이었던 임진왜란을 승리로 이끈 영웅적 인물로 식민통치 당시의 조선인들에게는 난세에서 조선을 구한 영웅으로 인식되었기에 민족주의적 이미지가 있었다. 이순신 장군은 일본의 식민지라는 굴욕적인 상황을 겪고 있는 조선인들에게는 '일본으로부터 나라를 구한 영웅'으로 호출되며 민족주의적 의식과 감정을 상향시켰다. 이순신 장군 특집을 게재한 것은 『아이생활』 측에서는 '단군'과 관련한 기사를 게재한 것과 마찬가지로 상당한 용기가 필요한 결단이었을 것이다.

이순신 특집에는 주요섭이 가사 3절을 붙이고 현제명(玄濟明)이 곡을 붙인 악보 「이순신 어른」[63], 「조선을 구원한 이충무공—어른의 무덤이 경매 될 번」[64], 「충무공 리순신의 무덤(사진)」[65], 이광수의 「리순신의 유적을 차자서(거북선, 세계에서 제일 처음 생긴 철갑선 사진)」[66], 김윤경의 「충무공 이순신의 인격」[67] 등으로 구성하였다.

김윤경의 「충무공 이순신의 인격」[68]은 이순신 장군의 존경받아야 할 성품에 대해 서술한 글이다. ①용감한 인격성, ②강직한 인격성, ③충효 일관한 인격성, ④청렴 고결한 인격성 등 총 일곱 가지로 나누어 이순신 장군의 성품을 알고 배우며 존경할 수 있도록 독려하였다. 나라의 위인에 대해 서술하고 소개하는 것은 결국 어린이 독자들에게 민족주의적인 정신과 마음을 기르도록 하기 위한 것이다. 이순신은 일제의 입장에서는 불편한 인물이고 검열을 당할 수 있는 가능성이 높음에도 『아이생활』 편집진이 이순신 특집호를 만들어 발행한 점은 민족의식을 높이려는 노력과 당시 조선 기독교의 민족주의적 성향, 그리고 편집주간이었던 정인과의 민족주의적 의식이 반영된 결과로 볼 수 있다.

일제가 불편하게 느낄 수 있는 민족주의적 기사는 이후에도 반복적으로 실렸다. 1935년 6월호에는 1905년 을사늑약 체결의 부당함을 알리고자 1907년 7월 네덜란드 헤이그에서 열린 만국평화회의에 참석하고자 하였으나 목적을 이루지 못하고 순국한 이준 열사의 부인에 관해 강승한이 「고 이준 씨 부인 이일정 여사의 일생」을 게재하였다.[69]

---

63 『아이생활』, 1931년 7월호, 2~3쪽.
64 『아이생활』, 1931년 7월호, 4~5쪽.
65 『아이생활』, 1931년 7월호, 6~8쪽.
66 『아이생활』, 1931년 7월호, 9쪽.
67 『아이생활』, 1931년 7월호, 11~21쪽.
68 『아이생활』, 1931년 7월호, 11~21쪽.
69 『아이생활』, 1935년 6월호, 42~43쪽.

"구라파 서북편 대서양주 북해연안에 있는 화란국 서울 해아에서는 세계각국 대표자가 모혀 만국평화회의가 열리게 되었습니다. 이때 조선에는 한말풍운에 급작한 변화로 그형편을 세계만국사람에게 이야기 하려고 어떠한 생각을 품은 세사람의 조선사람이 이해아회의에 나타났었습니다. 그러나 조선사람은 만국평화회의에 참석할 자격이 없다고 거절되자 맘속에 품었던 말을할 길좇아 없게됨에 분개하야 그중 한사람은 그만 자결하야 한깊은 불귀의객이 되고 말었습니다. 그가 바로 이준(李儁)이란 어른이랍니다."

위의 인용문에는 헤이그 특사 파견과 이준 열사에 대한 소개가 되어 있다. 이러한 기사를 싣는 것은 일본의 검열과 압박이 심했던 당시의 상황에서도『아이생활』이 일제에 굴하지 않고 당당하였음을 알 수 있다.

이외에도 1935년 12월호에 손기정(孫基禎) 선수에 대한 기사인「마라손 세계기록을 내기까지」[70]를 실었다. 1936년 9~10월 임시호에는 손기정에 관한 화보「기뻐하는 손기정 군의 가정」[71],「텝을 끊는 손군」[72]과 정인과의 사설「마라손왕손기정」[73], C기자의「1936년 8월 9일 올림픽대회에 마라손왕 된 우리 손기정 언니(오빠)—마라손 제패, 1착 손기정, 3착 남승룡 기」[74] 등을 싣고 있다. 손기정을 두고 "우리 조선이 낳은 반도의 청년 손기정 언니"라 하여 손기정이 자랑스러운 조선인임을 서술하였다. 이순신에 관한 특집호와 기사들과 마찬가지로 이준 열사와 손기정은 일본에 저항하는 민족주의 정신을 바탕으로 하고 있기에 해당 인물들에 대한 내용을 기사나 특집으로 편성하는 것은『아이생활』의 민족주의적 경향을 잘 보여준다.

70『아이생활』, 1935년 12월호, 46~47쪽.
71『아이생활』, 1936년 9-10월호, 6쪽.
72『아이생활』, 1936년 9-10월호, 7쪽.
73『아이생활』, 1936년 9-10월호, 10~11쪽.
74『아이생활』, 1936년 9-10월호, 40~45쪽.

이외에도 언론인 유광렬(柳光烈) 역시 민족주의적 성격이 강한 글들을 여럿 게재하였다. 1932년 9월호~12월호에 걸쳐 게재된 「민중의 사절, 안용복의 활약」은 조선 후기 어부이자 민간 외교관이었던 안용복이 일본을 상대로 울릉도의 주권을 확립한 일화를 담았다. 1933년 5월호에 실린 「풍신수길의 죽음」은 일본의 도요토미 히데요시의 죽음에 대한 일화로 일본에서 위인으로 추대되는 인물의 죽음을 기사화해서 역사의식을 제고하고 있다. 이뿐 아니라 1934년 9월호에는 임진왜란 극복에 중요한 역할을 한 곽재우에 관한 일화를 「천강홍의대장 곽재우」라는 제목으로 실었다. 1934년 11월호에는 「바위가 업고 가서 일본왕이 된 연오랑—원래 신라사람으로」라는 연오랑의 설화가 실린 것을 확인할 수 있었다. 이 모든 기사들이 일본이 보기에는 탐탁치 않은 주제와 내용들이어서 민족주의적 신념으로 위의 글들을 실었을 것이다.

국어학자인 김윤경은 「한글 독본」이라는 제목으로 1931년 1월호부터 1937년 5월호까지 조선 역사에 대해 44가지 주제로 60회가 넘는 연재를 하였다. 먼저 1931년 1월호에는 「조선의 역사」라는 제목으로 '조선문명'이라는 단어를 사용하여 조선 역사의 시초를 설명한다.

> 그러하면 조선 역사가 일어난 곳은 어대냐 하면 이제의 반도(半島)조선과 만주(滿洲)를 합친 곳이외다. 그리하여 동쪽으로는 바다에 이르고 서쪽으로는 금아림(金阿林)곳 홍알령(興安嶺)을 넘어서 사막에 닿고 남쪽으로는 탐라(耽羅) 곳 제주(濟州)에 이르고 북쪽으로는 흑수(黑水) 곳 흑농강에 다달은 그 안에서 오륙천년 동안 생기었던 환(桓)이라 하는 조선 족속의 한일을 조선역사(朝鮮歷史)라 합니다.
>
> 이 환 족이 태백산(太白山) 곳 이제의백두산 북쪽 송화강 유역을 중심으로 하고 사방으로 펴어지면서 조선문명(文明)을 창조하고 발쩐하고 전파한 것이외다. 그리하여 누리역사의 가장 오랜 여섯 문명의 근원의 하나가 되었

습니다.[75]

1931년 1월호에 실린 글을 보면 '조선 역사', '조선 족속', '환(桓) 족' '조선문명' 등의 민족주의적인 단어들을 사용하여 어린 독자들이 조선이라는 나라에 대한 자부심을 느낄 수 있도록 하였다. 2월호에 게재된 글은 '단군'에 대한 내용으로 고조선 건국 신화에 대해 설명하며 1월호의 첫 화와 마찬가지로 강한 민족주의 정신을 드러낸다.

> 먼 서쪽(중앙아시아 방면)으로붙어 동쪽으로 옮아 태백산(太白山) 으로 붙어 송화강 언저리를 차지하고 앉은 환(桓) 족속들은 문화가 다른족속들보다 높아지게 되어 단체의 살림을 하게 되었습니다. 그리하여 이제로붙어 한 오천년쯤 전에는 환웅(桓雄)(천왕(天王)의 뜻)이라하는 분이 천부인(天符印) 세게를 가지고 태백산에 강생하여 나라 이름은 신시(神市)라고 하였었습니다. 이를 환웅 천왕(天王)이라 합니다. (……) 환웅의 아들로서 갸륵한 이가 나시어 님검(王儉)이 되시니 이가 조선의 시조 단군이시외다.[76]

「제이과 단군」에서는 위와 같이 고조선 건국 신화를 간략하게 정리하여 설명하고 단군을 소개한다. 조선의 건국 신화와 단군에 관한 기사를 싣는 것은 『아이생활』 집필진들과 편집진들의 민족주의적 의식이 강했다는 것을 보여주고, 또한 이러한 민족의식을 어린 독자들에게 교육시키려 노력했음을 알 수 있다.

김윤경은 「한글 독본」에서 임진왜란, 을미사변, 아관파천 등 중요한 역사적 사건들을 기술하였다. 이 세 사건 모두 일본이 깊이 관여된 사

75 『아이생활』, 1931년 1월호, 3쪽.
76 『아이생활』, 1931년 2월호, 3쪽.

건으로 일본 입장에서는 이러한 기사들이 매우 불편하였을 것이다. 을미사변은「을미의 변」이라는 제목으로 게재되었다. 원문의 일부를 옮기면 다음과 같다.

> 우에서 말함과 같이 동학당(東學黨) 때문에 일청전쟁이 일고 그전쟁에「일본」이 이긴 결과로 개화당(開化黨)은「일본」의 세력 밑에서 갑오경장(甲午更張)을 행하였던것입니다 그런데 동방「아시아」에서 세력을 페려던 아라사는 이같이 일본의 세력이 팽창함을보고「럭국」과「법국」과 연합하여「일 청」전쟁의 결과「일본의「청국」에서 얻은 요동반도를 돌리어 주라고 권고하여 돌리어 주게되매 (을미년 오월 오일) 조정에서는「일본」의 약합을 보고배척하는 기분이 생기는 동시에「아라사」공사「웨베로」는 적극적으로 조선궁정과 연락하므로 친일당이던 이윤용(李允用) 이완용(李完用)들이 박영효(朴泳孝)와 등지고 친아당이 되었습니다. (……)「민」후가 개화당을 미워하여「민」씨들과 함께「아라사」공사와 연락하여 정권을 걷우어 들이려한 때문이었습니다. 이와 같이「일본」의 세력이 삼포오루(三浦梧樓)가 오게되자 이를 분게하여 세력회복을 생각할 팔월이십일 새벽에 불평중에 있는 대원국을「공덕리」퇴고에서 맞아내어 훈련대와「일본」수비대의 호위로 궁중에들어가게 하였습니다. 이병란에 궁내대신「이경직」과 연대장「홍계훈」이 죽임을 당하고「민」후도 참혹히 죽임을 당하게 되었습니다.[77]

갑오경장, 동학당과 개화당, 러시아의 개입 등 그 시대의 역사적 상황을 설명하고 있다. 이완용에 대해서도 언급하고 있으며 명성황후「민」후가 일본 수비대에 의해 살해당했다는 사실을 상세하게 기록하고 있다. 일본에서 보기에는 일본의 치부를 드러내는 이러한 내용들은 상당

77『아이생활』, 1937년 2월호, 18~19쪽.

히 불편할 수 있고 검열의 대상이 될 수 있다. 이런 내용들을 잡지에 게재하는 것은 민족주의적 성향이 매우 강하게 드러나고 있으며 일본에 대한 반감의 정서도 드러나는 것이다. 이러한 민족주의적 혹은 반일적 내용들이 검열되거나 삭제되지 않고 게재된 것을 보았을 때 민족적 혹은 계급적 내용을 자주 실은 『신소년』이나 『별나라』, 심지어 『어린이』까지도 수시로 불허가, 삭제, 압수를 당한 것에 비추어 보면 상대적으로 『아이생활』은 '안전지대'에 있었다고 할 만하다.[78]

2) 기독교 민족운동과 서구 문명 교육

조선에 서구 문물을 전해줄 것을 스스로의 사명으로 여기고, 그 사명에 충실하려고 노력했던 사람은 선교사들이었다. 물론 선교사들의 일차적인 목적은 개종자를 얻어 기독교를 전파하는 데 있었다. 그런데 19세기 말 20세기 초의 서양 선교사들은 기독교 신앙과 더불어 서구 문화를 전하는 것도 중요한 사명 가운데 하나로 여겼다.[79] 『아이생활』 역시 외국의 선교사들이 발행에 깊숙이 관여한 잡지로, 선교사들의 '문명관'이 반영되어 있을 것으로 추측한다. 선교사들의 문명관은 그들로부터 기독교를 비롯하여 서양 문물에 대한 교육을 받은 조선인 편집자, 목사 및 기독교 관련 인물들에게도 영향을 미쳤을 것이며, 결국 『아이생활』에서도 그 흔적을 발견할 수 있을 것이다.

1900년대에 내한하여 활동한 선교사들을 1기 파송 선교사라 부를 수 있다면, 1920년대에서 30년대에 조선에서 활동한 선교사들은 2기 파송 선교사들로 부를 수 있다. 2기 파송 선교사들 역시 1기 파송 선교사들

---

78 류덕제, 「한국 근대 아동문학과 『아이생활』」, 『근대서지』 24, 근대서지학회, 2021, 587쪽.
79 류대영, 『한국 근현대사와 기독교』, 2009, 57~58쪽.

과 그 문명관에 있어서는 큰 차이가 없는 것으로 보이는데, 개화기의 선교사들이 주장했던 문명론은 2기 파송 선교사들이 관여한『아이생활』에도 그대로 나타나고 있기 때문이다.

개항기의 조선에 온 서양 선교사들이 '문명'을 조선에 전하여 '개화'시키겠다고 작정했다는 것은 그들이 조선을 '문명화'되지 않은 곳, '개화'되지 않은 곳으로 여겼음을 말해준다. 그렇다면 선교사들이 생각했던 '문명'이란 무엇이었을까.『아이생활』에 나타난 선교사들의 문명관과 가치관을 알아보기에 앞서 개화기의 1기 선교사들이 발행했던 두 신문『죠선크리스도인회보』와『그리스도신문』을 참고하여 본다.[80]

『죠선크리스도인회보』는 미국 선교사 헨리 아펜젤러(Henry G. Appenzeller)가 1897년 2월 2일 창간하여 대체로 주간(週刊)으로 발행하던 4~6면 분량의 순한글 신문이었다.『그리스도신문』은 1897년 4월 1일 장로교 선교사 호레이스 언더우드(Horace G. Underwood)가 창간한 후, 1904년부터 장로교회의 공식 신문으로 발간된 순한글 주간신문이었다. 이 두 신문을 참고할 때, 선교사들이 지닌 문명관과 관련하여 선교사들의 생각을 들여다볼 수 있게 해주는 가장 완전한 형태의 단서는 1901년 9월 12일자『그리스도신문』에 게재된「인죵과 개화의 등급」이라는 기사에서 발견된다.[81]

이 기사에서 확인할 수 있는 선교사들의 생각은 다음과 같이 몇 가지로 정리할 수 있다. 첫째, 문명은 낮은 데로부터 높은 데까지 등급이 있어 낮은 데서 높은 데로 "진보"하는데, 그 등급의 차이는 "개화"의 정도가 결정한다. 둘째, 가장 낮은 단계는 야만의 상태이며 그 다음 단계는 미개화, 또 그 다음 단계는 반개화, 그리고 가장 높은 단계는 문명의 경

80 선교사들의 "문명관"에 관한 논의는 류대영의 논문「한말 기독교 신문의 문명개화론」(『한국 근현대사와 기독교』, 푸른역사, 2009)에서 많은 도움을 받았다.

81「인죵과 개화의 등급」,『그리스도신문』, 1901년 9월 12일.; 류대영, 위의 책에서 재인용.

지다. 셋째, 가시적인 개화의 정도는 농업, 공업, 상업의 발달 정도에 달려 있는데 그런 것을 발달시키는 것이 "실ᄒᆞᆫ 학문"이다. 넷째, "실ᄒᆞᆫ 학문"이 발달하면 부국강병 할 뿐 아니라 법률, 윤리, 의식에서도 진보한다. 다섯째, 개화의 정도, 즉 문명의 등급은 인종과 연관 있어, 대체로 피부가 어두울수록 낮은 단계에 위치하고 밝을수록 위쪽에 위치한다. 여섯째, 조선은 청이나 인도, 그리고 "아셰아즘의 허다ᄒᆞᆫ 인민"과 마찬가지로 반개화한 나라다. 결론적으로, 이 "등급"이론은 당대 서양의 유사과학적인 인종론과 사회진화론적 역사-문명관이 결합되어 만들어진 전형적인 서구 중심 세계관이었다. 피부의 명암을 인종 서열이나 문명개화의 정도와 연결시키는 관점은 당시 앵글로 색슨인들이 가졌던 전형적인 인종-문명관이었다.[82]

『조션 크리스도인 회보』는 「허실론」이라는 글에서 "격물학 긔계학 리학 화학 ᄀᆞᆺ은 책"을 공부해야 재덕을 겸비한 사람이 생기고 자연히 "문명ᄒᆞ며 부강ᄒᆞᆫ 나라"가 만들어진다고 말한다.[83] 이것은 과학과 실용학문의 발전에 대해 말하는 것이며, 과학기술과 관련된 기사는 『아이생활』의 곳곳에서 발견된다. 1931년 1월호 『아이생활』에는 「과학뉴스」라는 코너가 따로 있었고, 「안개 예언하는 뉴스」라는 제목으로 영국의 스모그 측정기를 소개하고 있다. "영국 논돈에는 안개가 넘우심하여 살기에 퍽 괴롭다. 이 안개가 언제 끼는지 알아내는 장치 개발."이라는 기사를 볼 수 있다. 같은 호에는 마찬가지로 「자전거 조상」이라는 제목으로 자전거의 초기 모델을 소개하는 기사가 있는가 하면, 2월호에는 「과학뉴스 : 라디오 등사판」이라는 제목으로 라디오를 소개한다.[84] 이러한 과학 및 과학기술과 관련된 글은 『아이생활』 매호마다 1~2회 이상은 반드시

82 류대영, 위의 책, 64~65쪽.

83 「허실론」, 『죠션크리스도회보』, 1897년 5월 19일.; 류대영, 위의 책에서 재인용.

84 「안개 예언하는 뉴스」, 『아이생활』, 1931년 1월호, "라디오 등사판", 『아이생활』, 1931년 2월호.

등장한다.

애국심 또한 문명화로 가는 길의 강조 대상이었다. 선교사들이 말하는 애국심이란 충군애국이라는 전통적인 국가관을 넘어서 근대적 시민의식을 지향하는 개념이었다. 1906년 9월 27일자 「신문」의 논설은 문명한 나라들과 조선의 차이가 국민들의 애국심 여부에 있다고 주장하였다. 문명국 사람들은 자기 집안보다 나라를 더 사랑하기 때문에 나라가 부강한데, 조선 사람들은 집안과 일가는 사랑하되 "나라 ᄉᆞ랑할 줄은 도모지 아지 못"하므로 약소국이 되었다는 것이다.[85] 또한 이는 자주독립과도 연관된 문제였는데, 1898년 7월 7일자 논설은 관리들이 월은이나 받아먹으면서 자신만 위하되, 나라는 독립을 하든지 아니면 속국이 되어 종노릇 하든지 상관없는 일로 생각하고 있으니 언제나 다른 나라와 같이 자주 독립국이 되겠느냐고 비판했다.[86]

이러한 초기 내한 선교사들의 지론은 2기 선교사들에게도 그대로 전해진 것으로 보인다. 『아이생활』은 식민지 시대의 국어학자 김윤경 선생의 「한글독본」이라는 코너를 정기적으로 운영하였다. 1931년 1월호부터 시작된 김윤경의 「한글독본」에서는 조선, 신라, 백제 등 조선 이전의 고대 국가들의 역사를 순한글로 기록하여 싣고 있다. 뿐만 아니라 『아이생활』은 조선의 위인들을 자세히 소개하는데, 1931년 7월호는 "이순신 특집"으로 해당 호 전체를 꾸몄다. 이순신을 주제로 한 동요와 동시를 소개하고, 거북선과 이순신의 업적을 교양 역사 코너에서 소개하였다. 조선뿐만 아니라 신라 시대의 위인을 소개하는 코너, 고려 시대의 위인을 소개하는 코너도 발견된다.[87]

---

85 「론셜: 교육과 사회의 관계」, 『그리스도신문』, 1906년 9월 27일.; 류대영, 위의 책에서 재인용.
86 「론셜」, 『그리스도신문』, 1898년 7월 7일.; 류대영, 위의 책에서 재인용.
87 「박제상」, 『아이생활』, 1927년 9월호, 54~55쪽.; 「이달의 명현 「김후직」」, 『아이생활』 1931년 4월호, 19쪽.; 「조선의 위인 「비녕자」」, 『아이생활』, 1931년 5월호, 14~15쪽.

또한 『죠선크리스도회보』는 주로 청년들에게 부지런히 일하며 살 것을 강조했다. 1899년 2월 1일자 회보는 청년들이 "열 가지 죠심홀 일"을 언급하며, "게으른 사람의 버르쟝"인 해야 할 일을 미루는 것을 첫째로, 스스로 할 만한 일을 남에게 시키는 일을 둘째로 꼽아 게으름과 의타심을 경계했다.[88] '교육'과 '교화' 또한 선교사들이 강조하던 문명의 덕목이었다. 1927년 11월호 『아이생활』에는 「아희의 생활(아희생활을 애독하시는 동무들의게)」이라는 기사가 실렸는데, 그 내용은 정직하고 성실하게 열심히 하는 어린이가 되어야 한다는 훈화였다. 특기할 만한 사항은 『아이생활』에 실린 교훈적인 동화를 통해 위의 내용들을 전달하는 시도가 많았다는 점이다. 「적은일큰일」, 「설날」이라는 단편동화는 선행과 정직을 강조하는 교훈적인 내용이며, 다수의 동화들이 성실함과, 정직을 강조한다.[89]

선교사들이 가졌던 문명개화론은 선교사들의 우호적인 동기에도 불구하고 근본적으로 서구 중심적 세계관이었다. 역사학자 류대영은 이에 대해 "우리 민족 자의식의 일부로 남은 패배의식, 열등감, 그리고 서구화에 대한 강박관념은 문명개화론에 설득당하고 제국주의에 강탈당한 역사의 지워지지 않는 흉터"라고 말한 바 있다.[90] 『아이생활』은 기독교 종교지이자 교육지로서의 역할을 충실히 했지만 이러한 서구 중심적 문명개화론의 영향을 받은 부분도 분명히 존재한다.

당시 기독교를 받아들인 조선인들은 기독교와 미국 문명을 연결하여 이해했다. 미국 선교사들과 깊은 관련을 맺고 미국에 가서 오랫동안 거주하면서 기독교를 수용하게 된 서재필, 윤치호가 대표적 인물들이다.

---

88 「엡웟청년회: 열 가지 죠심홀 일」, 『죠선크리스도회보』, 1899년 2월 1일.; 류대영, 위의 책에서 재인용.

89 한가람, 「적은일큰일」, 『아이생활』, 1931년 2월호 69~71쪽.
은방울, 「설날」, 『아이생활』, 1931년 2월호 72~74쪽.

90 류대영, 위의 책, 106쪽.

잘 알려진 바와 같이 미국으로 귀화한 서재필은 미국에서 잠시 귀국한 후 조선에서 머물렀던 2년 몇 개월간의 짧은 기간에 미국 문명의 교사, 전도사로 활동했다.[91] 윤치호는 남감리교 계통의 학교인 벤더빌트 대학과 에모리 대학에서 공부하고 미국을 직접 경험하면서 그는 기독교와 미국 문명을 연결하여 이해하기 시작했다. 그의 눈에 미국은 인종차별과 같은 한계에도 불구하고 "세계에서 문명이 가장 높은" 나라로 보였다. 또한 윤치호는 미국 문명의 배후에 기독교가 있다고 생각했다.[92] 독실한 기독교인들이었던 서재필과 윤치호의 사례에서 보듯 그들에게 기독교가 배후로 있는 서구 문명은 보편적 가치였고 조선이 따라가야 할 모범적인 '문명화'를 보여주는 것이었다. 조선의 진보적 개화지식인들 중 미국 개신교 수용 여부에 따라 기독교를 서구 문명의 핵심으로, 미국의 서구 문명의 정점으로 보았다. 그들에게 서구화는 문명화였고 문명화의 핵심은 기독교화였다.[93] 『아이생활』의 편집진들은 미국 선교사들의 영향을 받은 기독교 인사들로 미국식 서구주의를 따르며, 문명의 대표를 서양, 특히 미국으로 생각하고 서양문물을 보편적 문명으로 평가하는 사람들이 대다수였을 것이다.

이와 같은 맥락에서 『아이생활』에는 서구 문명에 대한 동경이 나타나는데, 서구 문물과 역사를 소개하거나 뛰어난 업적을 이룬 서구의 인물을 소개하는 지면이 자주 등장한다. 1927년 8월호에서 「문명기화」[94]라는 제목으로 영국 런던의 지하철을 소개하는가 하면 1931년 8월호에서는 「제일긴다리」라는 제목으로 세계에서 제일 긴 다리 개통식이 미국에서 있었다는 기사를 실었다. 또한 주요섭은 1932년 5월호에 「미국으로」

---

91 류대영, 『한국 근현대사와 기독교』, 45~46쪽.
92 윤치호 일기, 1992.11.12.; 류대영, 『한국 근현대사와 기독교』, 48쪽에서 재인용.
93 류대영, 위의 책, 52쪽.
94 『아이생활』, 1927년 8월호 30쪽.

(世界一周旅行記)라는 제목으로 미국까지 가는 여정에서 여러 서구 유럽 국가들을 둘러보는 여행기를 게재하였다.

> 불란서로 돌아와서 또버해협을 건너 테임쓰강으로 한참올라가다가 영국서울 론돈에 다앗습니다. 론돈은 몇백년전부터 세계 경제의 중심지로되여 잇엇습니다. 따라서 론돈은행은 세계적 중심은행으로 되어잇습니다

> 론돈으로 다시와서 비행기르라고 십오분만에 파리에 와내렷습니다. 참으로 빠릅니다. 파리서 기차를타고 독일서울뻘린까지 갓습니다. 뻘린서 가장 눈에띄우는 것은 시가지가 규률정제한것과 깨끗한 것입니다. 뻘린은 독일의 심장이오 세계문화의중심지입니다. 론돈으로 세계적상업의중심지이라면 뻘린은 세계적 문화와과학의 중심지입니다.[95]

영국의 런던과 독일의 베를린을 경제와 문화의 중심지로 소개한다. 1932년 7월호에는 미국에 도착한 주요섭이 본격적으로 미국을 여행하는 여행기를 「뉴욕에서서울까지」라는 제목으로 실었다. 이 여행기에는 미국 역사도 함께 기록되어 있다. 「미국이 독닙하든 이야기」라는 제목으로 미국의 역사를 소개하는데 미국이 영국의 식민지였다가 독립하는 과정을 간략하게 기록하였다. 또한 미국의 도시 뉴욕을 소개하는데 글에는 미국을 향한 동경과 당시의 식민지 조선인들 특히 기독교인이 가지고 있는 미국에 대한 동경, 이른바 '선진 문명'에 대한 경탄이 생생하게 드러난다.

> 세계에 제일 큰 도시 뉴욕

---

95 『아이생활』, 1932년 5월호, 16~17쪽.

우리 일행이 뉴욕에 내린때는 바로 칠월사일, 미국독립 기념일이엇습니다. 가가호호에 미국기가 펄럭 거리고 거리에는 우리가 상상하든 것보다도 엄청나게 훌륭한행렬이 잇으며, 밤이되니 각처에서 음악, 땐쓰, 불노리! 참으로 굉장합니다.

뉴욕은 인구가 칠백만이나 되는 세계에서 제일 큰 도시입니다. 거리에집들도 이십층이하는 없고 대개가 사십층 오십층이어서 깜아케 하눌에다은 듯이 보입니다. 그러케 높은 집들이 문허지지 안코 그냥 서잇는 것이 어째 이상스러워 보입니다.

널따란 길에는 자동차의 대행렬이 보입니다. 참으로 미국은 자동차의 나라입니다. 길거리에 사람이 더많은지 자동차가 더많은지 분간할수없을 지경입니다.[96]

이렇게 전반적으로 서구 문명에 대한 동경과 서구 문명을 선진적인 것으로 여기는 시각이 잡지 곳곳에서 드러난다. 위인으로 소개되는 인물들도 유럽과 미국, 서구 문명권의 인물들이 대다수 소개된다. 1927년 8월호에는 이용도의 「위인의 일화—아브라함링컨」, 1927년 8월호에 최상현의 「윌슨 대통령의 어린시절」, 1931년 1월호에 「위인들의 어린시절—쏘크라테쓰」, 그 외에 「위인들의 어린시절—세계 어린이의 동무 안더-센 선생」, 「위인들의 어린시절—음악의 신성 모짜-ㄹ트」 등 서양권의 인물들을 본받아야 할 위인으로 다수 소개했다. 『아이생활』이 민족주의적 측면에서 조선의 위인들을 상당수 실었다면 서구 문명에 대한 동경의 측면에서는 서구권 인물들의 일화를 상당수 잡지에 실었다. 『아이생활』의 편집진들에게는 서구 문명이 선진화된 문명이고 조선이 모

96 『아이생활』, 1932년 7월호, 22쪽.

범으로 삼아야 하는 문명이라는 사고방식이 강하게 있었던 것으로 보이는데 『아이생활』이 기독교계열의 잡지이고 편집인과 집필진 대부분이 기독교인인 것을 고려하면 본받고 따라가야 할 근대적 문명으로 미국을 비롯한 서구 문명을 상정하고 이들 문명에 관한 것을 지속적으로 잡지에 실은 것은 개화기 서재필, 윤치호 계열의 '미국식 서구주의'를 따라가는 모습으로 보인다.

1927년 7월호에는 최상현의 글로 「세계의 유명한 사람들 – 셰계의강텰대왕 「카네기」」라는 글이 실렸다. 이글의 서두는 다음과 같다.

> 미국에는 셰계뎍으로 유명한부쟈들이만습니다. 니를테면 셕유대왕『으락크펠노』라던지 자동챠대왕『헤느리, 포드』라던지 동산대왕『클락크』갓흔이가 다셰계뎍으로 일홈난부쟈들이오 또뎌들이 다간난한가명에서 츌생하야 자슈셩공한사람들임니다.[97]

미국을 동경하는 경향이 강하게 드러나는 글이다. 미국의 성공한 사업가와 발명가들을 언급하며 또한 그들이 가난한 가정에서 출생하여 자수성가한 사람들임을 강조하고 있다. 이러한 글들은 『아이생활』에서 여러 편 발견된다. 서구 중심, 특히 미국 중심적인 세계관을 가지고 있으며 조선 어린이들이 본받아야 할 나라로 서구, 특히 미국과 미국인을 본보기로 삼아야 한다는 미국식 서구주의가 드러나는 글이다.

과학 지식과 과학적 사고에 대한 강조도 『아이생활』 전반에 걸쳐 나타난다. 창간호인 3월호의 바로 다음 호인 1926년 4월호에는 '과학상식' 「비오는 리치」(최상현)라는 글이 실렸다. 이 글은 『아이생활』에서는 최초로 과학 지식에 대해 전달하고 소개하는 글로서, 어린이 독자들에게 과

97 1927년 7월호 19쪽.

학을 무엇으로 정의하고 가르칠 것인지에 대한 당시 『아이생활』의 과학에 대한 가치관을 볼 수 있는 글이다. 이 글에서는 과학을 '자연과학'과 '정신과학' 두 분야로 나누어 소개하며 과학의 중요성에 대해 강조한다.

> 과학이라하면 자연과학과 정신과학의 두가지 과학이잇습니다 ᄌᆞ연과학은 텬문 디리 물리 화학등이오 정신과학은 심리학과 론리학등임니다 어느나라던지 과학이잘발달되엿스면 문명한나라라하고 과학이발달되지못하엿스면 야만나라라합니다 그러기에과학은 문명의어머니란말이잇지오 이러한의미에서 나는우리아동에게 과학정신을 보급식히기위하야 이압흐로 이 『아이생활』을통하여가지고 물리 화학 뎐긔 기타 생물학에 관한 샹식을 론하려합니다.[98]
> (밑줄은 인용자)

최상현은 과학이 발달한 나라가 문명한 나라이며 과학은 문명의 어머니라고 말한다. 또한 이러한 과학과 과학 정신을 보급하기 위하여 『아이생활』에 과학과 관련된 다양한 글을 실을 것임을 밝힌다. 과학이 곧 문명을 상징한다는 담론은 위에서 소개한 대로 선교사들이 가졌던 문명개화론과 일치한다. 『조션 크리스도인 회보』는 「허실론」이라는 글에서 "격물학 긔계학 리학 화학 ᄀᆞᆺ은 책"을 공부해야 재덕을 겸비한 사람이 생기고 자연히 "문명ᄒᆞ며 부강ᄒᆞᆫ 나라"가 만들어진다고 말한다.[99] 이미 19세기에 조선에 들어왔던 선교사들은 과학과 과학의 발전을 강조하였으며 그로 인해 문명하고 부강한 나라가 될 수 있음을 강조하였다. 이러한 과학 담론은 20세기 초에도 그대로 계승되어 『아이생활』에도 다양한 지면을 통해 나타나고 있다.

1926년 6월호에도 '과학상식'이라는 표제어로 「전기」라는 기사가 실

---

98 1926년 4월호, 8쪽.

99 「허실론」, 『죠선크리스도회보』, 1897년 5월 19일.; 류대영, 위의 책에서 재인용.

렸는데 전기의 원리와 관련된 과학 상식을 전하고 있다. 1928년 8월호에서는 '여름과학'이라는 표제어로 「녀름은 엇지하야 더운가」(강영훈)라는 기사가 있다. 지구가 태양을 공전하면서 일어나는 현상임을 그림으로 설명하게 자세하게 과학적 상식을 다루었다. 1931년 1월호의 '과학뉴쓰' 영국에서 발명된 「안개 예언 하는 기게」에 관한 내용, 1931년 2월호 '과학뉴스' 「과학뉴쓰 : 라디오 등사판」, 「과학뉴쓰 : 텔레비죵」, 인플루엔자에 대한 상식을 전하는 「사람쥑이는곳뿔 유행성 감기」 등 1931년 2월호에만 여러 가지 과학 기사가 실렸다.

1931년 6월호 「새로운 동력원 깨솔린 이애기」(양평심), 1931년 9월호 「지구가둥근줄을엇더케아나」, 1932년 3월호 '유년과학난' 「기생충 이야기」(이덕봉), 1932년 5월호 「폐병이야기」(주요섭), 1933년 3월호 「주의할 천연두」(리용철), 1937년 「인류의 시작」(이영만) 등 다양한 과학 상식 이야기가 실려 있다.

주요섭은 1940년 6월호에 「과학적이란 무엇인가」라는 글을 실었다. 이 글을 보면 과학에 대한 당시의 견해와 태도를 대략 알 수 있다.

> "현대 문명의 특징은 과학발달에 있습니다. 과학이 없이 현대문명은 자랑될수 없고 과학이 없이 현대인은 생활할 수 없습니다. 과학방법으로써 사는 사람이 문명한 사람이고 과학방법으로 살지 않고 되는대로 사는 사람은 미개인, 또 미신으로 사는 사람은 야만인입니다."[100]

현대 문명의 특징은 과학의 발달에 있고, 과학이 없이는 현대 문명이 성립할 수 없다고 주장하며 과학적인 방법대로 살지 않은 사람은 "미개인", "미신으로 사는 야만인"이라는 표현을 사용했다. 이 글은 서구로부

---

100 『아이생활』 1940년 6월호

터 유입된 과학중심적 세계관이 반영된 글로 볼 수 있다.

1943년 9월호에는 기독교조차도 과학적이지 않은 미신적 사고를 가지고 있는 것이라고 비판하는 글을 볼 수 있다. 1943년 9월호에는 「신식귀신」이라는 글이 실렸다. 이 글은 도깨비나 귀신 같은 초자연적이고 미신적인 요소를 배격할 뿐만 아니라 기독교에 있는 초자연적 요소인 영의 존재(성령), 예수의 실존 등에 관해서도 부정적인 입장을 취하고 있다.

> 여러분 새지식을 배우고 새 살님을 꿈꾸는 여러분 이와 같이 문명한 시대에 살면서 아직도 도깨비나 귀신같은것이이 있다고 밑고 그것을 숭배하며 위하여 모든 액을 면하고…….예수를 믿는다는 것도 예수의 높은 정신을 찬송하며 숭배하자는데 있는 것이요 결코 혼령에게 빌어서 무슨 이득을 보자는것이 아닐줄압니다.[101]

『아이생활』은 선교사와 서구 문물로부터 유입된 과학중심적 세계관을 오랜 기간 유지해 왔으나 기독교의 초자연적 성격에 대해서만은 신성불가침의 영역으로 대하고 있었다. 그러나 1940년대에 일본의 군국주의가 거세지고 일본식 기독교를 한국의 기독교 지도자들이 수용하면서 기독교조차도 과학중심적 세계관에서 볼 때 비판받아야 하는 초자연적 요소를 가진 종교로 여겨지게 되었다.

과학에 대한 강조는 과학 지식에 대한 소개뿐 아니라 과학 지식을 토대로 새로운 발명을 한 서구의 인물들에 대한 소개로도 이어진다. 「世界의 有名한 偉人들」이라는 꼭지의 1화는 기차를 발명한 영국인 과학자 스티븐슨을 소개하는 내용이다.

---

101 『아이생활』 1943년 9월호, 26쪽.

一, 汽車를 發明한 영국의 스테푼슨

지금브터 수십년젼만하여도 교통이엇더케 불편하엿는지오 평양이나 대구등디의사람이 서울이나한번왓다가랴면 젹어도 반달은걸여야햇습니다 그뿐아니라 걸어단이는 고생으로생각하면 오늘날 우리의마암으로는 헤아릴수도 업습니다 그러나지금으로말하면 불과일쥬야로 서울을단녀갈수도잇스며 그래도 걸어단니는것이아니오 누어서단니는것입니다 (……) 그것은 긔챠의증긔긔관을처음으로발명한 영국사람「쪼지 · 스테푼슨」의덕택입니다

이 글에서는 증기기관차 발명가인 영국인 조지 스티븐슨(George Stephenson, 1781~1848)의 어린 시절과 그가 기차를 발명하게 된 과정이 적혀 있다. 『아이생활』은 조선 역사에서 위인으로 여겨지는 인물들에 대한 소개를 비롯하여 서구권의 인물들도 다수 소개하였는데, 『아이생활』의 편집진들이 어떤 인물을 위인으로 선정했는가는 당시 지향하는 성공적인 가치와 성공적인 사람이란 무엇이고 누구인가를 정의내리는 것과 밀접한 연관이 있다. 또한 어떤 인물을 위인으로 선정했는가를 살펴보는 것은 당대에 어떤 담론이 유행하고 사람들에게 강한 영향을 미치고 있었는가를 알 수 있는 문제이기도 하다.[102] 과학자이자 발명가인 조지 스티븐슨을 선정한 것은 서구 과학주의 담론과 과학의 중요성이 『아이생활』의 필자와 편집진들에게도 중요하게 여겨지고 있었음을 의미한다. 이렇게 기독교 민족운동과 서구 문명 교육은 나란히 움직이며 기독교 민족주의를 형성해 나갔고 그것은 그대로 『아이생활』에 영향을 미쳤다.

102 김도경, 「조선 위인과 위인 전기의 기원—개벽사의 조선 위인 투표와 "조선지위인(朝鮮之偉人)"(1922)을 중심으로」, 『한국학논집』 No.91, 계명대학교 한국학연구원 2023, 112쪽.

제3장

중일전쟁 이전의 『아이생활』

: 1926~1936년

1. 기독교 사회운동과 아동문학

『한국 기독교의 역사Ⅱ』를 보면 1926년부터 1935년까지를 '전환기 교회의 자기모색'이라 정의한다. 『아이생활』의 1기 발행 기간(1926~1936)과 거의 일치하는 시기이다. 위의 책에서는 이 시기에 일어났던 중요한 현상으로 '기독교 민족운동과 사회운동'에 대해 언급한다. 3·1운동 이후 초월적 신비주의 신앙이 한 양태를 이루었다면 그 반대편에서는 계몽적 사회참여 신앙이 발달하고 있었다는 것이다. 계몽적 사회참여 신앙은 주로 청년층, 지식층, 교인들에 의해 이루어졌다. 3·1운동 이후 초월적 신앙을 통해 암울한 현실을 극복하려 한 민중 계층과 달리 청년층, 지식층은 사회계몽을 통해 현실을 극복하고자 했다. 이러한 변화와 운동성은 3·1운동 이후 변화된 정치사상적 상황에서 민족의 독립 역량을 기르기 위해 전개된 사회운동으로서 민족운동적 성격도 내포되어 있었다.[1]

이 사회운동의 중심 인물로는 『아이생활』을 담당했던 정인과도 있었

---

1 한국기독교역사학회 편, 『한국 기독교의 역사Ⅱ』, 기독교문사, 2019, 209쪽.

다. 정인과는 1928년 예루살렘국제선교협의회(International Missionary Council)에 참석하였는데 이 회의의 의미는 참석한 한국인들의 의식과 시각을 사회문화운동으로 바꾸는 계기가 되었다. 정인과는 『아이생활』의 사장이자 편집주간으로 이 시기에 꾸준히 활동하면서 아동을 교회와 사회의 다음 세대로서 양성하고자 하는 목적이 있었다. 아동을 장차 사회와 교회를 이끌어 나갈 다음 세대로 보고 인격과 실력을 갖춘 인재들로 교육하고자 하는 목적은 『아이생활』에 실린 교훈성이 강한 다양한 작품들과 서구 문명을 중심으로 한 근대 지식들이 실려 있는 것과 연관이 있다고 생각된다.

근대적 문학 장르인 아동문학은 아동담론의 형성 및 자본주의의 발달, 가족, 학제 등의 근대적 제도의 성립과 불가분의 관계를 지니는 장르로 인식되어 왔다. 근대에 들어 인간 삶의 특수한 국면으로 아동기가 분절되고, 새롭게 발견된 아동이 부르주아 핵가족과 학교 제도에 편입됨으로써 아동문학 형성의 물적 토대가 마련된 것으로 설명되어 왔다.[2]

한국 아동문학의 형성은 안으로는 전통적이고 관습적인 문학의 틀을 재구성하면서, 동시에 세계문학과의 부단한 접속을 통해 한국 문학을 특수성과 보편성이 교차하는 좌표 속에 자리매김시킨다. 성인문학의 경우에도 마찬가지이지만, 특히 아동문학의 경우에는 전통적인 구술문화나 전통서사와의 연계성이 매우 크다. 여기에 일본을 매개로 한 서구 근대 아동 서사가 수용되면서 이 두 축의 장르는 상호 경합과 경쟁, 충동과 혼효의 양상으로 삼투된다.[3]

설화, 옛이야기, 구전동화 등의 용어상의 편차는 있으나 대체로 구비문학의 자취와 계보는 창작 동화와 함께 아동문학의 내포로서 중요하

2 오현숙, 『한국 아동문학의 형성과 장르 분화 : 동화와 아동소설을 중심으로』, 서울대학교 대학원 박사학위논문, 2016, 1쪽.

3 오현숙, 위의 논문, 34쪽.

게 기술되었다. 아동문학은 성인 문학에 비해 훨씬 큰 비중으로 전통문학을 재발견하고 설화, 전설, 옛이야기, 구전동화 등의 다양한 명칭 속에서 재창작되고 향유되었기 때문이다.[4] 이러한 사실은 『아이생활』에 실린 동화들의 창작에 영향을 미쳤을 것으로 추측되는 동화작법서인 『동화연구법』(1927)과 『신선동화법』(1934)에도 기록되어 있다. 이 두 책은 『아이생활』 발행과 발간에 깊이 관여하고 있는 조선주일학교연합회에서 펴낸 것으로 『아이생활』과 마찬가지로 기독교적 발간 배경을 가지고 있다. 『동화연구법』은 "미국 예수교 신교파 연합주일학교 협회에서 편집"하여 미국에서 주일학교 "교사양성과 표준과목에 교과서로 인정"되고 널리 사용된 책이다. 『동화연구법』의 서문을 옮겨보면 다음과 같다.

> 본서는 미국 예수교 신교파 연합주일학교 협회에서 편집하야 교사양성과 표준과목에 교과서로 인정하고 사용하므로 미국내에서 널리 사용하게되엿다.
>
> 본서원문은 미국교사양성과 출판회에서 뉴욕시캔톤 푸레스사로 출판하게 하엿으며 차서를 또 조선문으로 번역하야 발행하도록 허락하엿으니(……)[5]

서문을 보면 『동화연구법』은 이미 미국에서 널리 사용되고 있던 동화 창작의 교과서이며 그 책을 번역하여 조선에 들여온 것이다. 『아이생활』에 게재할 동화를 창작한 작가들은 『동화연구법』을 읽고 동화 창작에 대해 공부했을 것으로 추정된다. 따라서 『동화연구법』의 내용을 확인하는 것은 『아이생활』에 게재된 여러 동화를 분석하는 것에 중요한 도구로 활용될 수 있을 것이다.

또 다른 책인 『신선동화법』은 1934년에 초판 발행된 것으로 확인된다. 이 책은 미국인인 탐손 박사가 구술한 것을 강병주 목사가 번역하

4 오현숙, 위의 논문, 5쪽.
5 『동화연구법』, 1쪽.

여 기록한 것이다. 강병주 목사는『아이생활』의 창간 및 발간에 힘을 쏟았던 인물이고 이후에도 아이생활사의 직원으로 근무하며『아이생활』에 한글맞춤법을 비롯하여 다양한 동화와 글을 실었다.[6] 이 책에는 따로 서문이 실려 있지 않지만 '교사양성과입학규정'이 서문이 있어야 할 자리를 차지하고 있다. 입학규정의 첫 항목인 "一. 입학자의 자격 한글쓸수 있는 직분과 평신도 전부 다"[7]에서 자격 요건이 '평신도'로 규정되어 있는 것을 보면 교사를 지망하는 사람은 반드시 교회에 등록한 기독교인이어야 한다는 것이다. 8번 항목은 "입학수속을 모르면 교회 목사나 장로나 전도사나 찾아서 문의 하시압"[8]이다. 입학 수속에 대해 교회 목회자의 도움을 받으라고 되어 있다. 어느 학교인지 학교명이 정확하게 명시되지는 않았지만 위의 내용을 추측해 보건대 기독교 계열의 교사 양성 학교인 것으로 추정되며,『신선동화법』은 교사를 희망하는 학생들이 동화 창작을 공부하는 교과서로 사용되었을 가능성이 크다.

『동화연구법』과『신선동화법』을 보면 내용면에서는 두 책이 큰 차이를 보이지는 않는다. 그러나 동화의 중요성과 동화 창작 방법, 동화의 기대 효과 등에 대해 자세히 체계적으로 서술되어 있으며 '아동심리학'과 '교육심리학'에 대해 강조하는 부분에서는 아동 교육과 동화 창작에 있어서 선진적인 면모를 보여주고 있다고 평가할 수 있다.

『동화연구법』의 첫 번째 장인「동화와 아동」의 일부를 보면 다음과 같다.

> 一. 동화와 아동
>
> 심리학의 연구가 점점 발달함에 따라 동화가 아동에게 얼마나큰 힘을주며

---

6 최봉칙,「본지 창간 10주년 연감」,『아이생활』, 1936년 3월호, 부록 5쪽.
7『신선동화법』,「교사양성과정입학규정」 참조.
8『신선동화법』,「교사양성과정입학규정」 참조.

요긴한 교재가 되는 것은 일반이 다 시인하게 되었다. 그러므로 지금은 어느 곳을 물론하고 아동을 교육하는곳에서는 반듯이 동화가없이는 능히 아동을 지도할수 없으리만치 절대의 필요를 느끼게되었다. 동화는 마치 요술하는 사람의 막대기처럼 신기한 마력이 있어 좋은 아이들이나 좋지못한 아이들과 다 같이 귀를기우려 자미있게 듣게되으모 그중에서 자연히 아이들은 무한한 감동과 자극은 받게되는 것이다. 그리하야 이비법을 적당히 잘이용하면 어떠한 아이든지 그어리고 순결한 양심을 자연스럽게 잘발달시켜서 악한행동과 습관을 배우지않고 선한마음과 고상한 이상을 가지게되어 고귀한 인격자를 이루기가 둘과둘이 합하면 넷이되는것같이 대단히 쉽게할수가있다.[9] (밑줄은 인용자)

심리학과 연결시켜 동화의 가치를 분석하는 부분이 흥미롭다. 이 책이 저술된 미국에서는 이미 아동심리학과 동화를 연결시켜 분석하고 그 중요성에 대해 파악하고 있었던 것으로 보인다. 아동을 교육하기 위해서 동화는 반드시 필요하며, 좋은 동화를 창작하고 읽혀서 아이들의 "순결한 양심"을 발달시키고, "악한 행동과 습관"을 배우지 않고, "고귀한 인격자"로 교육시킬 수 있을 것이라고 주장하는 부분에서 동화의 교육적 목적을 분명히 하고 있다.

한편 『동화연구법』은 기독교계에서 출판된 책으로 서문에서 밝혔듯이 "미국 예수교 신교파 연합주일학교 협회"을 담당했다. 그런 만큼 기독교 교육과 『성경』 교육을 동화를 통해 이루고자 하는 목적도 확인할 수 있다. 그 의도에 맞게 『동화연구법』에서는 동화 창작의 적절한 예시를 성경 예화에서 찾아 설명한다. 『성경』의 「창세기」에는 '야곱(Jacob)과에서(Esau)'라는 형제의 이야기가 나오는데 이 이야기를 예시로 들어 자세

9 「동화연구법」 1쪽.

히 분석하면서 동화를 창작하는 방법을 구체적으로 설명한다.

이제이야기의내용을 해석하여보면, 구조된 것이 가히 좋은 동화될만한 몇 가지 사실이있다. 그순서를따라 찾아보면

(一) 이야기는 취미를 흥분시키느냐?

그렇다. 야곱과 라헬이란 두사람을 소개할때에 즉시 아이들은 그일이 어떻게 될가하는 것을 알고저할 것이다.

(二) 이야기는 한 연속된 여러광경이나 혹은 연합된여러사진같이 한떼를 이루어 마침내 최고정점에 이르렀느냐?

그렇다. 이아래 기록한여섯가지 사실이 연합하야 한떼를 이루어 마침내 정점에이르렀다.

(1) 야곱이 섬섬히 집을떠난다.

(2) 밤이될때에 외롭고 적적한생각을한 것.

(3) 돌을집어 벼개를삼고 땅으로 침상을삼은 것.

(4) 꿈을꾸어 하느님의 안위를 받은 것.

(5) 새벽에 튼튼한 자신으로 다시길을 떠난 것.

(6) 밧단 아람에이으러 라헬과 혼인한 것.

(三) 이 이야기가 감정을 일으키느냐?

그렇다. 야곱이 사랑하는부모와 본집을떠나 험한길을가다가 캄캄한밤에는 땅우에서 자며 외롭고 적막히 지내었다는말을 들을때에 자연히 동정심과 감동을 일으킬 수 있다.

(四) 이이야기는 연극적이며 또한 충돌과의구가있느냐?

그렇다. 야곱이집을 멀리떠나는때에 하느님도 멀리계신줄알고 돌아볼사람도 없어서 외로이 지날때에 꿈에본 사다리로 말미암아 야곱의 쓸쓸한생각은 다스러지고 하느님의안위와 보호하심을입어외로움과 두려움이 없이 지내게 되었다.

(五) 이 이야기는 정점에 달하였으며 또한 듣는사람이 그렇게되면 좋겠다. 혹 그렇게 되지않으면 좋겠다하는 두가지중에 한가지정점에 이르렀느냐?

그렇다. 야곱이 마침내 자기의 외조부의 집으로가서 라헬로더부러 혼인하였다.[10]

창작 중인 동화가 "취미를 흥분"시키는지, 이야기가 "최고 정점"에 이르는지, "감정을 일으키"는지, "연극적이며 충돌과 의구"가 있는지 등의 질문을 기준으로 하여 동화를 창작하는 작가가 실제로 해당 질문들을 자신의 창작에 적용해 볼 수 있도록 동화 창작 방법을 구체적으로 제시하고 있다. 『동화연구법』은 『성경』에서도 『구약성경』에 있는 이야기들을 예시로 삼고 분석하여 동화를 창작하는 방법을 설명한다. 신앙적 색채를 배제하였을 때, 『구약성경』은 일종의 전설, 민담, 신화와 같은 옛이야기로 볼 수 있다. 또한 기독교 교육은 결국 『성경』 교육이기도 하기 때문에 이러한 여러 특징을 사용하여 『성경』 교육과 동화 창작을 연결시킨 것으로 보인다. 『동화연구법』은 『성경』 특히 「구약성경」에 실린 이야기들을 동화로 재창작해서 사용할 것을 적극 권장한다. 이러한 지침들을 수용한 동화들은 『아이생활』에 게재된 기독교적 성격을 가진 동화들에 반복적으로 나타난다.

성경에 기록한 이야기는 이와같은 해석으로 모집할 수 있다. 열왕이상십칠장에 엘리야의 이야기나 성경에기록한 이야기나 느헤미야일장에 느헤미야의 이야기나 삼우엘십팔장으로 이십장에 따윋과 요나단의 이야기는 다유명하다. 그 외에도 신구약성경에있는 모든이야기를 다자미롭게 할 수 있다. 그러면 주일학교의 사역자들은 세상에 비할대없이 귀하고 아름다운 성경동화중

10 「동화연구법」 13~14쪽.

에서 자기의 마음대로 취하야 그중의 진정한의미와 완전한뜻을 나타내기위하야 더욱힘써 준비할 것이다.[11] (밑줄은 인용자)

『성경』에 있는 일화들과 이야기들을 동화 창작의 소재로 적극 활용하라는 권고는 『아이생활』에서도 충실하게 이행되었다. 동화, 동요, 아동극 등의 다양한 장르들에서 위와 같은 창작 지침이 실행되었다. 또한 『동화연구법』은 『성경』 외에도 명작동화를 분석하여 읽으면서 창작법을 익히고, 신화, 전설, 민담과 같은 옛이야기를 적극 활용할 것을 권장한다.

제二장 동화의 일반적 준비

二, 명작동화를 참고할 것

이야기의 기술을 공부하는 첫방법은 명사들의 유명한이야기를 공부할 것이다. 주일학교사역자들은 반듯이 성경이야기들을 준비할것이며, 또한 연구할 것이다. 이렇게 문사들의지은 명작동화도 연구함으로써 동화의구조와 법칙을 잘배울 수 있다. 그러므로 동화를 하려고하는이는 문학방면에대한준비를 경홀히 여기지말 것이다.[12] (밑줄은 인용자)

三, 신화를 참고할 것

이야기를 분석적으로 연구하는대 신화를 경홀히 볼수가없다. 이신화란 것은 근일종종 소년잡지에서보는 허무한이야기를 가리침이아니오, 유명한사람의 기록한 것이다. 옛절부터 각민족들이 귀히여기고 사랑하는 신화들을 가리

11 「동화연구법」 14쪽.
12 「동화연구법」 17쪽.

침이다. 신화는 주일학교선생의 사용할만한 이야기와 다른점이 좀있을지라도, 성경이야기를 잘하려면 마땅히 좋은이야기의 구조를 잘알아야 할 것이다. 각나라백성사이에유행하던 옛적신화는 대대로전하야 환영하며 즐겨하는 이야기다. 옛적 사람의마음은 지금 아동들의 심리와같으므로써 그때 사람들의 좋아하던 것은 지금아이들도 좋아할것이므로, 아동들에게 이야기할때에도 이것을 모범하야하면 듣는아동들은 더욱만족과 유익을 얻을 것이다.[13] (밑줄은 인용자)

명작 동화를 분석하고 연구하여 동화의 구조와 법칙을 잘 배울 수 있고, 신화나 민담 같은 옛이야기들의 구조를 잘 알아야 함을 강조한다. 『아이생활』에 게재된 창작 동화들에 명작 동화와 옛이야기에 사용된 모티프들이 다수 등장하는 것도 위와 같은 창작 지침에서 영향을 받았을 것이다.

『신선동화법』의 전체적인 내용은 『동화연구법』과 비슷하지만 체계적으로 동화와 동화창작법에 대해 잘 정리해 놓은 훌륭한 이론서이다. 저자인 탐손 박사는 『동아일보』 1921년 10월 19일자 기사 「주일학교대회」에 '주일학교본부청년부장'으로 소개된다. 『동아일보』 1921년 11월 18일자 「탐손박사환영회」 기사에서는 "미국 『시카코』 주일학교 본부청년 부장 『탐손』박사를 위하야 지난 십이일오후사시로 동오시삼십분까지 남산현례배당에서 환영회를 개하얏"다는 기사가 보인다. 그는 미국의 목회자로 시카고에서 주일학교 사역을 한 목회자인 것으로 추정된다. 그가 구술한 『신선동화법』의 목차는 다음과 같다.

제一장 총론

---

13 「동화연구법」 17쪽.

제二장 동화는 무엇인가

제三장 동화의 가치

제四장 동화의 종류

제五장 동화의 선택

제六장 동화와 여러 가지 관계된것들

제七장 동화를 미리 계획할 것이다

제八장 동화의 사명

제九장 동화 하는법

제十장 동화 저작법

제十一장 동화 수정법

제十二장 동화를 발표시킬 것이다

제十三장 한글 마춤법[14]

동화의 정의, 종류, 목적에 대해 두루 정리하고 저작법과 수정법, 동화 구연법, 한글 맞춤법까지 일목요연하게 정리해 놓았다. 미국인 탐손이 저술한 책에 「한글 마춤법」 항목이 들어간 것은 책을 필기한 강병주 목사가 한글학자였기 때문으로 추정된다. 강병주 목사는 조선어학회의 유일한 목사 회원으로서 한글보급운동에 적극적으로 참여하였다.

『신선동화법』에서 동화를 어떻게 정의하는지 살펴봄으로써 기독교계의 동화관과 아동관을 알아볼 수 있다. 다음은 『신선동화법』 제二장 동화는 무엇인가의 1번 항목이다.

一, 동화는 어린사람들로 하여금 새사상을 얻는 기계다

게으르고 거짓되고 사나울지라도 부지런한자 복을 받던 이야기와 착한사

14 『신선동화법』 목차 참조.

람이 높임을 받았다는 이야기로 어린사람에게 들려주어서 그 마음속에 쌓게 하면 게으름이 변하여 부지런한 사람이 될 수 있으며 거짓되 사람이 참된 사람이될수 있겠고 악한사람이 선한사람이 될수있을 것이다.그런고로 낡은사람을 벗어버리고 새사람이 되려면 좋은 동화로 새사상을 가지도록 하는수밖에 다른 도리가 없을 것이다.[15] (밑줄은 인용자)

"동화는 어린사람들로 하여금 새사상을 얻는 기계다"라는 항목에서 교육적 목적이 분명히 드러난다. 부지런한 사람이 복을 받고 착한 사람이 높임을 받는다는 권선징악적 이야기를 반복적으로 들려주면 어린이의 마음이 변화되고 좋은 생각과 좋은 마음을 가지게 될 것이라는 주장이다. 『아이생활』에 게재된 동화들에 교훈적 색채가 강한 작품이 다수인 것도 이런 창작 방침과 관련이 있을 것이다.

『신선동화법』에서는 동화 창작의 교훈적 목적을 비롯하여 동화를 다양하게 정의해 놓았다. 다음은 『신선동화법』 2장 "동화란 무엇인가"의 소목차이다.

제二장 동화는 무엇인가

一, 동화는 어린사람들로 하여금 새사상을 얻는 기계다

二, 동화는 호기심을 나게하는 것이다.

三, 동화는 감정을 일으키는 것이다.

四, 동화는 사실을 나타내는 극적 기계다.

五, 동화는 역사적 사실을 취미있게하는 방법이다.[16] (밑줄은 인용자)

위에서 다룬 1번 항목 외에도 다양한 정의와 설명이 있다. 두 번째 항

15 「신선동화법」, 3쪽.
16 「신선동화법」, 3~6쪽.

목은 동화가 호기심을 일으키는 작용을 한다는 것이다. "사건이 하나식 지나가는대로 그 호기심이 발동되어 이다음 사건은 어떻게 될가 기대를 가지게 되며" 이러한 방식으로 어린이는 동화에 흥미를 가질 수 있다.[17] 세 번째 항목은 '감정'이다. "사람이 이야기를 듣고 마음을 움즉이는 큰 능력"이 있으며 "동정심으로 말미암아 그들의 동작과 행위의 옳고 그른 것을 판단하야 의를 아름답게 여기고 사모"하게 되는 효과가 있다.[18] 네 번째 항목은 '사실의 나타냄'이다. "사람의 정신수양의 요소가 될만한 동화는 반듯이 활극적이라야 될 것이다. 인물충돌 활극이 없이 보통 말로만 듣고는 그 현상을 다 알아깨달을 수 없다."[19] 다섯 번째 항목은 '역사적 사실' 반영이다. 조상들의 고생과 노력으로 쌓아준 것을 기억해야 하며 그들의 하던 양풍미속과 검소질박하던 도덕적 생활에 대하여 생각해야 한다.[20] 위에 나타난 동화의 정의와 창작 방침은 『아이생활』의 집필진들에게 많은 참고가 되었을 것으로 추측되며 실제로 위의 창작 방법을 수용한 것으로 추정되는 동화들이 다수 발견된다.

다음은 『신선동화법』에 기재된 동화의 종류이다. 『신선동화법』의 저자 탐손은 동화의 종류를 '이상담'과 '사실담'으로 구분하였다. 그 내용을 정리하면 다음과 같다.

> 第四장 동화의 종류
>
> 一, 이상담
>
> 1, 이상담의 종류
>
> 신화, 고담, 귀신 이야기, 우언, 비유

17 『신선동화법』, 4쪽.
18 『신선동화법』, 4쪽.
19 『신선동화법』, 5쪽.
20 『신선동화법』, 5쪽.

二, 사실담

1, 사실담의 종류

국사, 전기, 교회사기, 선교사기, 경력담[21]

이상담에는 신화, 민담, 귀신과 같은 초월적 존재의 등장, 우화, 비유가 사용된 동화로 총 다섯 가지로 분류하였다. 사실담의 경우에는 국사, 위인 전기, 교회 역사, 선교사 전기, 경력담으로 경력담은 사람이 겪은 크고 작은 재미있는 일들을 말한다. 실제로 『아이생활』에는 위와 같은 동화와 기사들이 다양하게 게재되었다.

2. 『성경』의 영향

『아이생활』에 실린 다수의 작품들을 검토하면 1920년대와 1930년대에 발행되던 여러 어린이 잡지들과의 차별성을 발견할 수 있는데 그 중 가장 두드러지는 것은 기독교 색채가 강하게 드러나는 작품이 다수 발견된다는 점이다. 동화, 동요, 아동극 등 여러 장르에 걸쳐 이와 같은 현상이 나타난다. 이것은 『아이생활』의 발간 목적과 취지가 기독교 선교 및 교육적 측면에 있다는 것과 연결시켜서 이해되어야 한다. 『아이생활』은 『성경』과 기독교의 정신을 어린이들에게 전달하기 위해 노력한 잡지였고 그러한 목적성으로 인해 『아이생활』에 게재되는 다양한 아동문학들에는 기독교적 색채가 강하게 나타나는 작품들이 다수 발견된다.

'단계생'이라는 필명을 쓴 작가의 동화 「貯金은?」[22]은 『아이생활』 창간

21 「신선동화법」, 16~19쪽.

22 『아이생활』, 1926.4. 33쪽.

호에 실린 동화이다. 창간호에 실린 작품을 통해 잡지가 지향하는 바와 방향성을 어느 정도 가늠해 볼 수 있다. 이 단편동화는 기독교에서 중요하게 생각하는 선행을 실천하고 하나님께 기도한다는 내용을 담고 있다. 작품 앞에는 '수신(修身) 동화'라는 장르명을 붙여 놓아 교훈성이 강조되어 있음을 적극적으로 드러낸다. 작품의 내용은 다음과 같다. 가난한 친구가 세금을 못 내어 주인공 아이가 저금한 1원을 대신 내주고 둘은 경찰서장에게 칭찬을 받는다. 그리고 아이들의 어머니는 그 모습을 흐뭇하게 지켜보며 자녀의 행복을 위하여 하나님께 기도를 드린다는 내용이다. 기독교에서 중요하게 생각하는 가치인 '선행'을 강조하면서 기독교에서 신앙하는 대상인 '하나님'에게 기도를 하는 것으로 '기독교 신앙'을 강조하며 이야기가 마무리되는 이 동화는 『아이생활』이 갖는 기독교적 지향성을 잘 보여준다.

교훈성을 지향하는 동시에 신앙심을 고취시키는 것에도 목적이 있다는 것을 보여주는 작품은 다수 발견되는데 1926년 5월호에 실린 작품들 중 고장환의 「까치와 병정」(1926년 5월호, 38~41쪽)도 기독교적 색채가 드러나는 작품이다.[23] 착한 병정이 동료 병정의 욕심으로 인해 돈을 뺏기고 눈을 잃는다. 병정은 하나님께 도와달라고 기도하고, 그후 눈 먼 병정의 머리 위에 까치 세 마리가 날라와서 눈을 뜨는 법과 공주를 낫게 해주어 공주의 사위가 되는 방법과 가뭄을 해결하는 방법을 알려준다. 병정은 그 말을 듣고 까치의 도움이 자신의 기도에 대한 응답이자 하나님의 도움이라고 생각한다. 어려움에 처한 주인공이 하나님께 기도로 도움을 구하고, 하나님이 직·간접적으로 도움을 주는 서사는 『아

23 고장환에 대한 연구를 보면 그가 사회주의 소년운동에 참여한 사실로 인해 사회주의 운동가적인 측면에서 연구된 것들이 많지만, 『아이생활』에 「까치와 병정」과 같은 기독교적 색채가 강한 작품을 게재한 것을 보면 고장환이라는 작가는 사상적으로 다양한 층위를 가졌을 것이라 추측되므로 작가에 대한 추가 연구가 필요하다.

이생활』에 실린 작품들 중 다수에서 발견된다. 이의정의 「쌜것케타는별」(1927년 3월호, 39~44쪽) 역시 위의 작품과 비슷한 서사 구조를 갖는다. 문호와 병든 아버지는 시장에 일을 나간 어머니를 기다리지만 어머니가 돌아오시지 않자 문호가 찾으러 나선다. 순간 들려온 메아리를 어머니의 목소리로 착각하고 숲속으로 들어갔다가 미끄러져 넘어진 문호는 하나님에게 도움을 요청하는 기도를 하고 곧이어 하늘의 별이 붉게 타올라 문호와 어머니가 만날 수 있도록 어두운 밤길을 비춰준다.

'주인공의 고난-신의 개입-고난 극복'의 서사는 『아이생활』에 게재된 기독교적 색채의 창작동화에서 반복적으로 나타나는 특징인데, 이것은 『성경』의 『구약성경』에 등장하는 여러 이야기들이 보여주는 패턴과도 비슷하다. 『구약성경』은 기독교의 경전이면서 또한 기원전 900년 무렵부터 9백 년이 넘는 기간 동안 쓰여진 히브리인들의 종교적인 책이다. 율법서, 역사서, 예언서, 시문학서 등으로 구성되어 있고 『구약성경』과 『신약성경』 두 권의 책으로 구성되어 있다. 이 중 『구약성경』의 '역사서'에는 위와 같은 '주인공의 고난-신의 개입-고난 극복' 패턴의 이야기가 다수 등장한다. 『구약성경』의 역사서 중 『열왕기상』에는 '엘리야(Elijah)'[24] 라는 이름의 이스라엘 선지자 이야기가 나온다. 엘리야는 기독교의 신인 '야훼'의 선지자로서 이스라엘인들이 우상숭배를 멈추고 죄를 회개하고 '야훼'에게 돌아올 것을 선포하는데 이에 불만을 품은 이세벨(Jeze-bel)[25]은 엘리야를 살해할 계획을 세운다. 엘리야는 '야훼'신에게 기도하

24 BC 9세기 이스라엘 왕국의 아합 · 아하시야 왕 시대에 활약한 선구적 예언자. 바알 예배자들과 대결을 벌여 유대교 예배를 정착시키는 데 성공하였다.

25 아합의 아내가 된 이세벨은 먼저 남편 아합을 맹신적인 바알 숭배자로 만들었고(왕상 16:30-31; 21:25-26), 이스라엘 내에 음란하고 부패한 바알 숭배를 권장했으며, 수백 명의 바알과 아세라 선지자들을 포섭하여 조종했고, 사마리아에 바알 제단과 아세라 우상을 세웠다(왕상 16:31-33; 18:4, 13, 19).그에 더하여 여호와의 선지자들을 박해하고 살해했으며(왕상 18:4-13), 갈멜 산상에서의 영적 전투에서 패배한 후 엘리야를 죽일 계략을 꾸몄다(왕상 19:1-2, 10). 「라이프성경사전」, 2006.8.15, 가스펠서브.

면서 도움을 구하고 야훼신은 엘리야를 이세벨의 악한 계획으로부터 구출한다.

구약의 『사무엘기』[26]에도 비슷한 패턴의 이야기가 등장한다. 『사무엘기』 중 『사무엘상(上)』의 주인공인 '다윗(Dãwid, David)'[27]은 사울이라는 악한 왕에게 살해 위협을 당하면서 그를 피해 도망을 치고, 위기의 순간마다 '야훼'신(하나님)에게 기도로 도움을 요청하고 위험으로부터 벗어난다. 위험한 순간에 하나님에게 기도를 하고, 기도를 들은 하나님의 도움으로 위험에서 탈출하는 서사 전개의 패턴은 『아이생활』에 게재되는 동화들에 반복적으로 나타난다. 『성경』에 나오는 서사들의 패턴을 따라가는 동화가 다수 창작된 것은 종교적 성격이 강한 『아이생활』에 참여한 작가진, 집필진들은 대다수가 기독교인들이었고, 어린이들을 위한 동화를 창작하는 데 있어서 『성경』이 가진 서사 패턴을 사용하는 것은 위에 언급한 『신선동화법』과 『동화연구법』에서 강조되는 내용이다. 기독교적 배경을 가진 작가들은 어린이들을 위한 동화를 창작하는 과정에서 『성경』에 등장하는 이야기들의 구조와 패턴을 학습하고 이를 적용한 동화를 창작했던 것으로 보인다.

기독교 신앙을 가지면 매주 일요일을 '주일(主一)'로서 지키게 되는데,

---

26 『구약성서』의 『판관기』와 『열왕기』의 사이에 있는 상 · 하 2권의 역사서. 서명임에도 불구하고 예언자 사무엘이 주역을 담당하는 것은 상 8장까지와 12장만이다. 상 1~7장은 실로의 신전에 봉사한 사무엘의 소년시대, 실로를 중심으로 하는 이스라엘 부족연합이 불레셋인들에게 패배한 경위, 사사 사무엘의 활동 등에 대해서, 상 8~15장은 사울이 이스라엘 초대왕에 선출된 경위, 사울과 불레셋인의 싸움, 사울과 사무엘의 사이 등에 대해서 이야기한다. 상 16~하 8장에는 사울의 궁정에 봉사한 목동 다윗이 많은 고난을 극복하고 결국 이스라엘과 유대의 왕이 되고 대제국을 건설했다는 것을 이야기하는 〈다윗 대두사〉, 하 9~20장에는 다윗의 왕자들의 싸움과 반란 등을 전하는 〈다윗 왕위계승사〉(『열왕기 상』 1~2장에 계속)가 인정된다. 마지막으로 하 21~24장에는 다윗왕에 관한 각종 에피소드가 수록되어 있다. 「사무엘기」 (종교학대사전, 1998. 8. 20.)

27 다윗 (? ~ BC 961)고대 이스라엘의 제2대 왕. 제사제도를 정하였으며 예루살렘을 중심으로 유대교를 확립하였다. 시인으로서도 명성을 떨쳤으며, 구약성서 시편의 상당 부분은 다윗이 지은 것이라고 한다.

기독교인이 되면 매주 일요일에 교회에 가서 목회자의 설교를 듣고 예배를 드린다. 이때 목회자의 설교 내용은 반드시 『성경』의 내용을 강해하는 것이어야 한다. 기독교인이 된다는 것은 매주 주일에 교회에 출석하여 목회자의 성경 강해를 들으며 성경을 읽고 공부하는 행동이 수반되는 것이기 때문에 기독교 신앙을 가진 작가들이 『성경』의 영향을 받아 동화를 창작하거나 혹은 『성경』적 가치관을 어린이들에게 교육시킬 목적으로 작품을 창작하는 것은 자연스러웠을 것이다. 또한 기독교 선교의 목적을 가진 『아이생활』에 게재되는 동화였다면 더욱 그러했을 것이다. 『아이생활』의 발간 목적, 그리고 편집주간이자 사장이었던 '정인과'가 기독교 목회자였던 것을 고려하면 『아이생활』에 게재된 다수의 동화가 드러내는 강한 종교적 색채의 이유를 추측할 수 있다.

『아이생활』 창간호의 「머리말」과 「축전」에는 다음과 같은 내용이 나온다.

> 오래기다리든 귀한「아희생활」이 나왓슴니다.
>
> 이 「아희생활」이 엇더케 나오게되엿는가? 간단히 말삼드릴이다 이 머리말을 쓰는 이사람은 우리나라 여러곳을다녀보앗습니다 닑을만한글의주린 우리의뎨이셰국민 곳우리아희들이 오래동안 우럿슴니다 오래동안 먹을 것을 달나고 부르지젓습니다 오래동안 동모하고 놀겟다고 애-썻슴니다.
>
> 그리하야 우리나라 동셔남북에잇셔 아동교육의힘쓰시는 여러션생님들이 또한오래동안 죠션아희들의 본이될만한 아희가나기(出世)를 기다렷슴니다.[28]

창간호의 머리말을 보면 "닑을만한글의 주린" 조선 아동들의 현실을 언급한다. 아동 독자들이 읽을 만한 텍스트가 절대적으로 부족한 실정

28 큰실과, 「아희생활 출세」, 『아이생활』, 1926, 창간호, 1쪽.

에서 읽을거리에 대한 다수의 수요가 있었음을 알 수 있다. 또한 "아동교육의힘쓰시는 여러션생님"이 "오래동안 죠션아희들의 본이될만한 아희"가 나기를 기다렸다는 구절을 보건대 아동 교육에 관여하고 있는 교사들 역시 교육용 아동 텍스트의 필요성을 느꼈음을 추측할 수 있다.

「머리말」을 보면 『아이생활』의 창간에 관한 구체적인 정보가 나온다. 주일학교와 깊은 연관을 맺고 있으며 교회의 성직자들이 관여되었다는 점이 그것이다.

> ◆「아희생활」이 나오게된까닭
>
> 이 본이될「아희생활」은 한두사람의힘으로나오게하지 못할것이올시다 작년가을에 경셩에셔모힌 죠션쥬일학교대회에 오셧든 뜻이갓흔여러분선생님들이 죠션아희들의 부르지지는 소래를듯고 깁히늣기든졍(情)이발하야 한번「아희생활」을내일 의론을말하매 다수한 어른들이 서로도아서 「아희생활」을 내기로하엿고 이쇼식이 온죠션에 퍼짐을좃챠 동졍하시는분이 각곳에셔 불닐듯하야 지금은 이백여명의찬동자(讚同者)를엇게되고 따라서 이-귀하고복스러온「아희생활」이 우리아동게에 나오게되엿습니다.[29]

위의 글을 보아 추측하건대 "작년가을에 경셩에셔모힌" 조선주일학교대회에 교회의 주일학교 사역에 헌신하는 다수의 성직자들이 모였고, 그들 사이에서 기독교 주관의 아동문학잡지를 창간하는 일에 대한 논의가 오간 것으로 보인다. 주일학교 사업은 식민지 조선의 기독교 성장세에서 두드러지는 성과를 보이는 부분이었고, 가파른 성장세를 이어오고 있었다. 기독교 전도를 목표로 하고 있는 목회자들의 입장에서 1920년대 중후반은 사회주의 및 자유주의 신학의 파고가 높이 몰려오

---

29 큰실과, 위의 글, 1쪽.

는 때였기에 더욱 경각심을 갖고 아동 교육에 관심을 가졌을 것이고, 교회의 어린이들을 기독교적 가치관으로 길러내는 것에 대해 다른 어느 시기보다 집중하였을 것이다.

『성경』에 등장하는 이야기들의 요소에 영향을 받은 것으로 볼 수 있는 작품들도 다수 발견된다. 안신영의 「사랑의 임금」(1926년 6월호, 38~41쪽)에서 주인공 차손이는 도적에게 붙잡혀 위협을 당하는 할아버지를 구해준다. 그 할아버지는 은혜를 갚고 싶다며 자신의 집으로 차손이를 데려간다. 할아버지의 집에는 과수원이 있었고 과수원의 사과나무에는 '지혜의 능금' '부귀의 능금' '사랑의 능금'이 있었다. 차손이는 '사랑'을 최고의 가치로 생각하여 '사랑의 능금'을 선택해서 먹고, 많은 사람들에게 사랑을 받으며 부귀영화와 지혜도 함께 얻게 된다. 성경을 교훈적으로 전달하는 작품으로서 교훈주의적 면모가 너무 강하여 비판을 받을 소지가 있지만 성경의 영향이 잘 드러나는 작품이기도 하다. 이 작품은 『구약 성경』에 등장하는 인물인 솔로몬(Solomon)[30]의 일화와 비교하여 살펴볼 수 있다. 「열왕기상」 3장에는 솔로몬의 일화가 나오는데 그 일화와 「사랑의 임금」은 비슷한 전개를 가진다.

> 솔로몬이 여호와를 사랑하고 그 부친 다윗의 법도를 행하되 오히려 산당에서 제사하며 분향하더라 (……) 기브온에서 밤에 여호와께서 솔로몬의 꿈에 나타나시니라 하나님이 이르시되 <u>내가 네게 무엇을 줄꼬 너는 구하라</u> (……) <u>솔로몬이 가로되</u> (……) 저희는 큰 백성이라 수효가 많아서 셀 수도 없고 기록할 수도 없사오니 누가 주의 이 많은 백성을 재판할 수 있사오리이까 <u>지혜</u>

30 이스라엘왕국 제3대 왕. 재위, 기원전 967년경~기원전 928년경. 다윗의 아들. 어머니는 헤테인 우리야의 아내였던 밧세바. 유아명 에데데야 예언자 나탄과 그의 동료에 옹립되어, 이복형 아도니야를 물리치고 아버지의 왕위를 계승, 아도니야, 군의 장 요압, 제사장 아비야타르 등을 숙청해서 왕권을 확립했다. 「솔로몬」, 『종교학대사전』, 1998.

로운 마음을 종에게 주사 주의 백성을 재판하여 선악을 분별하게 하옵소서 솔로몬이 이것을 구하매 그 말씀이 주의 마음에 맞은지라 이에 하나님이 저에게 이르시되 네가 이것을 구하도다 자기를 위하여 수도 구하지 아니하며 부도 구하지 아니하며 자기의 원수의 생명 멸하기도 구하지 아니하고 오직 송사를 듣고 분별하는 지혜를 구하였은즉 내가 네 말대로 하여 네게 지혜롭고 총명한 마음을 주노니 너의 전에도 너와 같은 자가 없었거니와 너의 후에도 너와 같은 자가 일어남이 없으리라 내가 또 너의 구하지 아니한 부와 영광도 네게 주노니 네 평생에 열왕 중에 너와 같은 자가 없을 것이라[31] (밑줄은 인용자)

차손아! 이 능금나무를보아라 능금이 다만 세 개쓴이다 그런데 저붉고 탐스러운능금은 부귀의 능금이란 것이다 그것을 먹으면 네가 부귀하게될터이다 쏘한 능금은 사랑의능금이란 것이다 그것을 먹으면 사랑을누구의게셔든지 밧을 것이다 너는저셋즁에셔 하나만 싸셔먹어라 (……) 나종에 차손이는 사랑의능금을 싸먹엇습니다 늙은이도 차손의등을 두드리고 칭찬햇습니다.[32]

솔로몬은 전능한 신인 '야훼'신에게 지혜를 구하였고, 신은 솔로몬이 지혜를 구한 것을 높이 칭찬하고 지혜를 비롯하여 부와 영광을 모두 주겠다고 한다. 「사랑의 임금」의 주인공 차순이는 지혜, 부귀, 사랑 중 사랑을 택하고 사랑을 선택한 것을 칭찬받은 후 결국에는 지혜와 부귀까지 모두 얻게 된다. 이 작품은 솔로몬의 일화에 영향을 받은 것이 분명하며 『아이생활』에는 이렇게 『성경』의 내용을 변형시키거나 『성경』의 영향을 받은 것으로 보여지는 작품들이 다수 게재되어 있다. 「사랑의 임

31 「열왕기상」 3장.
32 「사랑의 임금」, 『아이생활』, 1926년 6월호, 41쪽.

금」이 창작동화로서 『아이생활』에 게재되었음에도 성경에 나오는 이야기들을 변용하여 동화를 창작한 것은 『아이생활』의 종교적 특성을 나타내면서도 또한 그 시대의 다양한 어린이 잡지들과 비교했을 때 『아이생활』만이 가진 특성이라고 할 수 있다. 성경적 가치를 전달하려는 의도가 강하다 보니 교훈주의적 작품도 다수 양산된 측면이 있지만, 『아이생활』에 게재된 작품을 성경과의 상호텍스트성의 시각으로 바라보고 분석해야 잡지에 게재된 다양한 작품들을 보다 깊이 있게 이해할 수 있을 것이다.

오재동의 「이상한 보릿단」(1927년 5월호, 58~60쪽) 역시 기독교적 색채가 강하게 나타나는 작품이다. 작가 오재동에 대해서는 아직 학계에 알려진 바가 없다. 이 작품의 공간적 배경은 "유대나라"로 『구약성경』에 등장하는 '이스라엘'이다. 이 "유대나라"에는 두 형제가 살고 있다. 한 형제는 결혼을 하고 아이가 있는 대식구이고 동생은 결혼을 하지 않고 혼자 산다. 둘은 부모님께 물려받은 밭에서 보리를 심어 추수하는데, 동생은 형이 결혼을 해서 식구가 많으니 보리를 절반으로 나누어 갖는 것은 옳지 않다고 생각하여 밤늦은 시간에 보릿단을 형 몰래 형의 집으로 옮긴다. 형은 동생이 혼자서 쓸쓸히 사는 것이 안되어 보여서 동생이 보릿단을 더 가지는 게 좋겠다고 생각하고 보릿단을 몰래 동생의 집으로 옮겨놓는다. 두 형제는 늦은 밤 보릿단을 서로의 집에 옮겨놓다가 마주치게 되고, 이 이야기는 '솔로몬' 왕의 귀에 들어가 두 형제는 왕으로부터 칭찬을 받는다. 그리고 솔로몬 왕은 두 형제가 일구던 밭에 '하나님의 성전'을 짓는다.

이일이 솔노몬왕의 귀에 들엇습니다. 솔노몬왕은 그지에 하ᄂᆞ님의 셩뎐을 짓고저 쟝소를 선택하는 즁인디 이말을듯고 「그아름다운 보리밧치야 참말노 하ᄂᆞ님의 셩뎐을 지을만한곳이다.」고 말솜하시고 두사람의밧흘 즁가를주고 사서 그밧헤다아조크고 아름다운셩뎐을 지엇슴니다. 웬세상에 일홈놉흔 예루살넴 셩뎐이라는 것은 이셩뎐임니다.[33] (밑줄은 인용자)

창작동화임에도 작품의 배경이 한국이 아닌 이스라엘 유대 나라라는 점은 기독교적인 색채를 띤다. 『구약성경』과 『신약성경』의 여러 책들 중 특히 역사서의 경우에는 배경이 '이스라엘'이다. 기독교가 이스라엘의 민족종교인 '유대교'에서 출발했기에 나타나는 특성이다. 특히 『구약성경』의 역사서는 이스라엘의 역사서라고 봐도 무방할 정도이다. 한국의 창작동화에 '유대 나라'인 이스라엘이 등장하는 것은 작가가 기독교 신자로서 『성경』의 영향을 받은 것으로 볼 수 있다.

형제의 우애가 『구약성경』의 주요 인물인 솔로몬 왕에게 알려지고, 솔로몬이 그 자리에 '하나님의 성전'을 건축했다는 이야기 역시 『구약성경』에서 그 모티브를 찾을 수 있다. 기독교의 『구약성경』에서 하나님의 '성전'[34] 건축은 매우 중요한 문제로 나온다. 기독교의 신인 하나님의 처소로 등장하는 '성전'은 이스라엘 민족이 숭배하던 '야훼'신에게 예배를 드리는 장소로, 솔로몬이 최초로 건축에 성공했다고 기록되어 있다. 『구약성경』에는 성전 건축과 관련하여 구약의 역사서에 자세한 내용을 기록해 놓았다. 최초의 성전 건축자는 솔로몬인 것으로 기록되어 있는데, 작가인 오재동은 솔로몬의 성전 건축 일화를 모티브로 삼아 이 동화를

---

33 『아이생활』, 1927년 5월호, 60쪽.

34 하나님의 거룩한 지상 임재 처소이자, 주의 백성들이 하나님 앞에 나아가 예배(제사)드리는 공식적인 처소. 예루살렘 성전. 이 성전은 모리아 산에 세 차례에 걸쳐 지어졌다. 첫째는 솔로몬이 세운 최초의 성전이다. 둘째는 바벨론 포로에서 돌아온 뒤 스룹바벨이 세운 성전이다. 셋째는 헤롯 대왕이 유대인의 환심을 사기 위해 증축한 성전이다. 이 세 번째 성전은 예수님 공생애 동안에도 공사 중이었다. 한편 구속사적인 맥락에서, 성전은 인류의 모든 죄를 담당하신 구속주이자, 죄인이 하나님께 나아가는 유일한 길이 되신 예수 그리스도를 예표하는 일종의 그림자 역할을 한다(요 2:21). 성전 [聖殿, temple] (라이프성경사전, 2006. 8. 15., 가스펠서브)

창작한 것으로 보인다.

1927년 11월호에 게재된 오재동의 「크리스마쓰의 손님」(1927년 11월호, 13~17쪽) 역시 기독교적 교훈성이 드러나는 동화이다. 12월은 예수의 탄생일인 크리스마스가 있고 크리스마스는 기독교에서는 가장 중요한 명절이기도 하다. 크리스마스 이브인 12월 24일에는 '크리스마스 이브'로 다양한 공연과 행사가 교회 내에서 진행된다. 크리스마스 행사 준비를 돕기 위해 『아이생활』은 11월호부터 크리스마스와 관련된 동화나 동극, 동요가 게재되었다. 또한 크리스마스는 예수의 탄생일로서 기독교적 가치인 '사랑'과 '약자에 대한 구제'가 더욱 강조된다. 위의 동화는 크리스마스 시즌인 추운 겨울날 가난한 나그네를 대접한 사람은 하나님의 복을 받고 그를 박대한 부자는 욕심을 더 부리다가 망하게 된다는 내용이다. 이 동화에서도 성경의 영향이 발견되는데, 『구약성경』의 등장인물인 '엘리야(Elijah)'[35]의 일화와 비슷한 전개 방식을 갖는다. 「열왕기상」 17장에는 굶주린 상태로 길을 가는 엘리야를 대접한 여성의 이야기가 나온다. 여성은 오랜 가뭄으로 인해 "가루 한 움큼과 병에 기름 조금 뿐"이라 자신과 아들이 한 끼를 먹을 정도밖에 안 되는 음식을 엘리야를 위해 내어주고 그를 집에서 재워준다. 그 후 여성의 아들이 병으로 죽게 되고, 엘리야는 '야훼'신에게 기도하여 아들을 살려달라는 그 여성의 소원을 들어 준다. 가난한 나그네를 구제하고, 나그네가 그들의 소원을 들어준다는 방식으로 요약될 수 있는 이 서사는 위의 동화에서도 반복된다. 추운 겨울날 음식과 잠자리를 제공 받은 나그네들은 주인에게 "뽈슈대로당신의소원을맛처드릴터이니 무엇이든지 원하는대로 말하시오."라고 말하고, 주인은 "우리들은사는동안 먹고닙는것에 그리군색지안은것과 죽은후하나님압헤가는것"이 소원이라고 말한다. 나그네들은

35 BC 9세기 이스라엘 왕국의 아합 · 아하시야 왕 시대에 활약한 선구적 예언자. 바알 예배자들과 대결을 벌여 야훼 예배를 정착시키는 데 성공하였다.

소원을 들은 뒤 길을 떠나고, 그후 주인의 집에는 그가 빌었던 소원을 이루어주기 위해 큰 풍년이 와서 곡식이 넘치고 양들이 한 떼의 무리로 불어나 부유해진다. 『성경』에는 엘리야의 일화 외에도 '나그네'와 가난한 사람을 대접하고 선대하는 것에 대해 많은 구절을 통해 강조한다.[36]

또한 이 동화에서는 주인이 나그네를 대접할 때 '양'을 잡아 대접한다. 『성경』에서 '양'은 예수와 예수를 믿는 신도들을 상징하기 위해 자주 사용되는 동물로 기독교에서는 중요한 상징성을 갖는다. 또한 유대인들이 전통적으로 야훼신에게 제사를 지낼 때 중요하게 사용되는 동물이기도 하다. '양'을 잡아 손님을 대접하는 것은 한국의 문화보다는 유대-기독교적 문화에 가깝다.

이처럼 『아이생활』에 게재되는 기독교적 색채의 동화들은 『성경』에서 많은 모티브를 얻어 창작되는 양상을 보여준다. 기독교에서 강조하는 도덕률은 보편적 도덕률의 성격을 가지기에 『아이생활』에 게재된 동화들이 일제강점기 당시에 창작되던 동화들과 교훈성을 강조한다는 측면에서는 비슷하지만, 텍스트를 섬세하게 살펴보면 『성경』에 사용되는 모티프들과 화소들이 추가적으로 발견되는 양상을 보이면서 분명한 기독교의 색채를 갖는다.

「순길의 회심」(1931년 3월호, 17~19쪽)이라는 동화에서도 기독교적 색채와 『성경』의 영향을 받은 것으로 보이는 부분이 나타난다. 주인공 '순길'은 나쁜 말과 못된 행동을 일삼는 아이이다. 부모님은 날마다 눈물로 하나님께 순길이가 회심하고 착한 아이가 되게 해달라고 기도한다. 그러던 어느 날 순길은 꿈에서 하나님이 보낸 사자(천사)를 만나고 그 사자는

36 「신명기」 10:19 너희는 나그네를 사랑하라 전에 너희도 애굽 땅에서 나그네 되었었음이니라
「마태복음」 25:35 내가 주릴 때에 너희가 먹을 것을 주었고 목마를 때에 마시게 하였고 나그네 되었을 때에 영접하였고
「스가랴」 7:10 과부와 고아와 나그네와 궁핍한 자를 압제하지 말며 남을 해하려하여 심중에 도모하지 말라 하였으나

순길이가 못된 행실을 버리고 착한 아이가 되기 전까지는 말을 못하게 되는 벌을 받을 것이라고 말한다.

"슌길아! 너는 내가 누군줄알고 그렇게버릇없는 말을하느냐 네가 세상에서 넘우도 못된즛만한다고 너의부모가 밤낮하나님앞에애원하면서 너의버릇을곳처달나고하기에 나는하나님의 명령을받어온 사람이다"[37]

"너는반다시못된행실을버리고 죠흔아이가되기까지는 벌노써 말하지몯하는 벙어리가되리라 언제던지 네가죠흔마암을가지지않으면 언제던지벙어리대로 있으리라"하고 말하였습니다.[38] (밑줄은 인용자)

부모는 행실이 나쁜 아들 때문에 속상해하며 아들이 착한 아이가 되게 해달라고 하나님께 기도하고, 꿈에 천사가 나타나 그에게 경고하고 결국 회심하여 착한 아이가 된다는 이야기는 지극히 기독교적이며, 전체적으로 기독교적 모티브와 교훈성이 강하게 나타난다. 이 동화에 영향을 준 『성경』의 일화는 『신약성경』의 「누가복음」에 등장하는 제사장 '사가랴(Zecharias)'[39]의 일화이다. 사가랴는 천사로부터 하나님께서 너에게 아이(세례 요한, John the Baptist)를 줄 것이라는 말을 듣고는 자신이 나이가 너무 많고 늙었기 때문에 아이를 출산하는 일이 어떻게 가능하냐

37 『아이생활』, 1931년 3월호 17쪽.

38 『아이생활』, 1931년 3월호 17쪽.

39 아비야 제사장 반열에 속한 예루살렘 성전 제사장으로, 세례 요한의 아버지(눅 1:5). 아내는 엘리사벳. 이들 부부는 의로운 사람이었는데, 늙도록 아이가 없었다. 그가 성전에서 직무를 수행하고 있을 때 천사가 나타나서 '요한'의 출생을 알려 주었고, 그 아들이 주님의 길을 예비하는 사람이 될 것이라는 예고를 받았다(눅 1:8-17). 하지만 천사의 말을 의심하며 증거를 구한 사가랴는 약속이 성취될 때까지 말을 하지 못했고(눅 1:18-22), 요한이 태어나 이름을 지어줄 때 혀가 풀려 다시 말을 할 수 있게 되었다(눅 1:57-79). 「사가랴」(Zecharias) 『라이프성경사전』, 2006. 가스펠서브)

는 불신의 말을 하고 이에 대한 형벌로 말을 못하게 되는 벌을 받는다.

> 사가랴가 천사에게 이르되 내가 이것을 어떻게 알리요 내가 늙고 아내도 나이 많으니이다
> 천사가 대답하여 가로되 나는 하나님 앞에 섰는 가브리엘이라 이 좋은 소식을 전하여 네게 말하라고 보내심을 입었노라 보라 이 일의 되는 날까지 네가 벙어리가 되어 능히 말을 못하리니 이는 내 말을 네가 믿지 아니함이어니와 때가 이르면 내 말이 이루리라 하더라[40] (밑줄은 인용자)

하나님의 말을 믿지 않은 죄로 "벙어리"가 되는 벌을 받은 사가랴는 후에 세례 요한이 되는 아들을 낳고 후에 다시 말을 할 수 있게 된다.

> 그의 아버지께 몸짓하여 무엇으로 이름을 지으려 하는가 물으니 그가 서판을 달라 하여 그 이름을 요한이라 쓰매 다 놀랍게 여기더라 이에 그 입이 곧 열리고 혀가 풀리며 말을 하여 하나님을 찬송하니[41] (밑줄은 인용자)

바람직하지 못한 행실에 대해 야훼신이 "벙어리"가 되게 하는 벌을 내리고 후에 회심하자 다시 정상으로 돌아온다는 이 화소는 「순길의 회심」에 사용된 것과 동일하다. 『아이생활』의 집필진들은 『성경』에 등장하는 여러 화소들을 적극적으로 사용하였는데 이러한 창작을 하기 위해서는 『성경』에 대한 지식이 상당한 수준으로 있어야 가능하다. 『아이생활』의 집필진 및 작가들은 대부분이 기독교 신앙을 가지고 있었고 기독교 신앙을 갖는다는 것은 『성경』을 읽고 묵상하는 것과 밀접관 관련이 있다. 작가들은 『성경』에 실린 다양한 이야기들을 읽고 그에 나타난 화소들을

40 「누가복음」 1장 20절.
41 「누가복음」 1장 62~64절.

동화 창작에 사용하여 『아이생활』에 『성경』의 다양한 화소들을 차용한 동화들이 게재된 것으로 보인다.

3. 유년 지향과 동심주의

『아이생활』에는 유년 지향의 문학을 중심으로 동심을 묘사하고 표현하는 작품들이 다수 게재되었다. 유년동화는 '동심 지향의 동요 · 동시'와 짝을 이루는 것으로 1930년대 아동문학의 주요 흐름 가운데 하나이다. 『아이생활』에 게재된 유년 동화들을 분석해보면 공상성-유희성-웃음이 한데 어우러져 '재미있는 이야기'로 나타나는 작품들이 다수 게재되어 있음을 알 수 있다. 공상성, 유희성은 유년기 아동들이 갖는 특성이다. 유년기는 전조작기에서 구체적 조작기로 넘어가는 시기로 자연계의 동식물이나 사물을 살아있는 대상으로 여기는 물활론적 세계관을 지니고 있다.[42] 따라서 유년문학에서는 자연물이나 사물을 의인화하여 유년기의 특성을 반영하는 작품들이 창작된다. 이렇게 물활론적 사고를 반영한 동화들에는 자연스럽게 상상의 세계를 펼치는 판타지적 성격, 공상성이 나타난다.

두 번째 중요한 특징은 유희성이다. 『아이생활』에 실린 작품들에는 어린이들의 전통 놀이가 소재로 등장하는 동요와 웃음을 유발하는 아동극이 다수 실렸다. 이러한 작품들에는 어린이들에게 즐거움과 웃음을 주는 요소들이 가득하다.

『아이생활』에 게재된 작품들을 살펴보면 이렇게 공상성과 유희성이 함께 어우러지면서 나타나는 이야기에들이 많고 웃음과 해학이 존재한

42 박인경, 『1930년대 유년문학의 형성과 전개에 관한 연구』, 인하대학교 대학원 박사학위논문, 2021, 169쪽.

다. 공상성을 통한 물활론적 세계관의 의인화된 동·식물과 어린이들의 일상 생활을 그려낸 놀이의 세계에는 웃음을 유발할 수 있는 요소들이 존재하며, 옛이야기의 서사에서 영향받은 것으로 추측되는 해학적 요소들이 있다. 이러한 창작 경향은 어린이들에게 읽힐 동화는 어린이들이 재미있고 즐겁게 읽을 수 있어야 한다는 창작 이념에서 비롯되었을 것이다.

아동문학의 특성 중 하나는 '동심'에 대한 지향성이다. 한국 아동문학에서 1920년대에 나타난 동심주의가 '착하고 연약하고 순수한' 어린이의 이미지 가운데 민족 상황과 결부된 '연약함'의 이미지가 강조되었다면, 1930년대의 동심주의는 말 그대로 '순수함'의 대명사로서 동심에 집중했다. 원종찬은 이러한 동심 탐구가 아동의 현실적, 사회적 관계보다는 원형심상에 대한 관심이라고 언급하였으며, 이러한 상황에서 유아나 유년아동에 초점이 맞춰지는 것은 자연스러운 귀결이라고 결론 내린 바 있다.[43] 이러한 고찰은 한국 아동문학사에 위치한 유년문학에 대한 타당한 분석이다. 필자는 『아이생활』의 유년 지향성에 대해 기독교의 영향력이 추가되어야 한다고 본다. 기독교의 아동관은 기독교를 파악할 수 있는 『성경』에 기록되어 있는 몇몇 구절들에 의해 확인되며, 성경에 기록된 내용을 '창조주'의 계시로 받아들이는 기독교의 종교적 특성과 함께 이해되어야 한다. 『성경』에 삽입된 구절들은 기독교인들에게 강력한 영향력을 미친다. '예수'는 복음서에서 어린아이를 인격적으로 존중하고 배려하는 태도를 보이는데 그와 관련된 기록들은 당시 조선의 기독교인들에게도 큰 영향을 미친 것으로 보인다. 『아이생활』 1931년 6월호에 실린 이석락의 「아이주일을 어떻게직힐가?」라는 글에는 다음과 같은 내용이 있다.

---

43 원종찬, 「순수와 동심, 타락한 천사의 기원 : 1930년대 아동문학의 몇 가지 문제」, 『창비어린이』, ,2016.3, 173~174쪽.

오랜옛날에는 우리아이를몹시 납부게대접햇습니다. 무낫세란임군은 우상에게 제사할 때 아이들을 제물노삼앗고 잡아먹기까지하엿고 미신에 빠진백성들은 아이를강물속에 던저바리기도 하엿고 또 먹을것이없어지면 거리에 그대로 내여바리기까지하엿습니다. (……) 하느님의아달 예수님이 세상에오시기전에는 이세상이대개로 어린이를천하게대접하고 인격답게길운이가 드문것입니다. (……) 하로날 예수께서 길거리에서 여러사람을 모흐고 이애기하실적에 그엽에 어린동무들도 예수님의이애기를듯고싶어 만히몰녀왓습니다. 어룬들은 다거절햇지만 오직 예수님은「아기가내게오는것을금하지말나」고하엿습니다 이것이 예수님의동화회엿습니다. (……) 예수의정신을받고 예수를구주로 섬기는나라마다 어린이를 반다시 대접하겟습니다. 어린이를위하야 학교, 구락부, 도서실, 운동장, 병원같은 여러긔관을멘들것입니다.[44] (밑줄은 인용자)

위의 글에서는 성경에 기록된 예수의 어록 중 일부분을 인용하여 "예수의 정신을 받고 예수를 구주를 섬기는 나라마다 어린이를 반드시 대접"하겠다고 말한다. 「누가복음」서에는 "예수께서 그 어린 아이들을 불러 가까이 하시고 이르시되 어린 아이들이 내게 오는 것을 용납하고 금하지 말라 하나님의 나라가 이런 자의 것이니라"[45]라는 구절이 있다. 기독교는 예수를 '창조주 하나님'(야훼신)과 동일시 여기고, 따라서 예수의 발언은 기독교인에게는 굉장한 무게감을 지닌다. 어린이를 소중히 여기고 인격적으로 대해야 한다는 예수의 주장은 기독교인들이 편집하고 발행했던 『아이생활』에 많은 영향을 미쳤고, 한국 유년문학의 발달은 어린이들의 교육과 복지에 지대한 관심을 가지고 있던 기독교의 영향력이 일정 부분 작용했다고 볼 수 있을 것이다. 『아이생활』의 유년문학

44 『아이생활』 1931년 6월호, 2~3쪽.
45 「누가복음」 18:16

발달은 근대성과 근대 제도로도 설명될 수 있지만 기독교의 종교적 신념과 연관되어 있다는 점도 고려되어야 할 것이다.

『아이생활』은 발행 연도가 긴 만큼 수많은 작가들이 작품을 게재했다. 작품들을 정리해 보면 김동길, 임원호, 송창일, 노양근의 작품들이 여타 작가들에 비해 작품 수가 많다. 그리고 그들은 공상성과 시적 정의를 특성으로 하는 다양하고 재미있는 동화들을 다수 게재하였다.

김동길은 날파람, 은방울, 금잔디, 새파람 등의 필명으로 『아이생활』에 다양한 동화를 남겼다. 여러 작품들이 있지만 「바다가에서」(1932년 8월호, 64~65쪽)라는 작품에 등장하는 근대적 소재와 상상력, 그리고 미국이 작품의 배경으로 등장한다는 점이 흥미롭다. 주인공 남매 경식이와 경애는 해변 모랫가에서 놀다가 모래 사장을 파고 또 파면 미국까지 닿을 것이라고 생각한다. 공상성과 유희성을 모두 표현해낸 작품이다.

> "옵바- 여기는 땅속으로 깊이깊이들어가서 나중에는 미국까지 간단다!"
> "미국? 참 이 구녁으로 작고 깊게파면 미국 까지 가겠다-"
> "얘 그것 자미잇겟다 우리둘이 미국구경을 갈가?"[46]

둘은 미국에 가겠다는 일념으로 모래사장에 굴을 파기 시작했는데 그 굴은 실제로 미국까지 도달하고, 주인공들은 미국에서 조선의 운동선수를 만나서 미국을 구경하며 즐거운 시간을 보낸다. 이때 아이들이 경험하는 미국의 풍경은 다음과 같이 묘사된다.

> 그 사람은 둘으데리고 자기여관으로 돌악가서맞잇는 과자와 아이스크림을 많이주엇습니다. 점심을 다먹은 후 그사람은 다시 경식이남매를데리고 지붕

46 『아이생활』, 1932년 8월호, 64~65쪽.

정원을 구경하러올나갓는데 그집은 몟백층이나되는지 한없이올라가서 내려다보니 넓으나넓은곧에 수십칭양옥들이 집웅만 보입니다. 경식이남매는 넘어도엄청난구경에정신이업시섯다가 그만다리가 휫긋하며 몟백층 땅바닥으로 떠러젓습니다.[47] (밑줄은 인용자)

경식 남매는 미국에서 "과자"와 "아이스크림"을 먹고 "몟백층이나" 되는 고층 건물의 "지붕정원"에 올라가고 넓디 넓은 그곳에서 "수십칭양옥"들을 구경한다. 동화의 특성인 공상성을 통해 미국에 도달한 아이들은 근대화된 미국을 구경하며 이국 체험과 근대 문물 체험을 한다.

『아이생활』에 미국인 선교사가 참여했고 기독교 자체가 선교사를 통해 미국을 중심으로 한 서구권 국가에서 건너왔으며, 그들 선교사의 영향을 받은 『아이생활』의 여러 필자들이 미국 유학을 경험했기 때문에 『아이생활』에는 미국과 관련된 내용이 동화, 혹은 기사의 형태로 다양하게 실렸다. 미국을 통해 조선에 유입되던 근대 물질문명은 『아이생활』의 광고 지면을 통해서도 확인할 수 있다.

『아이생활』 1931년 4월호에는 America Gas Machine의 Stove 영어 광고가 게재되었다. 1890년대 조선의 미국인 선교사 가정을 대상으로 제한적으로 유통되고 있던 미국 제품들은 1900년대를 넘어서면서 조선 사회 일반인들에게도 유통, 판매되기 시작했다. 19세기 말 미국의 자본주의 시장과 대량 생산기술을 통해 가능해진 근대 물질문화의 모습이 조선에서도 서서히 나타나고 있었던 것이다.[48] 『아이생활』에 게재된 광고로도 그것을 확인할 수 있다.

미국화라는 것은 산업혁명과 기술혁명으로 인한 대량생산, 교통, 통

47 『아이생활』, 1932년 8월호, 65쪽.
48 이유정, 「물질문화를 통해 살펴본 개화기 조선의 미국 : 근대 신문 광고 면에 나타난 미국 제품을 중심으로 (1890~1910)」, 『美國學論集』 Vol.52 No.3, 한국아메리카학회, 2020, 92쪽.

신의 발달, 대량소비문화, 대중문화라는 등장 속에서 새롭게 등장하는 근대 물질문화의 혁명과 확대, 보급이라는 맥락과 함께하는 것이기에, 미국화를 구성하는 것은 항상 근대화, 혹은 세계화와 같은 개념과 구분하기 어려운 개념이 되어왔다.[49] 미국화를 '사람이나 사물의 성격과 국적을 미국적인 것으로 만드는 행위(the action of making a person or thing American in character or nationality)'라고 한다면, 19세기 후반 20세기 초는 미국화의 '대상'이라는 측면에서 이중적인 성격이 드러나기 시작했던 시기였다. 수많은 인종과 지역 출신 이민자들의 이질적인 성격을 동질화시키기 위한 미국화(assimilation)가 진행되었고, 또 다른 측면에서는 폭발적인 노동력의 상승과 산업혁명이 가져온 경제의 확장에서 파생되는 미국 물질문화 확산을 통한 미국화(Americanization)가 이루어지고 있었다. 실제로 1890년대는 미국의 물질문화가 가시화되고 있던 것으로 보이지 않는다. 그러나 1900년대 넘어가면서 조선 사회에서 미국의 표상은 서서히 분명해지고 있었다. 브루스 커밍스가 말하는 것처럼 한국에 시장 경제가 도입되고 그에 따른 한국 농업 경제의 혼란이 시작되었던 시기가 바로 20세기 전환기 미국의 팽창주의와 아시아 태평양 지역의 여러 국가들을 합병하는 시기와 같았음에 주목하게 된다. 미국의 세기(American Century)가 시작되고 있을 때 동시대의 근대 초기 조선도 낯선 미국을 물질문화를 통해서 경험하고 있었던 것이다.[50] 이러한 현상은 1930년대에 들어서 더욱 심화되었고, 미국 기독교의 영향력을 직접적으로 받고 있던 『아이생활』의 필진들은 미국화 현상—미국의 직간접적인 영향력 하에 미국적인 가치관, 제도, 문화나 습속, 나아가 생활양식 등을 수용 혹은 모방하려는 사회적 현상—의 영향력 아래에 있었던

49 이유정, 위의 논문, 110쪽.
50 이유정, 위의 논문, 112쪽.

것으로 보이며, 이것이 『아이생활』에 실린 게재물과 동화들에도 일부 영향을 미쳤을 것으로 보인다.

김동길의 작품은 이외에도 다수 발견된다. 「삽쌀이」(1931년 2월호, 75~76쪽)에서 주인공 준호와 철호는 개 '삽쌀이'를 데리고 얼음판으로 나갔는데 개가 얼음물 속에 빠졌고 물 속에서 구해냈으나 이미 꽁꽁 얼어붙은 상태였다. 준호와 철호는 삽쌀이를 솥에 넣고 불을 피워 따뜻하게 하고 얼어버린 몸이 녹은 삽쌀이는 되살아나서 다시 함께 놀러다닌다. 공상성과 유희성이 강하고 웃음이 절로 나게 만드는 재미있는 동화이다.

이외에도 꾀부리는 여우와 지혜로운 닭 이야기인 「여호와닭이야기」(1931년 9월호, 62~65쪽), 남매가 눈으로 눈사람 옥토끼를 만들어서 방에 가져다 놓았는데 밖에 나갔다 들어오니 물이 되어 있었다는 「눈온날」(1931년 12월호, 60~63쪽)이 있다. 「오색방울」(1932년 4월호, 64~65쪽)은 비눗방울을 불며 놀던 보희는 비눗방울 위에 아기선녀가 앉는 것을 보고는 선녀가 비눗방울의 무지개로 옷을 해 입고 싶어한다고 생각했는데 며칠 뒤 색이 진한 예쁜 무지개가 떴다는 이야기다. 「봄님과 토끼」(1932년 5월호, 64~65쪽)는 봄님이 동풍에게 명을 내려 풀과 꽃이 피게 했는데 하루는 토끼가 풀과 꽃을 망쳐놓은 걸 보고 토끼를 혼내고 토끼는 반성한 후 꽃을 망치지 않으려고 밥을 굶는다. 바위가 이 모습을 보고 토끼가 착해졌다고 봄님에게 알리고 봄님은 토끼를 위해 꽃이 피게 한다. 의인화와 공상성 및 교훈성을 잘 그려낸 동화이다.

김동길은 공상성과 유희성이 강한 유년문학을 다수 창작해서 게재했다. 「옥희와 청개고리」(1932년 7월호, 75~66쪽)에서 옥희는 연꽃을 매단 청개구리와 대화를 나누고는 청개구리도 학교에 다니고 음악을 배운다는 것을 알게 된다는 아야기다. 「은순이 금순이」(1931년 12월호, 64~66쪽)에서 정다운 동무인 금순이와 은순이는 둘이서 하교길에 달리기를 한다. 복돌할아버지는 누가 이기는지 시합을 해서 이기는 사람에게 선물을 주겠다고 한다. 금순이가 계속 이겼는데 은순이는 화도 내지 않고, 복돌할아버지는 승패와 상관없이 금순이 은순이 모두에게 목도리를 선물한다. 「편지장수」(1932년 8월호, 70~71쪽)에서 은희와 영환이는 편지장수를 보고는 6살 철환이에게 셋이서 편지장수 놀이를 하자고 한다. 셋이 재밌게 편지장수 놀이를 한다. 이렇게 편지를 전달하는 집배원 놀이를 그린 이야기다. 어느 날 저녁 세상 구경을 하러 집을 나선 생쥐가 노란 새를 보고 노란 생쥐로 착각하여 놀라 도망친다는 「생쥐의 세상구경」(1931년 6월호, 64~65쪽), 방학 때 학생들을 위한 선물을 하나씩 가져와야 하는데 승길이는 친구들 앞에서 옷을 벗고 튼튼해진 자기 몸음 보여 주고 자신의 튼튼한 몸이 선물이라고 하는 「훌륭한 선물」(1931년 10월호, 64~66쪽) 등이 있다. 이렇게 김동길은 교훈성, 공상성, 유희성을 조화롭게 반영한 재미있는 동화들을 다수 창작하였다.

이외에도 유희성이 돋보이는 작품들이 있다. 장승두의 「안경집 아가씨」((1931년 3월호, 15~16쪽)의 주인공 안경집 아가씨가 도둑이 들여다보는 문의 열쇠 구멍에 렌즈를 대서 집이 길어 보이도록 만들어 도둑이 도망가게 한다는 내용이다. 이 작품 역시 근대 문물이 등장한다는 점과 근대 문물의 특성을 잘 활용한 동화를 창작했다는 점이 흥미롭게 다가온다.

> 이도적이문틈에눈을대이랴하엿습니다 아가씨는얼는상점에장식하는안경알을 그문틈에대엿습니다 이 안경알은 물건이멀니보히는 안경알이엿습니다 그런고로문틈에서 본도적은그만놀내엿습니다 도적은「예들아- 이집이얼마나깊은집인지 그집방길이가십리도더되여보이더라 얘얼는도망가자 이집에들어갓다가는아레묵에서 웃묵까지만 가재도 날이새겟다」하고 그만다라낫습니다.[51]

---

51 『아이생활』, 1931년도 3월호, 11쪽.

도둑은 안경알을 통해서 집안을 보고 집이 너무 크고 깊어 도둑질을 하기 어려울 것이라고 판단하고 도망친다. 안경집 아가씨의 기지가 돋보이면서도 '안경알'이라는 근대 문물의 특성을 사용하여 재미있는 이야기를 창작해 웃음을 주는 동화이다.

이외에도 의인화를 사용한 우화로 장난꾸러기 아기 고양이가 쥐를 잡으려다 쥐덫에 걸린다는 여심(주요섭)의 「고양이의 심사」(1931년 6월호), 쥐 한 마리의 앙금을 고양이가 빼앗고 그것을 다시 개가 빼앗았다가 더 센 동물인 호랑이가 나타나서 그것을 빼앗고 그보다 더 힘 센 동물인 코끼리가 등장하는 이성락의 「오수부동」(1931년 11월호), 꼬마 제비가 장난을 치다가 옆집 제비집으로 들어가서 망신을 당한다는 「철없는제비색기」(1931년 7월호), 호랑이는 둑겁이가 느리다고 무시하고, 둑겁이들은 모양이 똑같으니 합심하여 중간 중간 달리기 선수를 바꾸어서 호랑이와 달리기 시합에서 이긴다는 김건호의 「둑겁이와 호랑이」(1932년 9월호), 곰이 낮잠을 잘 때 음식을 훔쳐먹는 생쥐를 바둑이가 혼내주고 둘은 친구가 된다는 김동길 「곰동지와 바둑이」(1932년 9월호), 방향 감각이 없는 토끼가 있는데 토끼의 어머니는 동서남북 구분법을 배워오라 토끼를 내보내어서 토끼는 다른 토끼들에게 동서남북 구분법을 배운다는 소안륜의 「방향을 아지못하는 작은톡기」(1933년 1월호), 꾀돌이와 소저는 밤송이로 쥐구멍을 막고 쥐들은 달걀 껍질을 투구처럼 쓰고 밤송이를 지나간다는 내용인 근당의 「닭알투구」(1933년 9월호) 등이 있다.

여러 가지 의인동화 중 눈에 띄는 작품으로는 주요섭의 「토끼의 꾀」(1932년 9월호)가 있다. 바다에서 제일 힘이 센 동물인 고래와 육지에서 제일 힘이 센 코끼리가 힘을 합쳐 세상을 지배하기로 한다. 꾀 많은 토끼가 그 사실을 알고는 고래와 코끼리에게 구덩이에 빠진 소를 끌어내달라고 부탁해 놓고서는 고래와 코끼리를 속여서 서로의 몸을 끈으로 묶어 잡아당기게 해서 움직일 수 없게 만든다. 의인동화는 이야기의 스케일이 큰 작품은 찾아보기 힘들고 의인화된 동물들의 놀이나 일상생활 등이 작은 소품처럼 그려지는데, 이 작품은 고래와 코끼리가 세계 정복을 꾀한다는 설정과 그러한 계략에 힘없는 작은 토끼가 꾀를 내어 그 계략을 저지한다는 내용으로 주요섭이 창작한 탐정소년소설인 「?」의 우화 버전이라고 할 만하다.

어떤날 아츰에 해변에서 코기리와 고래가 맛낫습니다. 그래 고래가 코기리에게 하는 말이

「여보 코기리 형님. 형님으로 말하면 육지에서는 제일크고 힘센 즘생으로 형님을 대항할 놈이 또 없지 안습니까?」

「암 그러치!」

「그리고 또 나로말하면 바다속에서는 제일크고 힘세인 즘생으로 물속에서는 나를 당할놈이 없지오」

「그러치」

「그런까 만일 우리두리서만 합심을 하여 일치 행동을 취할 것 같으면 우리가 육지 바다할것없이 왼천하를 우리마음대로 통치할 수가 잇지안습니까?」[52]

이 대화를 엿들은 토끼는 위협을 느끼고 묘책을 생각하기 시작한다. 전통 서사에서부터 토끼는 '교활자'로서 위기를 극복하고 살아남기 위한 거짓말을 하는데, 이 작품에서도 비슷한 패턴이 나타난다.

「이것 큰일낫다. 그큰놈들이 단합을 아니해도 우리같은 조고만 즘생들은 밤낮그놈들 송화에 못살지경인데 만일 그놈들이 단합까지 해놓으면 우리는 모두죽엇지 별수가 없다. 어떠케든 무슨꾀를 내가지고라도 그놈들사이에 니

52 『아이생활』, 1932년 9월호, 13쪽.

간을 붙이지 않으면 안되겠다」하고 생각햇습니다.[53]

'토끼 서사'에서 토끼는 작품마다 다소 차이는 있지만 '교활자(trickster)'로서의 성격이 공통적이다. 토끼 같은 약자가 호랑이—이 작품에서는 코끼리와 고래이다—같은 강자를 물리치는 서사를 통하여 어린이들이 공포와 절망감을 극복하는 방법, 분별력, 웃음, 용기를 심미적으로 체험할 수 있도록 형상화하였다. 전통적인 토끼 서사는 강자의 캐릭터를 단순히 두려움의 대상이 아닌, 약자가 이길 수 있는 대상으로 인식하고, 토끼 같은 약자가 호랑이나 코끼리, 고래 같은 강자를 물리치는 서사를 통하여 어린이들이 공포와 절망감을 극복하는 방법, 분별력, 웃음, 용기를 심미적으로 체험할 수 있도록 하는 데 문학교육적 의미가 있다. 특히 일제 강점기의 교육 현장, 또는 구연 현장에서 토끼의 캐릭터를 어린이 또는 청소년 세대의 역할 모델로 삼아 강자 앞에서 좌절하지 않고 세상을 헤쳐가는 약자의 지혜에 대해 토의하는 방식은 매우 유용하였을 것이다.[54]

유년동화 외에도 『아이생활』에는 다양한 동요들이 실렸다. 『아이생활』은 잡지의 발행 기간이 길었던 만큼 많은 작가들이 다수의 작품을 게재했다. 17년 11개월이라는 기간 동안 수많은 동요들이 게재되었다. 이 동요들에는 공상성과 유희성, 희극적 요소들이 발견된다.

1920년대에 『아이생활』에서 활발한 활동을 보인 작가는 고장환, 김태영이다. 고장환은 계절과 자연을 노래한 동요를 다수 발표하였다.

고장환은 서울소년회를 앞세워 1926년 9월 4일 서울의 중앙기독청년회관에서 오월회 후원으로 신작동요무용대회를 열었다.[55] 이 대회는 식

53 『아이생활』, 1932년 9월호, 13쪽.
54 권혁래, 「문학 : 일제 강점기 호랑기,토끼 서사의 양상과 문학교육」, 『溫知論叢』 22, 온지학회, 2009 참조.

민지에서 최초로 '신작 동요', 곧 창작동요를 발표하는 자리였다. 비록 그날의 프로그램은 남아 있지 않으나, 창작동요가 빨리 자리잡을 수 있기를 바란 그의 의지를 엿보기에는 부족하지 않은 기사이다. 그 말고도 고장환은 여러 동지들과 1927년 9월 1일 조선동요연구협회를 창립하기도 했다.[56] 동인들은 기관지『동요운동』의 창간에 심혈을 쏟았으나, 창간호 원고부터 압수당하는 등 고초를 겼었다.[57] 또 고장환은 신우회 경성지회가 주최한 소년문예 강연회에서 '동요운동에 대하야'를 강연하기도 하였다. 이런사실과 함께 그가 발표한 여러 편의 동요를 보노라면, 창작동요의 정착과 확산에 힘쓴 노고를 인정하지 않을 수 없다.[58] 고장환이『아이생활』에 실은 작품들은 다음과 같다.

먼곳에서 봄봄봄
싸스싸스 싸스스 나려오니간
보랏빗 아즈랑이
뭉게뭉게 뭉뭉게 모혀지고요
강남갓든 제비는
쌔르쌔르 쌔르르 쒸여단이며
샛노란 종달새는
종달종달 종달달 나러씁니다

—고장환,「봄!봄!봄!」,『아이생활』, 1927년 3월호, 10~11쪽.

아즈랑의 봄날이

55『매일신보』, 1926. 8. 20
56 조선동요연구협회는 鄭芝溶, 辛在恒, 高長煥, 金泰午, 尹克榮, 韓晶東 등이 창립하였다.(『동아일보』, 1927. 9. 3)
57『중외일보』, 1930. 1. 22
58 최명표, 위의 논문 참조.

우슴우스며
이만하면 나의일
다하얏다고
들넘고 산넘으며
바다건너서
차듸찬 눈나라로
건너갑니다

선녀입김 바람이
춤을추면서
이만하면 나의일
다하얏다고
숫맛과 나뭇가지
살살지나서
짬나는 녀름으로
날어갑니다.

―고장환, 「가는봄」, 『아이생활』, 1927년 5월호, 36~37쪽.

쌍싸라당 쌍싸라당
바람이 불어오드니
(불어오드니)
돌도로롤 돌도로롤
밤송이 굴너가구요
(굴너가구요)
으으스스 으으스스
갈닙이 썰어집니다.

쌍짜라딍 쌍짜라딍
바람이 건너오드니
(건너오드니)

붕바라붕 붕바라붕
갈닙이 날어쓰고요
(날어쓰고요)

닐나라리 닐나라리
갈닙이 츙을츔니다.

한울나라 먼곳사는
가을의 선들바람은
조선짜의 가을날이
쏫짜워 그리웁다고
갈닙들을 거더차며
쌀쌀히 지나갑니다.

—고장환, 「가을바람」, 『아이생활』, 1927년 9월호, 7쪽.

위의 세 편의 동요들은 각각 봄과 가을을 노래하고 있다. 「봄!봄!봄!」은 봄이 찾아오는 시기의 생기와 밝은 이미지를 그리고 있다. "싸스싸스 싸스스" "쌔르쌔르 쌔르르" "종달종달 종달달"과 같이 단어를 반복하여 리듬감을 형성한다. 「가는 봄」은 봄에서 여름으로 계절이 바뀌면서 봄이 떠나가는 것을 아쉬워하는 감정을 노래했다. 「봄!봄!봄!」이 한창 봄이 다가오는 3월달에 발표되었고, 「가는 봄」은 봄이 지나가고 여름이 다가오는 시기인 5월에 발표되었는데 변화하는 계절에 맞추어 동요를 짓고 발표했음을 알 수 있다. 「가을 바람」은 9월호에 발표되어 서늘한 가을바람을 노래하고 있다. "짱짜라당 짱짜라당" "돌도로롤 돌도로롤" "으으스스 으으스스"와 같이 의성어와 의태어를 반복하여 리듬감을 주었다.

1920년대의 애상적인 분위기의 동요들과는 다르게 계절의 특징을 잘 살린 밝고 건전한 동요들이다. 1920년대는 일제에게 토지를 수탈당하고, 가난한 이농과 이민자가 많은 어두운 시기였기에 현실을 반영하지 못한 점에 대해 비판받을 수 있지만, 어려운 시기였기에 어린이들에게 계절의 아름다움과 밝고 건강한 노래가 필요했을 수 있다는 점을 생각하면 위와 같은 동요들은 긍정적인 의미를 가진다.

김태영은 『아이생활』에 동요와 동요작법을 게재하였다. 그가 쓴 「童謠를쓰실려는분의게」를 보면 김태영의 동요론과 동요에 대한 문학관을 알 수 있다.

> 1. 동요의 가치(價値)
>
> 동요는 아희들의노래입니다. 노래는즉졍서(情緖)를읇조린것이외다. 각각그민족의졍서를읇은오내은 오즉그민족만 가질수잇는 귀한보물즁에 하나이외다. 더욱 동요는 그민족즁에도 가장귀하고 희망만흔아희들의 노래입니다. 아희들만 맛볼수잇는노래입니다. 어른들이맛볼녀면 반듯이어린때의그긔억을써나서는 안될노래입니다. 이럿케됴선의어린마음만읇흘수잇는 이아름다운 보물을 지을려고애쓰는동모들이 날로늘어가는 것은 깃븐일이외다.[59]

동요는 음악성을 위주로 하는 문학 장르다. '동요'란 사전적 의미로

59 김태영, 「童謠를쓰실려는분의게」, 『아이생활』, 1927년 10월호, 17쪽.

'어린이의 정서에 맞는 언어로 그들의 소망이나 감정을 표현한 노래'로 풀이된다. 위의 글에서 동요는 "아희들의노래"이고 "정서(情緖)"를 표현한 것으로 설명된다. 또한 어린이들을 "그민족즁에도 가장귀하고 희망만흔" 존재로 묘사하는 것으로 보아 당시 어린이들을 보는 시선이 어떠했는지 알 수 있다. 다음 부분에서는 동요의 놀이-유희적 기능에 대해서도 강조한다.

동요는 참으로 어린이들의 작란터에 쏫이외다. 맑은작란터에 아름다운 쏫(이것은됴흔동요라야)그속으로어린벗들은 뛰놉니다. 어린이들의게 작란터(작란터는어린이들의마음자리) (……) 아희들은 재미잇는작란을써나서는 깃븜이 없는까닭이외다. 그러면됴선의동요(童謠)는됴선의어린이들의맘이라야 됴선의어린이들의작란터에쏫노릇을할수잇습니다.[60]

어린이들의 마음을 "작란터"에 비유하며 동요는 작란터의 "쏫"으로 비유한다. "작란터"는 지금은 아이들이 노는 '놀이터'로 볼 수 있을 것이다. "작란터"인 어린이들의 마음에 피어난 꽃들(동요들) 속에서 어린이들은 뛰어논다. 동요의 유희성과 놀이적 성격에 대해 강조하는 것이다. 김태오의 글을 요약하면 동요는 1. 어린이들의 노래 2. 정서와 감성을 노래하는 것 3. 유희성과 놀이적 성격을 가진 것임을 알 수 있다.

김태영은 동요의 유희성과 놀이적 성격 뿐만 아니라 '예술성'에 대해서도 강조하였다. 1927년 11월호에서 김태오는 「童謠를쓰실려는분의게」(2)에서 동요 작법의 첫째 항목으로 "예술감"을 제시했다. 예술감이라는 어려운 개념을 어린 독자들에게 설명하기 위해 김태영은 시냇물이 흘러가는 모습을 예시로 들었다. 자연을 노래하는 동요가 많은 당시

60 김태영, 「童謠를쓰실려는분의게」, 『아이생활』, 1927년 10월호, 17~18쪽.

의 창작 경향을 반영하는 듯하다. 『아이생활』에 실린 수많은 동요들은 자연을 주제로 한 작품들이 대다수인데 당시 식민지 조선의 어린이들이 살았던 환경을 생각해보면 자연과 가장 친숙하고 가깝게 지낼 수 있는 환경이었기에 자연을 노래하는 동요가 많은 것은 자연스러운 현상이기도 하다. 김태영이 제시한 다음의 동요 작법을 보면 자연을 노래한 동요가 많은 이유를 알 수 있다.

> 시상(詩想)을크게난호면 두가지로 난홀수잇스니
>
> 1. 인상(印象)의 시상(詩想)
>
> 2. 상상(想像)의 시상(詩想)

> 인상은엇든것이냐고하면 내가엇든것을본데서든지 들은데서엇는것인데 즉 밧게서온 츙동이라고할것임니다. (……) 밧게서는 아모충동을줄만한것이업서도 내맘에서쏘한 정서를 잡어흔들어 시상을니르키는 것임니다. (……) 우리는 노래(동요)가될만한 예술감이 내맘에서닐든지 본데서든지 들은데서든지 니러나거든 꽉붓들고안노하주어야됩니다.[61]

'인상의 시상'에 대해서 설명하는 부분이다. 인상은 내가 직접 본 것, 들은 것에서 얻는 것, 즉 밖에서 온 충동이다. 각종 도시 문명과 기계 문명이 발달한 현대 사회와 달리 식민지 조선의 어린이들이 직접 보고 들을 수 있는 것은 자연 세계와 유희 세계일 것이고, 이 두 세계를 바탕으로 한 동요가 다수 창작된 것은 자연스러운 일일 것이다.

> 어엿분달임은

61 김태영, 「童謠를쓰실려는분의게」, 『아이생활』, 1927년 12월호, 15~16쪽.

하늘의싸님
금직지집고서
밤길을간다
흰구름바위에
쉬기도하며
이밤을이밤을
거러새우네

—김태영, 「달」, 『아이생활』, 1928년 2월호, 26쪽.

들국화 꼿들은 곱기도하지
붉은꼿 노랑꼿 하얀꼿들이
옹기종기 고개를 갸웃이숙여
바람이 불때마다 인사한다오

—김태영, 「야국(野菊)」, 『아이생활』, 1927년 12월호, 10쪽.

'달'과 '들국화'를 의인화하여 노래했다. 자연물을 의인하여 자연물을 통해 받은 인상에 상상력을 더하여 표현했다. 달은 "하늘의싸님"으로 구름 사이사이로 보이는 달을 "흰구름 바위에 쉬기도"한다는 표현으로 상상력을 더했다. 「야국」에서는 바람이 불어 흔들리는 들국화를 "고개를 갸웃이 숙여" 바람이 불 때마다 인사한다고 노래하여 의인화를 통한 상상력을 표현했다.

1929년 4월호의 「달마중가자」는 냇가로 나가 달을 구경하는 아이들의 모습을 선명하게 묘사했다. 앵두를 따서 실에 꿰어 목걸이를 만들고 검둥개를 데리고 냇가에 나간다. 냇가는 물결이 "남실남실" 흔들리고 수양버들 가지가 아름답게 늘어진 곳이다. 자연 속에서 자연을 누리는 어린이들의 모습을 아름답게 노래한 작품이다. 1932년 9월호에 발표한

「갈대마나님」에서도 자연물인 갈대를 소재로 하였다. 갈대를 의인화하여 바라보는 어린이들의 물활론적 사고를 반영하였고 화자를 어린이로 하여 입말체(손짓 하우?, 나두 알아요, 그러지머)를 사용하였다.

김태오 역시 『아이생활』에 다수의 동요를 발표하였으며 "조선의 농향"을 노래하는 작품을 발표하였다.

동무여 나아오라 어서나오라
저기저 산기슭 안개속에는
포근한 파랑이불 고요히덥고
새빩안 진달내꽃 곱게피엇네

진달내 꽃방망이 만들어줘고
힌무덤 두다리며 울어나볼가
아니오 그것은 안될말이요
잠자는 게름방이 따려나줍세

—김태오, 「진달내」, 『아이생활』, 1932년 5월호, 31쪽.

잔물결이 춤추는 시냇물우에
갈닢배를 맨들어 띠워봤더니
건들건들 바람이 노저떠간다.

내가맨든 갈닢배 푸른갈닢배
어기여차 두덩실 배떠나간다.

넘실넘실 떠돌든 소금쟁이가
살그머니 뛰여서 올라타고는

하안으작 한으작 배노리한다.

내가맨든 갈닢배 푸른갈닢배
어기여차 두덩실 배떠나간다.

—김태오, 「갈닢배」, 『아이생활』, 1935년 9월호, 7쪽.

1932년 5월호의 「진달내」와 1935년 9월호의 「갈닢배」는 조선의 농향을 노래하며 평화롭고 낙관적이면서도 아름다운 자연을 그렸다. 「진달내」는 친구들을 불러모아 진달래꽃이 핀 산기슭으로 놀러가 진달래로 꽃방망이를 만들어 놀러 다니는 어린이들의 자연 속에서의 모습을 그렸다. 「갈닢배」에서는 나뭇잎 잎사귀로 배를 만들어 시냇물에 띄어놓고 나뭇잎 뱃놀이를 하는 어린이들의 모습을 그렸다. 자연 속에서 뛰노는 어린이들의 평화로운 세계를 잘 표현했다.

식민지 조선의 어린이들이 처한 불우한 현실 속에서 자연 속에서의 평화로운 놀이 세계를 그리는 것은 현실을 외면한 것이라고 비판받을 수도 있으나 김태오는 어려운 상황 속에서 밝고 낙관적인 농향의 세계를 그리는 것에 대한 자신만의 신념이 있었다.

나는 일즉부터 조선의 農鄕을 노래하기에 힘썻다. 특히 어린이世界에 잇어서 많이 노래하엿다. 그것은 가난하고 설음 많은 우리農鄕의 어린이들을 어떠한 方法으로써 앞길을 열어줄까함이 그 先決問題가 됨로으 서이다

여기에 잇어서 흙(土)을 基調로한 새로운글! 藝術的 香氣가 豊富한노래 健全한노래 굳센 指導性을 가진 흙의文藝을 要求한다. 勿論 鄕土童謠田園詩는 그일부분이될 것이다.[62]

---

62 김태오, 『雪崗童謠集』, 漢城圖書株式會社, 1933, 5쪽. 권혁주, 「雪崗 金泰午 童謠 硏究」, 『한국아동문학연구』 20, 한국아동문학학회, 2011, 39쪽에서 재인용.

한울에서
천동번개
별안간에

우둥퉁퉁
번적번적
소낙비가

난리난다고
내려치더니
퍼붓습니다

처마밑에
찬바람의
엄마압바

수백명의
은-헤로
불으면서

구슬병대들
도망해와서
헤매입니다

앞마당과
구슬병대

무선사람

또랑에서
떼를짓어
뒷따르지

요리조리로
서로안고서
못하게하네

꼬부라진
내ㅅ물로
한다름에

험한길을
강ㅅ으로
화살같이

뺑뺑돌면서
바다속으로
줄다름치네

—김태오, 「구슬병대」, 『아이생활』, 1937년 7월호, 1쪽.

「구슬병대」는 쏟아지는 빗방울들을 구슬 병대로 비유하였는데 발상이 참신하다. 구슬병대(빗방울)들이 도랑에 흘러내리는 모습을 표현한 구슬 병대가 "또랑에서 떼를지어 뒷따"른다는 묘사는 기발하고 재미있다. 빗방울이 모여 도랑을 지나 바다까지 흘러가는 모습을 "꼬부라진/내ㅅ물로/한다름에//험한길을/강ㅅ으로/화살같이//빼빼돌면서/바다속으로/줄다름치네"라고 묘사한 부분 역시 빗방울을 의인화하여 쉽게 지나칠 수 있는 자연 현상을 재미있게 포착하고 묘사하였다.

달두 달두 밝은밤
놀기 좋은밤
「달아 달아 저달아」
노래 부르면
달-님도 반가워
웃고 있어요.

달두 달두 밝은밤
잠안 오는밤
마루 끝에 앉어서
노래 부르면
버레들도 덩달어
노래 하자네.

—김태오, 「달밤」, 『아이생활』, 1935년 11월호, 8쪽.

1935년 11월호에 발표된 「달밤」은 가을밤 풀벌레 소리를 들으며 달을 보고 즐거워하는 어린이의 모습을 그렸다. 달 밝은 밤 잠이 오지 않는 아이가 마루 끝에 앉아서 달을 보며 노래를 부르고 그 주변에는 풀벌레 울음 소리가 가득하다. 가을밤 달을 보며 즐거워하는 자연 속에서의 어린이의 모습을 아름답게 노래한 작품이다.

『아이생활』에는 수많은 동요가 실렸다. 그 많은 동요 중에서도 특징적인 것은 한국의 전통 문화와 전통 놀이를 소재로 삼은 작품들이 다수 발견된다는 점이다. 전통문화를 동요의 소재로 삼은 것은 우리의 전통 문화를 어린이들에게 전달할 수 있는 방법으로 매우 효과적이면서도 민족 의식을 고취할 수 있다는 점에서도 의미가 있다. 또한 어린이들이 속해 있는 가정과 어린이들의 주변 세계를 동요의 소재로 삼는 일이 자주 있었다는 점에서 매년 맞이하는 전통 설이나 추석의 정경, 전통놀이를 노래한 것은 한편으로는 자연스러운 현상이기도 하다.

팔월에두 추석날은 아주좋은날
기다리는 우리들의 명절날일세
산소갓다 밤과대추 따먹긴해두
햇쌀밥에 송편맛이 그럴듯해요

팔월에두 가윗날은 달두밝은밤
앞집도령 뒷집따님 모두모엿네
옛날얘기 너두나두 하여가면서
달밝은밤 놀기가요 정말좋아요.

팔월에두 가윗날은 뜻두깊은날
삼베짜는 편싸흠도 햇다지만요
옛날그때 화랑도의 본을받어서
말과행실 어김없이 겨레위하세.

—김태오, 「秋夕노래」, 『아이생활』, 1933년 10월호, 14쪽.

쿵덕- 쿵덕-
올렸다 나렸다

색동저고리 다홍치마
펄렁 퍼얼렁
치마짜락 날리며
휘익! 쿵덕!
잘두 뛰노나——.

쿵덕! 쿵덕!
솟았다 나랐다
노랑저고리 남-치마
팔랑 파알랑
붉은댕기 날리며
위익! 쿵덕!
잘두 뛰노나——.

끈덕! 끈덕!
자웃둥 자웃둥
간-대앉인 더벙머리
에고 저것……
젓알른다 네엄마
휘익! 쿵덕!
흐씁 다지요——.

—김태오, 「널뛰기」, 『아이생활』, 1935년 2월호, 4쪽.

김태오는 『아이생활』에 한국의 전통 놀이와 명절을 소재로 한 작품을 실었다. 「秋夕노래」에서는 추석을 보내는 한국인들의 모습을 그렸다. 추석 말 산소에 다녀와 밤과 대추를 따 먹고, 송편을 먹고, 달 밝은 밤에 앞집 뒷집 소년 소녀들과 가족들이 모여 도란도란 얘기를 나누는 정경을 그림을 그린 듯 눈에 선하도록 노래했다. 마지막 연에서는 추석의 민족적 의미와 전통적 의미를 강조하였다. “팔월에두 가윗날은 뜻두깊은날/삼베짜는 편싸흠도 햇다지만요/옛날그때 화랑도의 본을받어서/말과행실 어김없이 겨레위하세”라고 노래하였는데 삼베를 짜서 편싸움을 하는 ‘한가위’의 기원을 언급하고, 신라시대에 이미 세시명절로 자리잡은 추석의 기원을 되새기듯 신라 “화랑도의 본을 받어서” “말과 행실 어김없이 겨레위하세”로 마무리를 맺어 추석 명절을 즐겁고 기쁘게 노래하는 동시에 추석을 지내는 일에 깃들어 있는 민족정신과 민족의식을 고취하였다.

「널뛰기」는 한국의 전통 놀이인 ‘널뛰기’를 하는 장면을 그림 그리듯 생동감있게 묘사하였다. “쿵덕-” “휘익-”과 같은 의성어의 사용, 치마자락이 날리는 모습을 “펄렁 퍼얼렁”이라는 의태어로 묘사하여 널뛰기를 하는 장면을 생생하게 그렸다. “색동 저고리 다홍 치마”를 입은 소녀가 치맛자락과 댕기를 날리며 신명나게 널뛰기를 하는 장면을 생동감있고 흥이 느껴지도록 묘사하였다.

김동길은『아이생활』에 어린이들의 놀이를 주제로 하는 작품을 다수 발표하였다.

순이의 무릎팍이 웨 벳게졋나
「고무나와」를 좋와하다 그러케됏지
「고무나와」는 늘고주는데 웨닷친담!
제까짓게「고무나와」나잇나! 숭내내다 그랫지.

숭내만내는데 웨닷치늬!
오막사리 초가집 대문간에서

얕은 문지방을「고무나와」라구서
「잇지-니-산」하다가 너머젓다나!

—김동길,「고무나와」(고무줄을매고뛰는작란),『아이생활』, 1933년 5월호, 66쪽.

허리를 꾸브리고 두다리는 엉거주춤
꺼불꺼불 꺼불고 잇는 바보 좀봐요
실 끝에 귀신이부터 풀렷다 감겻다
죽엇다 사는데 반하는「오-요-」라나요.

갑동이는 날마다 지각 그주머니에도「요-요-」
복동이는 날마다호방 그손꼬락에도「요-요-」
「요요-」를 잘한다고 제가 뽐내는아이
집에서 학교에선 날마다 벌쓰는바보지요.

—김동길,「요요」(동그란공을실에다매서놀리는작란),『아이생활』, 1933년 5월호, 67쪽.

김동길은『아이생활』1933년 5월호에「새로란 노래노리」라는 표제어로「고무나와」와「요요」를 발표하였다.「고무나와」제목 옆에 "고무줄을 매고 뛰는 작란"이라는 설명을 추가하여 구체적으로 어떤 놀이를 노래했는지를 설명하였다. 무릎팍을 다친 순이가 문지방을 놓고 고무줄 놀이를 흉내내며 노는 어린이들의 모습을 그린 놀이 동요이다.「요요」는 제목 옆에 "동그란공을실에다매서놀리는작란"이라는 설명이 추가되어 있다. "허리를 꾸브리고 두다리는 엉거주춤"이라는 묘사로 요요를 하는 어린 아이의 동작을 실감나게 표현하였다. "갑동이는 날마다 지각 그주머니에도「요-요-」"에서 요요를 하느라 학교에 지각하는 아이의 모습을 재미있게 표현했다. 입말체의 사용도 돋보인다. "웨닷친담!" "너머젓다나!" "바보 좀봐요" "오-요-라나요" 등 어린이들이 일상생활에서 사용하는 어투인 입말체를 잘 활용했다. 김동길은 이렇게 어린이들의 놀이 문화를 동요의 소재로 삼아 유희성이 두드러지는 작품을 썼다.

4. 아동극과 주일학교의 연계성

연극은 많은 예술의 장르 가운데 가장 오랜 역사를 가지고 있으며 그 기원에 대해서는 이집트의 제의기원설이나 그리스의 제의기원설 등의 주장이 있다. 이러한 것들은 모두 고대 사회에 신에게 드리는 제사의 역할에서 비롯되고 있음을 알 수 있다. 기원전 5세기 그리스 시대에서 출발한 연극의 기원은 주신(酒神) 디오니소스 제단에서 불리어진 찬가로 알려져 있는데, 디오니소스 축제 때에만 공연되었다. 그러나 그리스 연극의 확실한 기록이 발견된 것은 기원전 534년이었는데 그리스 희극은 비극보다 늦게 발전했다. 기원전 300년대에 이르러 연극은 디오니소스 축제 때뿐만 아니라 많은 종교 행사에도 공연되었다. 그후 로마시대에 와서도 그리스 연극은 여전히 그 영향력을 미치고 있었다.

이후에 서로마가 멸망하자 로마 가톨릭교회는 당시까지 이루어져왔던 일반적인 연극의 행위를 금지시킨다. 그것은 당시의 연극이 다분히 퇴폐적이고 오락적인 요소로 이루어져 있었고 그 내용이 비도덕적인 부분이 많았기 때문이었다. 로마의 연극 금지 이후 500여 년 넘게 자취를 감추다시피 한 연극은 8세기 이후 교회 내에서 다시금 그 모습을 드러내게 된다. 수도원의 수녀들이 기독교의 대표적인 절기인 성탄절이나 부활절 때 그 절기를 소재로 연극을 만들어서 무대에 올리기 시작한 것이다. 그렇게 시작된 기독교 연극이 10세기 후반에 이르러서는 예배극의 형태로 나타나게 된다.[63]

이러한 예배극은 『아이생활』에 '성극'이라는 형태로 나타났다. 또한 극예술이 발전한 기독교의 특성상 기독교 종교지의 성격이 있었던 『아이생활』에는 성극뿐 아니라 다양한 주제를 가진 아동극이 실렸다. 『아이생활』에 실린 많은 아동극은 주일학교에서 공연될 것을 염두에 두고 창작된 것들이 많았다.

연극 및 가극의 장르에 포함되는 근대 아동극 '공연'의 역사는 일찍이 1900년대를 전후하여 전국에 산재된 기독교회 공동체에서 시작되었다. 1910년대에 이미 성탄 절기를 맞아 성경이야기를 엮은 성극(聖劇)이 공연되었고, 1918년 성탄절에는 승동(勝洞)예배당 주일학교 학생 주최로 『세상은 일장춘몽=초로의 인생』, 『동정의 눈물』 등이 축하 '가극(歌劇)'으로 공연되었다.[64]

1920년대 초에는 '유년'주일학교와 유아 · 유치원에서의 가극공연뿐 아니라 이에 대한 비평도 이루어졌다. 경성 중앙유치원의 유년가극대회와 평북 의주교회 유년주일학교의 꽃주일 공연, 의주 광성 산정주일하교, 성진교회 유년주일학교, 전주유아원, 이천, 강릉, 영암, 함흥, 밀양, 대전 등 일일이 열거할 수 없을 정도로 많은 전국 각지의 야소교 주일학교에서 가극 공연이 이어졌다. 1920년 11월 27일 승동주일학교 주최로 재공연된 『초로의 인생』과 『모정의 계수』, 『열세집』 등의 작품 해제 및 가극 관람 평(評)과 1920년 12월18일 개성여자교육회 주최로 개성좌(開城座)에서 열린 유년가극대회 관람 후기가 일간지에 개제되기도 했다.[65]

1920년대 서구 근대극이 서서히 도입되어 그 뿌리를 내리기 시작하였다 하더라도 한국 어린이연극의 초기 기록은 이보다 훨씬 앞선다. 국

63 정선일, 『한국 기독교 연극의 역사와 그 방향성에 관한 연구』, 중앙대학교 예술대학원 석사학위논문, 2008, 10~12쪽.

64 최윤실, 『근대 아동잡지와 주일학교 노래집을 통한 한국 동요 재조명』, 이화여자대학교 대학원 박사학위논문, 2019, 154쪽.

65 최윤실, 위의 논문, 154쪽.

내 어린이 연극공연에 대한 초기의 기록들은 대부분 개신교 교회 안에서 펼쳐진 교회극과 밀접한 관련을 맺고 있다.

19세기 말 무렵 서구 선교사들에 의해 한국에 처음으로 개신교가 소개되었을 때 개종을 했던 대부분의 사람들은 천민계급과 문맹인이었다. 이러한 상황으로 인해 초기 개신교 교회의 선교 방법은 마치 서양의 중세극처럼 성경의 이야기를 무대화하는 것이었다. 특히 어린이들을 위해 선교사들은 주일학교에서 기독교적 메시지를 담은 연극 공연으로 성경의 내용을 보다 효과적으로 전달할 수 있었다.[66] 이처럼 어린이연극이 성극에서 비롯되었다는 견해를 가진 학자들이 몇몇 있는데 그 중 대표적인 한 사람이 송명호이다. 그는 자신의 저서인『유아극의 이론과 실제』에서 다음과 같이 기술하고 있다.[67]

> 이와 같은 신극활동의 영향을 받아 신문화운동의 온상이었던 기독교의 주일학교와 소년단에서는 교회의 행사를 통하여 어린 학생들로 하여금 성극과 같은 아동극을 자주 상연하게 되었던 것이다. 그러기 때문에 우리나라 아동극의 본격적인 출발은 중세 종교극에서 보는 바와 같이 주일학교나 보육학교에서 싹트기 시작했다고 해도 지나친 말은 아닐 것이다.[68]

이와 같은 송명호의 견해는『기독교 백과사전』의 기록을 통해서도 확인된다.

> 한국교회는 1920년경 초에 교회행사나 주일학교에서 교회극이 시작되었

---

66 한은숙,『한국어린이연극의 발달과정에 관한 연구』, 성균관대학교 박사학위논문, 2005, 28~29쪽.
67 한은숙, 위의 논문, 30~32쪽.
68 송명호,『유아극의 이론과 실제』, 34쪽. 한은숙, 위의 논문 30~32쪽에서 재인용.

다. 그 교회극은 대체로 성경이야기나 종교적인 이야기로부터 취해진 것이 대부분이며, 도덕적이고 교훈적이다. 교회극에서는 어린이들이 주된 인물들이다. 특히 12월 크리스마스 때에는 모든 교회에서 교회연극이 행해졌는데, 그 연극은 정확히 말해 발전된 형태의 연극은 아니었으나, 교회극이 한국의 어린이 연극의 시작임을 부인할 수 없다.[69]

지식인들은 교회 안에서 민족주의적인 내용을 바탕으로 한 어린이연극을 공연하였는데, 교회 안에서의 어린이연극에 대한 최초의 상세한 기록은 1930년대에 활동했던 아동문학가로서 주요 어린이극 작가 중 한 사람이었던 홍은표(洪銀杓)의 평론에서 발견된다. 홍은표는 「아동극의 어제와 오늘」이라는 글을 통해 자신의 나이 11세였던 1920년대를 다음과 같이 회상하고 있다.

우리나라 아동극의 모태는 1920년대 초에 평양, 개성, 대구, 부산 등지의 장로교, 감리교, 유년 주일학교에서 태동하였다. 필자는 그 때 개성 송도보통학교 4학년생으로서 11세의 소년이었다. 송도의 교사이며 주일학교 지도교사였던 박홍근 선생이 각본을 쓰시고 안무, 연출까지 맡아주셨다. 그때 개성 동부교회 유치원을 연습장으로 하고 밤이 이슥하도록 리허설을 갖던 일은 오십여 년이 지나간 오늘에도 아직 기억이 새롭다. 연습이 끝나면 동부, 남부, 중앙, 북부 등 각 교회를 찾아가 공연을 갖고, 평안 황해 방면에 지방공연을 나가기도 하였다.[70]

기독교 어린이 잡지였던 『아이생활』에는 창간호에서 이미 아동극이 2편이나 게재되었다. 붙잡은 참새를 소중히 돌봐주고 다시 자연 속으로

69 기독교백과사전 출판위원회, 『기독교백과사전』, 제11권, 기독교문사, 1981, 560쪽.
70 홍은표, 「아동극의 어제와 오늘」, 『아동문학평론』, 1976, 여름호, 54쪽.

보내주어 동물을 사랑하는 마음을 기르도록 하는 내용의 김현순의 「앵무의 가정」(1926년 3월호, 29~37쪽), 할머니와 할아버지가 하나님의 선물로 생선이 열리는 나무와 금상자를 얻는다는 내용의 정남연의 「침묵과 다언」(1926년 3월호~5월호, 44~51쪽)이 해당 작품들이다. 「침묵과 다언」은 창간호인 1926년 3월호부터 게재되어 1926년 5월호까지 연재되었다. 이 작품은 교훈성이 강하고, 기독교적인 요소들을 작품 곳곳에 배치하였으며 창간호 이후로 2회 더 연재된 장편 아동극으로 이후 『아이생활』에 실릴 작품들의 방향성을 예상할 수 있게 해주는 작품이다.

1929년 6월호 창가극이라는 표제어로 발표된 김태오의 「노수의 음악회」(1929년 6월호, 48~53쪽)는 동물의 의인화와 음악, 노래의 요소들이 다채롭게 어우러진 아동극이다. 늙고 노쇠해진 소, 말, 고양이, 개가 모여 늙어서 주인에게 버려진 신세 한탄을 하다가 함께 악기를 연주하고 춤을 추며 즐겁게 살기로 한다는 내용이다. 극 안에서는 각각의 동물역을 맡은 배우가 가창과 악기 연주를 하고 다함께 춤을 추는 등 무대에서 공연할 수 있는 다양한 요소를 집어넣었다.

극의 시작에는 연극을 하는 배우들이 갖춰야 할 복장과 화장에 대해 자세히 서술하였다.

> 化裝 즘생들은 나희만허서 늙은듯한 (馬, 犬, 猫, 牛) 얼골의가면을쓰고 馬와猫는 黑色의 衣服과 犬과 牛는 白色의 衣服을입을 것이다.[71]

작품에 등장하는 늙은 동물들에게는 모두 사연이 있다. 개는 "나도이전젊엇슬때에는 제법긔운이짱짱하고 날내기도해서주인령감이 산양가실때에는 손살가티압흐로달려가 꿩도물어오고 노루도물어나리고 저녁

71 『아이생활』, 1929년 6월호, 48쪽.

에는 마루미테안젓다가 도적놈만올듯하면 막지저자치고" 하는 등 힘차게 생활했지만 나이가 들어 늙고 노쇠해진 후로는 "로망한 연고인지 어제ㅅ밤에 우리주인이대문열고 들어오시는걸 도적인줄잘못보고 곳달녀가서물엇드니 고만성을잔득내어 몽동이로 후려패고 로망해서못쓴다고 쪼차내기에허는수업시 이리로왓다"는 하소연을 한다. 말과 고양이, 소 역시 노쇠해져 주인에게 버림받은 자신의 사연을 얘기하고 한곳에 모여 서로를 위로한다. 이 이후의 장면이 인상깊은데, 늙어서 버림받고 쓸모없어진 동물들은 그대로 절망에 빠져 있지 않고 한데 모여 각각 한 가지의 악기를 연주하기 시작한다.

犬. (이러서며) 자! 너희들 머한개식가진것잇지?

一同. 그래

馬. 나는북이다

猫. 나는피리다

牛. 나는 바올린이다

犬. 자-나는라팔이다 이것바라(분다)

一同. 야! 그것참듯기조타얘

(먼저근심들을다이저바리고 모다이러슨다)

(중략)

犬. 자- 내가이것만불것이아니라 너이들도다 한가지식가젓스니 우리모다 합해불어서 음악회를한번열자

一同. 올치올치 됏다돼 그말참조타[72]

늙고 주인에게 버림받아 희망없는 상태의 동물들은 함께 악기를 연주

72『아이생활』, 1929년 6월호, 52쪽.

하고 음악회를 하면서 활기와 기쁨을 되찾는다. 극을 관람하고 있을 관객들 역시도 슬픔과 절망을 이기고 악기를 연주하면서 춤을 추는 배우들을 보고 함께 일체가 되어 동질감을 느낄 수 있다.

이후 소녀들이 등장하여 자기 집의 짐승들이 모여 음악회를 하는 것을 보고 동물들과 함께 합창을 한다.

少一. 나의사랑하며놀든우리힌둥아
少二. 나의사랑하며놀든우리말이여
少三. 나의사랑하여주든우리고양아
少四. 나의사랑하여키든우리황소야
후렴 너와나와 즐거웁게 지내여보자
너와나와 즐거웁게 지내여보자
(一同은 손을잡고둘러서서다음창가)
우리서로 사랑하는 우리동모들
손붓잡고즐거웁게지내어보자
너와나와즐거웁게지내어보자[73]

개와 말, 고양이, 소로 분장한 배우들의 연기와 그들이 연주하는 악기들의 사용은 극을 보는 청중인 아동들에게 시각적 효과와 청각적 효과를 느끼게 하며, 극의 후반부에 나타나는 합창을 통한 무대 연출은 어린이 청중들에게 예술적 체험을 경험하게 한다. 아동들은 늙고 병들어 주인들에게 버림받은 동물들을 보며 동정심과 슬픔을 느끼며 슬픔과 동정, 연민과 공감을 느낄 수 있는 사람으로 변화될 수 있고, 다채로운 예술적 요소가 가미된 아동극을 통해 '웃고 울고 노래하고 춤추고 자유롭

73 『아이생활』, 1929년 6월호, 53쪽.

고 재미있게 즐기면서' 말로는 표현하기 힘든 다양하고 깊은 층위의 감정을 느낄 수 있다. 여기에 더하여 아동은 아동극에 감정적으로 개입됨으로써, 등장인물들이 위기를 극복하는 과정을 통해 심리적으로나 도덕적으로 중요하고 심오한 것들을 배울 수 있다.[74]

「쥐대회」(1931년 2월호, 22~25쪽)는 1931년 2월호에 실린 작품으로 작품 말미에 "이솝寓話에잇는 이애기를가지고"[75]라는 언급을 해서 이솝우화의 작품을 동화극으로 개작한 것임을 밝히고 있다. 약자인 쥐들이 강자인 고양이를 상대로 이기기 위해 다 같이 모여 회의를 하는 장면은 극을 관람하는 어린이들에게 흥미를 일으키고 고양이를 물리치기 위한 방책을 내놓는 흥미진진한 회의 과정에 몰입할 수 있게 만든다.

극에서 한자리에 모인 쥐들은 한 명씩 돌아가며 고양이를 물리칠 수 있는 방법을 얘기한다. 여러 가지 이야기가 오가는 회의장에서는 초반에는 남자 쥐들이 주로 의견을 낸다. 남자 쥐들의 의견 중에 마땅한 것이 나오지 않자 쥐 회장은 여자 쥐들에게도 따로 의견을 물어 본다.

> **회장**『아! 조용들하십시오. 그밧게 다른분들의 의향은 엇더습니까? 여자회원중에서도 어느분 말슴좀하시구려.』[76]

여성 쥐에게 발언권을 주고 의견을 청취하려는 장면은 당시 식민지 조선이 가부장제가 강한 유교 문화 국가였다는 사실을 생각하면 상당히 진보적이면서도 페미니즘적인 시각으로 평가할 수 있는 부분이다. 쥐 회장의 말을 들은 여성 쥐는 다음과 같이 의견을 내놓는다.

---

74 손증상, 『1920-30년대 아동극 연구 : 『어린이』, 『신소년』, 『별나라』를 대상으로』, 경북대학교 대학원 박사학위논문, 2018.

75 『아이생활』, 1931년 2월호, 25쪽.

76 『아이생활』, 1931년 2월호, 24쪽.

1『저이여자야 무얼안담니까? 그러나 생각한대로 한마듸 말슴하겟습니다. 우리들은 본래 다름지을 빨리 하는 동물입니다. 그런빠른거름을가지고 엇재 고양이같은것에게 잡혀먹히느냐? 할것같으면 그것은 다못 고양이의 발바닥에 솜과같은 보드러운것이잇어서 소리가 나지아니하는고로 우리들이 고양이의 오는 것을 모르고잇다가 즉- 말하자면 갑자기 달녀드는바람에 밋처 피하지를못하게되는 까닭인줄도 암니다.』

회장『과연 그럿습니다.』

1『그러니까 고양이가 올때에 무슨 신호를 하게햇스면 엇덜는지요?』

2『그러면 이렇게하지요. 고양이목에다가 조고마한 방울을하나 달아놓지요. 단닐때마다 딸낭 딸낭하고 소리가날터이니까 그소리만듣으면 즉시 도망하야 피할 수가 잇지않겟습니까?』

일동『찬성찬성! 훌융한의향입니다.』

(박수찬성합니다.)

회장『그것참 훌융한의향입니다. 그렇게하는 것이 가장 안전한 안전한 방책일 것입니다.』

3『그러기에 남자여러분들 이다음부터는 우리를 여자라고 업수히역이지 마십시오. 보세요 이런 묘한방책을 여자들이 생각해내지 안습니까?』[77]

여성 쥐가 다른 남성 쥐들이 내지 못한 훌륭한 계획을 말하자 쥐 일동이 모두 훌륭한 계획이라고 찬성하고 여성 쥐는 "그러기에 남자여러분들 이다음부터는 우리를 여자라고 업수히역이지 마십시오. 보세요 이런 묘한방책을 여자들이 생각해내지 안습니까?"라고 답변한다. 당시 식민지 조선에서 어린이를 위해 창작된 아동극에 여성주의적 시각이 반영된 것은 위 작품의 창작자인 이성락이 기독교 신자로서 작품에 기독

---

77 『아이생활』, 1931년 2월호, 24쪽.

교적 여성주의의 시각을 반영한 것으로 볼 수 있다.

개화기 시대의 조선은 상대적 비교에 있어 기독교 수용에 적극적이었으며, 그 중심에는 기독교 여성들이 존재하고 있었다. 조선에 전래된 기독교는 하나님 앞에서 모든 인간이 평등하다는 기독교적 인간관을 기반으로 봉건적·중세적·가부장적 어려움 속에 살아가고 있던 그 당시 여성들에게 새로운 삶의 기회를 제공하였으며, 교육을 통한 사회 참여의 길도 열어주었다. 여학교를 통해 근대적 교육을 경험한 여성들은 민족적 위기 속에서도 교사, 의사, 간호사 및 다양한 직업군에서 사회 참여의 기회를 경험했으며, 교회 현장 속에서 전도부인들(Bible Women)은 서양 여성 선교사들과 조선인들을 연계하면서 주도적 목회자로서의 역할을 담당했다.[78] 이러한 기독교의 여성주의적 특성은 어린이를 대상으로 한 아동극의 창작 경향에도 영향을 미친 것으로 보인다.

배덕영(裵德榮, 1901.12.?~1950.10.?)은 1929년 1월호에 '집필 동인'으로 밝힌 사람에 포함되어 있다. 그는 경기도 차주에서 출생하여 연희전문과 협성신학교를 졸업하고 미국 유학을 했다. 목사로 활동했으며 1929년에는 총리원 교육국 간사 겸 주일학교전국연합회 간사를 맡아 주일학교와 관련된 활동을 활발히 하였다. 그의 이력을 보면 배덕영은 기독교 교육에 관심이 많았던 것으로 보인다. 경기도 개성에서 배선범(裵善範) 목사의 아들로 출생하여 1921년 개성 송도학교를 거쳐 1925년 연희전문학교, 1928년 1월 감리교 협성신학교를 제14회로 졸업하였다. 1929년 9월 중부연회에서 목사 안수를 받았으며 1926년 자교교회 전도사, 1930년 개성 중앙회관 총무 및 총리원 교육국 간사로 봉직하였다. 1936년부터 1938년까지 미국에 있는 스카릿대학에 유학하여 종교교육학을

78 김현숙, 「근대 초기 기독교 여성과 기독교적 여성교육」, 『기독교교육논총』 59, 한국기독교교육학회, 2019, 18~19쪽.

전공하였고, 귀국 후 다시 총리원 교육국에 재임하여 아동교육 분야에서 많은 활약(유년 · 소년부 교과서, 성극집, 동화집 등 출간)을 하였다. 특히 그는 주일학교 각 부 조직과 관리문제를 연구하여 확정 발표하고, 〈교리와 장정〉에 편입시켜 제도화시켰으며, 각 부에서 사용할 교과서의 커리큘럼을 작성한 후 이를 종교교육 전문가들(김창준, 임영빈, 류형기 등)에게 의뢰하여 발간하는 등 주일학교 조직 완성의 역할을 감당하였다.[79] 한국 기독교 교육사에 있어서 매우 중요한 인물인데, 『아이생활』 1928년 1월호에 실린 배덕영이 창작한 아동극 「춤추는 人形」(1928년 1월호, 41~46쪽)은 희극이 가지는 희극성과 웃음을 유발하는 요소, 교훈성을 갖춘 재미있는 작품이다. 「춤추는 人形」의 '춤추는 인형'은 맹진사가 발명한 인형으로 앞에 있는 사람이 거짓말을 하면 그 거짓말을 듣고 자동으로 춤을 추는 인형이다.

「**모**」 그러면돈을주어야춤닛가?

「**진사**」 아니지요이인형을 저책상우에다가부처님처럼잘위해두십시요이인형이듯는대서누구던지그짓말만하면저인형이춤을춤니다

(중략)

「**옥순**」 어머니

「**모**」 오- 왜 이제야 오니?

「**옥순**」 소제하고오늘고이제야온담니다

(모인형을바라다보니춤을춘다)

「**모**」 (놀내면서)야옥순아그적게소제당번이래면셔무슨소제를또하엿다고그러니 너누구하고싸호고오느라고이제야오는고나?

「**옥순**」 아니야요 소제족곰하고공치다와요

---

79 기독교대한감리회 역사정보자료실.

(人形춤춘다)

「모」 너왜그짓말을내게하니 그짓말하지마라라[80]

등장인물들이 인형 앞에서 거짓말을 했다가 인형이 춤을 추는 바람에 모든 거짓말이 들통나고 다시는 거짓말을 하지 않겠다고 맹세하는 교훈적 내용이다. 이 연극이 무대에서 공연되는 동안 어린이들은 등장인물이 한 말이 거짓인지 진실인지 알 수 없는 상황이다. 이런 상황에서 인형 역할을 맡은 사람이 바로 빙글빙글 돌아가며 춤을 추는 순간 상대방의 말이 거짓임이 드러나 연극을 관람하는 아이들은 웃음을 터트리게 된다. 이러한 희극성은 아동을 정서적으로 이완시키며, 개인보다 집단 속에서 웃음의 효과는 커지므로 공연을 보면서 아동 관객들은 서로간의 유대감을 생성하게 된다.

1930년 10월호에 게재된 이헌구(한가람)의 「바보 만길이」(1930년 10월호, 24~27쪽)는 웃음과 해학, 희극성과 교훈성이 모두 살아 있는 재미있고 뛰어난 작품이다.

이헌구는 함경북도 명천 출생으로 1916년 광진보통학교를 졸업한 후 독학으로 1920년에 중동학교 중등과에 입학하였다가 그 뒤 보성고등보통학교로 편입학하여 1925년에 졸업하였다. 그 해 일본으로 건너가 와세다대학 제1고등학원 문과에 입학하고 1931년에 문학부 불문학과를 졸업하였다. 대학 재학시절인 1926년에 유학생들과 함께 해외문학연구회를 조직하여 서구 문학을 한국에 소개하였고, 1931년에 창립된 극예술연구회(劇藝術硏究會) 창립 동인 중 한 명이었다.[81]

작품의 내용은 다음과 같다. 주인공 만길이는 가족들에게서 바보 취급을 받다가 노잣돈 몇 푼을 받고 집에서 쫓겨난다. 만길이가 바보라고

---

80 『아이생활』 1928년 1월호, 41~43쪽.

81 「이헌구」, 한국민족문화대백과, 한국학중앙연구원.

알고 있는 시골사람 김 서방은 만길이의 주머니에서 짤랑거리는 돈 소리를 듣고 자신의 오리를 비싼 값에 만길이에게 판다. 만길이는 김 서방에게서 산 오리를 들고 리 서방에게 길을 물어 마을 최고 부자인 김 장자의 집에 오리를 팔러 간다. 장자댁에는 두 명의 문지기가 있는데 춘보와 춘삼이가 그들이다. 만길이가 장자댁에 들어가려 하자 첫 번째 문지기인 춘보가 길을 막고 왜 들어오려 하는지 묻는다. 만길이는 "주인대감을 뵙고 물건을좀밧칠것이잇서서 왓습니다" 라고 말하고 문지기 춘보에게 오리를 보여준다. 욕심이 난 춘보는 만길이에게 거짓말을 하고 만길이를 속인다.

춘 『이런바보갓흔놈보게 나는여기문직이란말이다 무엇이던지 이리로드러가는 것은 모두 내게반식밧치는법이야 이놈아!』

만 『아- 여보십시오 대감께드리는물건을 엉ㅅ더케 반을드립니까 또 그리고반에다 쪽이면 오리는죽게요?』

춘 『원이런바보보게 애-그런게아니라 내 일너주께드러라- 네가이것을 대감께가지고 가는구나 그러면 대감께서 네게다 상급을 내리실게아니냐? 그러니까 그상급을밧거덜랑 내게반만달난말이다』

만 『(한참주제주제하더니)『예- 그러케합시오 꼭 그말습대로하겟습니다』[82]

그후 두 번째 문지기 춘삼이도 춘심이와 같은 방법으로 만득이가 대감께 얻는 댓가의 절반은 자신에게 바치라고 한다. 여기까지 보았을 때 어린이 관객들은 바보 만득이가 음흉하고 욕심 많은 문지기에게 속은 것처럼 알 수밖에 없다. 그러나 극의 절정에서 만득이는 반전을 일으킨다.

82 『아이생활』, 1930년 10월호, 25쪽.

대 『너 그치룽에 무엇이드럿니?』

만 (허리를굽실하면서) 『예- 대감께 무얼좀드릴게잇서서 왓습니다』

대 (춘삼이를보고) 『어듸그치룽을 열어라!』

(만길이가 치룽을여니까 만길잉를 보고)『얘 그것참 큰오리로구나 에-그놈 긔특하다 상급을만히주어라 너무얼가지고십흐냐? 소원대로 말해봐라!』

춘보 (만길이엽흐로와서 귀속말로) 『얘-금을 한짐만줍시사고해라!)

춘삼 (만길이엽흐로와서또귀속말로) 『얘- 진주를 하삼테기만 줍시사고해라-』

이 장면까지 흥미진진하게 극을 관람하면서 관객들은 만길이가 대감에게 받은 사례를 못된 문지기 두 명에게 모두 빼앗기지 않을까 마음을 졸이게 된다. 하지만 만길이는 통쾌한 반전을 선사한다.

만 『난 금도실코 진주도실혀요』(절을한번꿉뻑하고서)

『저는아무상급도 실사옵고 그저 볼기나실컷때려주십시오」

모든하인들은 이상해서 눈이휘둥글해젓습니다

대감 『볼기를때려달라구 그것참 이상한청이로구나. 누가 볼기를마지랴고 청하려 댕기는놈이잇단말이냐? 그러지말고 다른소원이 잇거던말해봐라』

만 (절을수업시하면서)『그저황송합니다 마는 다른소원은업삽고 불기나 실컷 때려주십시오』

대감 『소원이 그러타니 엇지할수잇느냐 (다른하인을보고) 얘이놈 데려내다가 볼기오십개만 두둑하게때려라』

만 『그런데 여보십시오 이상급으로말하면 내것이아닙니다. 나는가지기 실습니다. 저기 대문직이가 상급의반은 저를달나고하길래 허락을햇고 또중문직이도 나머지반을달나기에 다허락해버렷습니다 그러니까 지금내리신 상급으로말하면 반은대문직이의것이고 또반은 중문직이의것이될것이니 그사람들에게 난호아주십시오.』[83]

두 문지기는 만길이를 속여 몫을 취하려 했으나 만길이의 지혜로 오히려 벌을 받고 혼쫄이 나게 된다. 극의 제목은 「바보 만길이」이지만 약자의 위치에 있는 것으로 보이는 '바보 만길이'는 '바보'라는 약점을 이용하려는 사람들을 통쾌하게 혼내준다. 역으로 그들의 악한 욕심이 올무가 되어 반전으로 되돌아와 벌을 받게 된다. 만길이가 악한 사람들에게 이용만 당하는 모습을 보며 극을 관람했을 어린이들은 마지막 클라이막스의 순간에 만길이의 어리석음이 오히려 지혜로 돌변하여 못된 문지기들이 볼기를 맞는 벌을 받게 되는 것을 보며 웃음과 통쾌함을 느낄 수 있다. 또만 만길이가 악한 이를 혼내주고 지혜롭게 위기를 극복하는 과정에서 교훈을 얻을 수 있다. 만길이라는 희극적인 캐릭터를 잘 살려 창작한 재미있는 아동극이다.

5. 『새벽하늘』: 성공을 지향하는 '소년' 상

1) 전근대적 사고관에서 근대적 사고관으로

강승한은 장편 소년소설 「새벽하늘」은 1936년 3월부터 『아이생활』에 발표하기 시작해 18회 이상 연재하였다. 이 작품에는 합리성, 근대성을 표방하면서도 서울이라는 근대적 공간에 대한 강한 열망과 입신출세주의를 지니고 있는 '삼봉'이라는 주인공이 등장한다.

『새벽하늘』은 장정희가 지적한 바와 같이 주인공 삼봉이가 전근대적

83 『아이생활』, 1930년 10월호, 27쪽.

특성 중 하나인 '미신'을 비판하고 사건에 대한 과학적 접근을 실천하는 장면이 등장한다.[84] 삼봉이가 살고 있는 산골 마을에는 밤마다 밭에 불이 나서 마을 사람들이 큰 피해를 입고, 마을 사람들은 불을 놓은 귀신이 존재해서 이런 변고가 생기는 것이라고 우려한다. 근대적 공간인 서울을 지향하는 근대적, 합리적 인물인 삼봉이는 그런 어른들의 말을 미신이라 비판하며 합리적 사고를 지향한다.

「그래 불놓는 귀신을 잡으러 갔다왔다. 하지만 불놓는 귀신이 어디있니? 불놓는 사람이라구 해야지. 어른들이 흖이「불놓는 귀신 불놓는 귀신」하지만 그건 말짱이 미신의 말이야 불놓는 귀신이 세상에 있을게 뭐야.」[85]

삼봉이는 누가 밭에 불을 놓는지를 찾기 위해 밤을 새워 몸을 숨겨 기다기고 결국 범인을 찾아낸다. 범인은 마을에 사는 여인으로 가난으로 인해 아이를 잃고 정신질환을 얻어 불행하게 하루하루를 살아가는 여인이었다. 불을 지르는 범죄를 저지른 여인은 처벌받아야 하는 인물이지만 그 여인에게는 슬픈 사정이 있었다. 가난 때문에 아픈 아기가 치료받지 못하고 죽은 것에 대한 슬픔과 한이 그 여인으로 하여금 극단적인 범죄를 저지르게끔 만든 것이다. 강승한은 그런 여인에게 동정과 연민어린 시선을 보낸다.

「개똥아 난 이런 일이 있을 줄은 몰랐다. 글세 개똥아 저 여자가 무얼 아가 아가 하더니 참말 아기가 있기는 있어! 하지만 죽은 아기의 시체를 안고 있구나! 죽은 아기를!」

84 장정희, 「康承翰의 아동 서사문학 연구」, 『한국아동문학학회』 25, 한국아동문학연구, 2013, 97~98쪽.
85 『아이생활』, 1937년 1월호, 68쪽.

삼봉이는 이러나서도 무서워 견딜 수 없다는 듯이 몸을 부르르 떨며 토막 토막 떼여 이렇게 겨우 말하고는 또 무서움에 떨었다. 개똥이도 삼봉이의 한 편 팔을 붙잡고 부르르 떨었다. 니빨까지 딱딱딱 소리나게 떨렸다. 그 죽은 아기의 모양을 무어라고 형용하랴! 아기다운 새빩안 피빛은 온 얼굴에 한 점 없고 검도록 푸르게 변한 조그만 얼굴에는 힘없이 감은 두 눈이 어떻게 무서운지 알 수 없었다. 어머니(그 여자)가 부더안고 흔들어도 꼼짝하지 않는 그 시체는 세상에서 처음 당하는 무서운 것이였다.[86]

「웨 죽은 아이를 산에 묻지 않고 저렇게 품에 안고 있을까?」

「글세 말이다. 무섭기도 하지만 한 번 알아볼 만한 일이다.」

「그래 무슨 까닭이 꼭 있겠지!」

하고 개똥이가 말을 마치자 방안에서 몹시 구슬픈 곡성이 들려 나왔다. 도까비나 귀신의 우름소리 같은 그 여자의 흐득이며 우는 곡성은 몹시 지나치게 무서운 느낌만을 주지 않고 모든 억만 사람의 눈물을 자아내고 가슴을 두드려주는 구슬픔이 감초여 있었다. 그 여자는 아기를 꼭 부시저라 하고 부더안고 구슬 같은 눈물을 점

점 흘리며 끝모르게 울었다. 「돈이 무엔지? 이놈의 돈 때문에 우리 아기를 죽이다니……. 우리 아기를 죽이다니……. 돈 없는 놈의 병은 고쳐주지 않어 이렇게 다 죽어야 하나?」

이렇게 부르짖으며 슬피우는 그 여자의 얼굴에는 금시 악마처럼 무섭든 두려운 느낌을 주는 빛이 사라지고 어린 아기를 극진히 사랑하는 어머니의 사랑의 빛이 온 얼굴을 감도는 듯하였다[87]

86 『아이생활』, 1936.12, 52~53쪽.
87 『아이생활』, 1936.12, 52~53쪽.

합리적인 자세로 미신은 없으며 분명 인간의 소행일 것으로 추측한 삼봉의 행동은 옳은 것이었다. 실제로 마을에 불을 지른 존재는 귀신과 같은 초자연적 존재가 아닌 아기를 잃은 어머니인 것으로 밝혀졌다. 그러나 강승한은 이 사건을 그저 '미신 타파'라는 근대적 계몽의 구호로만 사용하지 않는다. 마을에 불을 지른 여자는 돈이 없어 자신의 아기를 치료하지 못한 한으로 인해 슬퍼하는 인물이다. "이렇게 부르짖으며 슬피우는 그 여자의 얼굴에는 금시 악마처럼 무섭든 두려운 느낌을 주는 빛이 사라지고 어린 아기를 극진히 사랑하는 어머니의 사랑의 빛이 온 얼굴을 감도는 듯하였다"라는 묘사를 사용한 것은 가난한 하층민을 향한 강승한의 시선이고 곧 소설의 주요 등장인물들의 심리이기도 하다. 「새벽하눌」의 여주인공 순이는 아기를 잃고 울부짖는 여인을 보며 동일한 심리를 보여준다.

> 「이놈의 돈 때문에 우리아기를 죽이다니! 돈없는 놈의 병은 고처주지않어 이렇게 다 죽어야 하나?」하고 부르짖드라는 그 비장한 말소리를 가만가만 순이는 입속으로 그여자처럼 중얼거려 보았다.[88]

> 순이는 무엇보다도 그여자가 가엽고 불상스러워 오래동안 그일을 잃어버리지않고 기억해두면서 가난하고 병들고 섧은 형제들을 제눈물과 제정성과 제힘으로 도웁고 위로하려는 갸륵한 생각을 더욱 더 굳히였다.[89]

이러한 순이의 생각은 장래의 꿈을 의사로 설정하는 것으로 발전한다. 의사가 되어 가난한 사람들을 돕고 치료해 주고 싶다는 꿈을 가지

88 『아이생활』, 1937년 1월호, 69쪽.
89 『아이생활』,1937년 1월호, 69쪽.

게 된다. 이처럼 「새벽하늘」의 주인공들은 전근대적 공간과 전근대적 사고관을 탈피하여 근대적 공간과 근대적 사고관으로 조선의 미래를 바꾸고 개척하려 하는 인물들로 그려진다.

2) '서울'이라는 근대적 공간을 향한 꿈

또 다른 주인공인 삼봉은 합리적인 사고를 추구하는 근대적 인물로서 근대적 공간인 서울에서의 삶에 대한 꿈을 꾸는 인물이다. 전근대적 공간인 산간 벽지의 시골 마을을 벗어나 서울에서 공부를 하고 직장을 얻겠다는 생각을 갖고 있는 상봉은 서울이라는 공간을 향한 희망과 열망으로 가득차 있다.

> 삼봉은 금가락지의 일을 생각하며 뒷산 정자로 올러갔다. 정자 난간에 소복히 쌓인 눈을 손으로 쓸고 앉어서 멀리 보이는 서울의 하늘가를 바라보았다. 바라보니 봄에왔든 신문사 사람들을 따라 그들과같이 서울로 갔드라면 하는 후회도 났다. 서울로 갔었드라면 지금쯤은 신문사에 착실히 자미부처 부지런히 일하려니-하는 생각을 찬찬이되푸리해보면 해볼수록 그일이 마음에 들었다. (……) 「가자가자 서울로! 하루 바삐 가고싶어하든 서울로 가자!」 이렇게 삼봉은 중얼거리며 정자난간에앉은채 서울쪽하늘을 한참 동안 바라보았다.[90]

> 걸어가는 삼봉이의 머릿속에는 각색꿈이 어른거리였다. 서울가서 공부할 꿈 남이 모도 부러워할 훌융한 사람이될 꿈이 머릿속에 들낙날낙했다.[91]

---

90 『아이생활』, 1937년 2월호, 62~63쪽.
91 『아이생활』, 1937년 3월호, 63쪽.

삼봉의 서울을 향한 동경과 열망은 「새벽하늘」의 여러 부분에서 나타난다. 서울에 가서 서울에 있는 신문사에서 일을 하고, 공부도 하고, "남이 모도 부러워할 훌융한 사람"이 될 꿈을 가지고 있다. 삼봉이 이토록 서울에 대한 열망을 가지는 이유는 무엇일까? 우선 삼봉이 가지고 있는 서울에 대한 이미지를 살펴보자.

> 서울의낮은 요란한소리에 뒤끓고 밤은 왼통 불천지였다. 밤의 불천지도 영간 요란스럽지않었다.
>
> 그렇나 삼봉에게는 이것이 시끄럽게 보이거나 귀숭숭하게 역여지지않고 몸든 것이 처음이라 진기하게 보이고 자미나게 생각되었다.
>
> 큰길을 가로세로 전차가 달리고 자동차가 줄줄이 열을지어 밤낮없이 왔다갔다하는것과 길거리에 바쁜 듯이 수십명 수백명 저벅저벅 걸어가는 사람의 물결을 볼 때 그속에 한목을 낄 수 있는 제가됨이 끝없이 기쁘고 말할 수 없는 큰히망이 가슴을 두근두근 뛰게하였다.[92]

서울에 도착한 삼봉이 느끼는 서울에 대한 첫인상이다. 서울은 "요란한 소리에 뒤끓고" "밤은 왼통 불천지"이다. 시끄럽고 사람이 많고 밤에도 대낮처럼 환하게 불이 켜진 정신없는 도시이다. 그러나 삼봉에게는 이것이 싫지 않고 오히려 "진기하게 보이고 재미나게" 생각된다. 시골에 있던 소년이 대도시 서울로 상경하여 겪는 경험은 여태껏 경험하지 못했던 새로운 세계를 탐험하는 듯한 느낌을 준다.

삼봉이 서울에 도착하기 전에 가지고 있었던 서울에 대한 이미지를 살펴볼 수 있는 대목이 있다.

---

92 『아이생활』, 1937년 6월호, 57쪽.

「글세요. 어서 바삐 떠나야 서울로 냉큼 갈 터인데요. 이렇게 비가 자꾸 와서 참 딱한 일이올시다」

「서울은 뭘하러 가려구 하니」

「어제밤에도 잠간 말슴드렸지만 밭은 친척도 별로 없구 있는 것이라구는 밤톨만한 내 몸 한쪽 뿐이니 훌륭한 사람들도 많이 살고 높은 학교도 많이 있다는 서울로 가서 밋질 것은 조금도 없을 줄 알아요. 촌구석에 묻혀 있댔자 무슨 소용이 있어야지오. 아무런 곳엘 간들 손달린 사람이 설마 굶어죽을 법이 없고요. 더구나 높은 학교에 가서 공부를 하고 싶은 생각이 간절해서 서울을 향해 떠났지오」

순이 아버지는 고개를 끄덕거리다가

「그렇지만 서울이라는 곳은 눈알 빼먹는 무서운 곳이래! 사람을 나쁘게 버려주는 곳이라는걸」

「아무리 무서운 곳이라 한들 정신이 똑똑한 사람의 눈알이야 빼라구요. 속는 사람이 바보구, 나쁜데 물드는 사람이 글르지오. 서울 사람은 영악하다지만 정신만 차리면야…….」[93]

"훌륭한 사람들도 많이 살고 높은 학교도 많이 있다는 서울"이 삼봉이 가지고 있는 서울에 대한 환상의 일면이다. 삼봉은 "높은 학교에 가서 공부를 하고 싶은 생각이 간절해서 서울을 향해 떠났"다고 말하며 서울로 향해 온 자신의 동기를 밝힌다. 합리적이고 정의롭고 훌륭한 성품을 보여주는 「새벽하늘」의 주인공 삼봉은 서울에서 공부하고 직업을 가져 출세하고 성공하기를 원한다.

18~19세기부터 서울은 권력과 출세, 부의 추구 공간이자, 이를 기반으로 풍부한 문화적 경험을 하고, 취향과 기호의 향유를 통해 개성을 발

93 『아이생활』, 1936.4. 55쪽.

휘할 수 있는 풍요로운 도시로서 이해되었다.[94] 또한 서울은 상업인구의 증가와 그러 인한 경제 변동으로 인해 물질과 돈에 대한 욕망이 발견되고 성공의 기회가 포착되는 역동성을 지니고 있었다. 더구나 경제력을 기반으로 한 서울의 문화적 풍요로움은 타지역 주민들에게 선망의 대상으로 간주되어, 서울은 성공을 뒷받침해주는 유력한 삶의 공간으로서 기대되었다.[95] 18세기부터 지속되었던 서울에 대한 이러한 이미지들은 20세기 초반에도 그대로 이어져 내려왔고 「새벽하늘」의 주인공들에게 그대로 이식되어 있다. 위의 인용문을 보면 삼봉은 서울을 출세와 성공의 공간으로 보고 있으며, 풍부한 문화적 경험을 향유할 수 있는 공간으로 인식하고 있다. 또한 삼봉 역시 산골짜기 마을에 거주했던 거주민으로서 서울을 선망의 공간으로 바라보았다. 20세기 초 식민지 조선의 소년 소녀에게도 서울이라는 공간을 향한 선망과 동경은 18세기 이후를 거쳐 여전하게 자리하고 있었다.

그러나 그 이면에서 서울은 타락과 거짓을 용인하고 양산하며 방관할 뿐더러, 도시민과 그 주변인들의 욕망과 기대를 채취하고 달아나는 공허한 도시로서의 어두운 그림자를 드리우고 있다.[96] 이러한 서울의 양면성은 「새벽하늘」의 주인공들도 경험하게 되는 일면이다. 그러나 장르가 '소년소설'인 만큼, 그리고 소설의 제목인 '새벽하늘'이라는 단어가 보여주는 희망에 관한 상징성만큼 주인공 삼봉이와 주변인물들은 서울의 양면성을 경험하면서도 쉽게 무너지거나 포기하기 않는다.

94 최기숙, 「도시, 욕망, 환멸:18 · 19세기 '서울'의 발견—18 · 19세기 야담집 소재 '상경담(上京談)'을 중심으로」, 『古典文學硏究』23, 한국고전문학회, 2003, 421쪽.

95 최기숙, 위의 논문, 423쪽.

96 최기숙, 위의 논문, 421쪽.

3) '서울'의 양면성과 고난 극복상

순이 아버지는 고개를 끄덕거리다가

「그렇지만 서울이라는 곳은 눈알 빼먹는 무서운 곳이래! 사람을 나쁘게 버려주는 곳이라는걸」

「아무리 무서운 곳이라 한들 정신이 똑똑한 사람의 눈알이야 빼라구요. 속는 사람이 바보구, 나쁜데 물드는 사람이 글르지오. 서울 사람은 영악하다지만 정신만 차리면야…….」[97]

삼봉은 서울 상경에 대한 꿈에 대해 순이의 아버지와 대화하면서 서울이라는 공간의 위험성과 어두움에 대해 이야기한다. 서울은 "눈알 빼먹는 무서운 곳"이며 "사람을 나쁘게 버려주는 곳"이라는 순이 아버지의 말에 삼봉은 그것을 부정하지 않는다. 서울이 무서운 공간이라는 것에 대해 부정하지는 않지만 "정신이 똑똑한 사람"은 그런 일을 당하지 않을 것이며 "정신만 차린다면" 영악한 서울 사람에게 물들지 않을 것이라고 말한다. 삼봉이도 순이 아버지도 서울이라는 도시의 양면성에 대해 이미 알고 있는 것이다.

서울은 다양한 물화들이 교역되는 번성한 상업도시의 면모를 갖추고 외지인들에게 선망의 공간이 되었으나, 그 이면에는 변화하는 사회 속에서 인간의 욕망이 새롭게 발견되고 추구되며 탐닉되는 모습이 배태되고 있었으며 영리와 탐욕의 중심 공간으로서 속임수와 사기가 횡행하는 부패와 타락의 산실이라는 의미를 함축하고 있었다. 서울의 번성 이면에는 상업적 실패나 현실 부적응으로 인한 도시 빈민층과 유민의 파생, 빈부차로 인한 사회 불안 등 각종 문제가 발생하였던 것이다.[98]

---

97 『아이생활』, 1936.4. 55쪽.

삼봉 역시 서울의 양면성에 부딪히며 여러 가지 고난을 겪는다. 무작정 상경한 삼봉은 시골 고향마을에서부터 시작된 신문기자와의 인연으로 신문사의 잔심부름꾼으로 취직해 작은 월급을 받으며 가난한 삶을 살아간다. 또한 낮에는 신문사에서 일하기에 밤에는 공부를 하는 야학을 선택하며 서울에서 고된 삶을 살아간다.

삼봉은 저녁때 사진반 아저씨네집을 찾어갔다. 그랬더니 아저씨는 호걸다운 우슴을우스며 반가히 맞어주었다.

「그래 우리사진반에서 일할마음은 있소?」

「맘이있구없구 어태껏 일자리가 없으니까 아모일이래도 손에잡히는대로 해야지오」

「그렇지 그렇지 그럼 우리사진부에 있게하지. 그런데 처음 월급은 퍽 적은데 그건 미리 짐작해야돼 아마 십사오원밖에 더되지않을꺼야」

「아무려나 고맙습니다. 월급은 얼마든지간에 공부나했으면 그만이 아닙니까?」

하고 삼봉이가 하하 웃으니까 아저씨도 입을 크게 벌리고 한참웃고

「그야 그렇지. 모두가도 서울만 갔으면 된다는 말과 비슷한말이군」[99]

삼봉이는 신문사에서 낮일을 하게되였기 때문에 학교에는 야학교에를 다니게되였다. 낮에는 기나긴 봄날을 신문사에서 눈코뜰새없이 번쩍어리며 일하고 밤이면 학교에 가자니 몸은 몹시 고닯었다. 하지만 여러달을 두고 오래동안 하고싶은 공부요, 일이라 뼈에 사모치도록 힘든것이라도 한자두자 한가지두가지 배우기를 위해서라면 그게 도리혀 기뿐일이요 힘들어서 귀찮은일

---

98 최기숙, 위의 논문, 425쪽.

99 『아이생활』, 1937년 7 · 8월 합본호, 64쪽.

이 아닐거라고 생각했다.[100]

그 와중에 어두운 길거리에서 불량배를 만나고, 친구인 개똥이의 도움을 받아 위기를 모면한다. 가난한 고학생의 삶을 살며, 돈이 없어 학비를 내지 못할 위기에 처한 개똥이에게 자신의 작은 급여를 나누어 주기도 한다. 삼봉이 겪는 서울 생활의 어려움은 희망을 품고 서울과 상경한 것과는 다르게 어두운 현실로 다가온다. 삼봉은 자신보다 앞서 서울로 상경한 박첨지 일가의 비극적 이야기를 듣고 서울의 삶이 녹록치 않을 것임을 다시금 느끼게 된다.

박첨지네는 막둥이를 공부시키려 서울로 올라온지 몇 달안되어 집에불이 나서 갑자기 가난뱅이가 되었다. 할수없이 막둥이는 학교를 그만두고 공장에 직공으로 들어가서 일을하지않으면 않되었다.

막둥이는 그공장에 들어간지 일년이 겨우지난 어느날 피곤한몸에 조름이 와서 돌아가는 기계옆에서 졸다가 기게에 거꾸러저 몸을다치고 세상을 떠았다는것이였다.

삼봉은 이런소리를 더 듣고 싶지않어서 또 자조오겠다고 인사한후에 박첨지네집을 나섰다.[101]

희망의 공간인 서울에서 목격하는 어두운 일면은 삼봉에게 낙담과 우울함을 불러일으킬 수 있지만 삼봉은 마음을 강하게 먹고 여러 어두운 일들을 의연하게 해쳐나간다. 삼봉의 친구인 순이의 사연을 통해 삼봉은 주변의 친구들과 함께 하며 더욱 강하게 굳건한 마음을 품고 이 시

100 『아이생활』, 1937년 7 · 8월 합본호, 65쪽.
101 『아이생활』, 1937년 6월호, 60쪽.

련을 이겨나갈 것을 암시한다. 「새벽하늘」에 등장하는 소년 소녀들은 이렇게 어려움과 시련에 굴복치 않는 강인한 인간상을 보여준다.

이후 연락이 닿지 않던 순이의 편지를 받아 본 삼봉이는 순이에게 닥친 시련의 소식을 듣게 된다. 순이는 자신이 살던 집에 불이 나서 아버지가 크게 다치고 계모는 도망가고 거지꼴이 되었다는 사연이 담긴 편지를 보낸다. 그러나 순이 자신은 이런 상황에서도 절대로 공부를 포기하지 않을 것이며 의사가 되어 어려운 사람들을 돕는 사람이 될 것이라는 포부를 밝힌다. 「새벽하늘」의 주인공들은 그렇게 어렵고 힘든 삶을 살아가면서도 "그렇나 저넗나 하여튼 답답하든 마음은 새벽하눌이 찬란한 해빛에 밝아지듯 시원하기 끝이없고 비할데가 없었다."[102]라는 작가의 말처럼 긍정적이고 희망적인 마음을 결코 포기하지 않는다.

102 『아이생활』, 1937년 10월호, 58쪽.

제4장
중일전쟁 이후의 『아이생활』
: 1937~1944년

1. 정세 변화와 『아이생활』의 굴복

민족의 자긍심과 정체성을 강조하던 정인과의 기독교적 민족주의가 『아이생활』 초반의 기조였다면 후반으로 가면서 태도의 변화가 감지된다. 연약한 민족을 발전시키기 위해서 먼저 일본이 가진 문명의 힘을 인정하고 배워야 한다는 정인과의 주장이 그러했다. 이는 민족의 문제를 인격 수양과 문명의 수준을 고양시킴으로써 해결하고자 하는 문화적 접근이 일제가 가진 힘에 대한 인정과 수긍으로 흐를 수 있음을 보여주었다. 1937년 2월호 『아이생활』에 실린 정인과의 권두언에서 이러한 입장의 변화가 나타난다.

> 어느 선생은 이렇게 말씀하십니다. 오늘날 일본이 동양에서만 대표되는 문명국이 아니라 세계 3대 강국 일, 영, 미 이렇게 꼽는 강하고 큰 나라 중에 당당히 하나로 된 까닭이 무엇인고…… 여기에 그들[일본]은 크게 깨달은 바 있었습니다. 즉 "우리는 [일본] 참으로 부족하고 저들은[서양] 정말 우리보다 낫다. 부족한 것을 깨닫고 저들을 배우자! ……마음을 낮추고 겸손히 하여 나보

다 나은 사람을 따라 간 것입니다. ……일본의 명치유신은 몬저 인격형성에 기초한 것이었습니다 ……자기의 잘못을 근본적으로 고치어 먼저 충실한 인격을 닦음에서 비롯하여 저들을 알아 바로 나아가면 그들의 생활이 정당한 문명의 수준에 이른다는 것은 이들의 사실로 보아 너무도 불을 보는 듯 명확하니 우리는 착한 마음으로 성실된 인격을 만듦에서 다시금 각성하지 않으면 안 될 것입니다.[1] (밑줄은 인용자)

열등한 문명이라고 조롱을 받더라도 먼저 자신의 부족함을 인정하고 우월하고 강력한 문명을 배우고 열심히 따라간다면 결국 우월한 문명의 수준에 이르게 된다는 사회진화론적 근대화론이 그의 주장에 담겨 있었다. 민족의 실력 양성을 위한 교육 보급과 대중계몽이 절대 독립이라는 목적의식을 상실한 채 인격 수양과 실력 향상에만 초점을 맞춘다면 결국 우월하고 강력한 식민주의적 문명의 힘에 압도되고 동화되는 사상적 경도가 일어날 수 있다는 점을 발견할 수 있는 대목이다. 이 단편적인 글은 1930년대 중반까지 기독교 사회문화운동을 통해 문화민족운동을 전개하던 정인과가 1930년대 후반 일제에 협력으로 입장을 변화하는 사상적 배경을 짐작하게 하는 단초를 제공함과 동시에 『아이생활』의 변화가 시작될 것임을 알려준다.[2]

또한 1937년은 중일전쟁이 발발한 해이다. 중일전쟁은 세계사적으로는 1931년의 만주사변 이래로 일본이 개시한 중국 침략의 절정이었으며, 폭주하는 일본 군부를 상징하는 사건이었다. 1939년 이전까지는 나치 독일의 확장, 스페인 내전 등과 함께 고조되는 세계적 긴장을 불러온 사례였고, 제2차 세계 대전까지 전쟁이 이어지며 중요한 전역 중 하

1 정인과, 「몬저 착한 마음에서부터」, 『아이생활』, 1937. 2. 8~9쪽.
2 최영근, 위의 책, 244~245쪽.

나로 격상되었다. 중일관계는 물론이고 이후 일어날 국공내전과 함께 양안관계에도 영향을 끼치게 된, 그야말로 일본과 중국의 역사를 뒤바꾼 사건이다.

식민지 체제에서의 중일전쟁이 가지는 의미는 식민지 시기 문학을 다룰 때 하나의 분기점을 이루는 사건이다. 중일전쟁에서 거둔 초기의 전과와 무한·삼진의 함락은 식민지 지식인들에게 더 이상 조선의 자치나 독립을 꿈꿀 수 없는 '역사적 사실'로 수리되었다. 자치와 독립의 길이 막힌 곳에서 그들은 제국 안에서 보편적 주체가 되는 방향을 모색한다.[3] 정인과 역시 그러한 역사적 시대적 흐름 속에서 제국 안의 보편 주체가 되는 길을 모색한 조선의 기독교인이었다. 그리고 그의 변화는『아이생활』에도 서서히 영향을 미치기 시작했다.

한국 아동문학의 친일 문제를 연구하는 데 있어서『아이생활』을 빼놓고는 논의가 힘들 정도로『아이생활』은 일제 말 심각한 친일 양상을 보여준다. 문학작품을 비롯하여 사설, 훈화, 미담, 심지어 광고와 그림, 화보에 이르기까지『아이생활』은 일제의 어용지라고 할 수 있을 정도의 친일 행각을 보인다. 초기 민족주의적 성향이 강했던 식민지 조선 기독교의 특성을 생각하면 충격적이라는 평가를 내릴 수 있을 정도다.『아이생활』 1941년 1월호에 실린「황군장병께 감사를 드림」이라는 글을 보자.

> 지나사변은 우리일본제국을 맹주로 하여 대동아를 건설하려는 출전백만의 황군장병 (……) 우리 신민은 자숙자게하여 신도실천과 국책에 협력할것을

3 정종현,『식민지 후반기(1937~1945) 한국문학에 나타난 동양론 연구』, 동국대학교 박사학위논문, 2006, 10쪽.

기약하며 끝으로 호국전몰장병의 영령(英靈)에 삼가 묵도(默禱)를 올리나이다. -아이생활사-[4] (밑줄은 인용자)

주지하다시피 『아이생활』은 기독교 선교단체와 조선주일학교연합회가 주축이 되어 발간한 잡지로, 기독교를 전도하려는 성격이 강했던 '기독교 잡지'이다. 편집자와 발행인은 목사와 선교사였고, 필진의 대부분이 독실한 기독교인이었음은 물론이다. 그러나 위의 인용문에서 밑줄 친 부분을 보면 "호국전몰장병의 영령에 삼가 묵도를 올리나이다"라는 표현이 있다. 기독교인이 절대적으로 지켜야 하는 원칙 열 가지를 「십계명」[5]이라 부르는데, 죽은 자의 영혼에 기도하는 것은 십계명 중 "① 하나님 이외에 다른 신들을 섬기지 말라. ② 우상을 만들지 말라."라는 규율을 어긴 것으로, 기독교에서는 절대적으로 금기시되는 일이다. 조선 선교 초기 기독교가 조선에서 심한 박해를 받은 것도 조상의 영혼에 기도하는 '제사'를 금지한 것이 주요 원인 중 하나이다.

"호국전몰장병의 영령에 삼가 묵도를 올리"는 것은 십계명을 위반하는 것이고 이것을 기독교 잡지를 책임 편집하고 발행하는 '아이생활사'에서 시행한 것이다. 이 지점에서 『아이생활사』의 편집진들은 기독교인으로서의 정체성과 종교적 신념을 포기한 것으로 볼 수 있다. 종교적 신념이 쉽게 변할 수 없는 것임을 감안할 때, 그들이 종교적 신념을 포기하면서까지 변절하게 되었는가, 즉 어떻게 하여 천황제 이데올로기를 받아들이고 친일 행위를 하게 되었는가를 해명하는 것은 일제 말기의

4 『아이생활』, 1941년 1월호, 6쪽.

5 십계명은 『구약성경』의 「출애굽기」 20장과 「신명기」 5장에 나온다. 「출애굽기」에 의하면 신의 손가락이 돌에 십계명을 새겨 모세에게 주었다고 한다. ① 신 이외에 다른 신들을 섬기지 말라. ② 우상을 만들지 말라. ③ 신의 이름을 함부로 부르지 말라. ④ 안식일을 지키라. ⑤ 부모를 공경하라. ⑥ 살인하지 말라. ⑦ 간통하지 말라. ⑧ 도둑질하지 말라. ⑨ 거짓으로 증언하지 말라. ⑩남의 것을 탐내지 말라.

『아이생활』을 연구하기 위하여 필요한 과정이다.

필자가 일제 말기 『아이생활』을 통독한 결과 『아이생활』에서 드러난 최초의 친일 문서는 1937년 5월호에 실린 「장충구」라는 구충약 광고이다. "제이세국민의 대적은 장충이다!"라는 문구를 넣은 이 광고는 식민지 조선의 아동을 "제이세국민"으로 호명함으로써 일제의 대동아공영권 사상을 드러낸다. '제이세국민' 내지 '소국민'이라는 명칭은 조선의 아동을 장차 천황의 충성된 신민으로 만드는 것이었다.

송창일의 『소국민훈화집』 소개글을 통해 '제이세국민'이란 단어의 의미를 유추할 수 있다. 이 대목은 식민지 조선의 아동이 '제이세국민' 혹은 '소국민'으로 불리는 것의 의미를 분명하게 드러낸다. "아동을 가리처 소국민 또는 제이세국민이라 부른다. 그 이유는 장래국가의 산성이 되며 주인이 되기 까닭이다. 대동아전쟁이 지터졌다. 자녀를 둔 부모나 교편을 잡은 교육자의 일대각성을 요하는 중대한 시국이다. 현하의 소국민 제이세국민교육이란 대동아공영권의 맹주로서 교육이 요구된다."[6] 이를 바탕으로 봤을 때 '제이세국민'이라는 단어는 식민지 조선의 아동을 전시체제에서 국가의 미래를 책임질 존재들로 키워야 한다는 군국주의적 의미가 내포되어 있다. 그 뒤로 『아이생활』은 「황국신민 서사」를 싣는 것을 비롯하여 그야말로 장르를 가리지 않고 친일적인 글들을 무수히 게재하기 시작한다.

이 논문에서 우선적으로 제기하는 의문은, 민족주의 성향이 강했던 초기의 조선 기독교가 어떻게 해서 완전히 변질되어 친일로 향하는 과정을 향해 갔는지에 대한 의문이다. 조선의 기독교는 갖은 박해를 당하면서도 성장세를 보였고, 이것은 결국 종교적 신념이 타인의 강압이나 강제에 의해 쉽게 변할 수 없는 것임을 보여주는 반증이기도 하다. 종

6 『아이생활』 1943년 4~5월 합본호. 50쪽.

교적 신념의 변화가 어렵다는 것은 기독교뿐만 아니라 이슬람, 불교 등 전 세계의 역사에서 보여주는 보편적인 현상이다. 그러므로 『아이생활』의 편집진들이 종교적 신념을 포기하고 변절한 과정을 살피는 것은 필요한 연구이며 이에 대한 연구는 『아이생활』의 내용과 구성을 연구하는 데 있어서도 깊은 연관을 맺는다. 『아이생활』은 초기와 중기만 해도 민족주의적 성향을 강하게 드러냈다. 그러나 기독교의 변질과 함께 『아이생활』 역시 기독교의 친일 노선을 그대로 따라간다. 『아이생활』의 필자와 편집자들은 대부분 기독교인들이었고, 잡지는 편집진들의 가치관과 신념을 반영한다. 따라서 일제의 어용지라도 불러도 무방할 정도의 일제말기 『아이생활』의 연구는 식민지 조선 기독교의 변질과 변절에 대한 연구와 함께 이루어져야 한다.

2. 일본식 기독교의 생성과 전파

1940년대의 『아이생활』에 나타나는 종교적 특성은 '천황제'에 있다.[7]

7 "19세기 중반에 성립된 근대 천황제 국가는 제정일치를 내걸고 천황의 종교적 권위를 부활시켜 신도와 불교의 분리를 강행하고 전신사를 국가제사의 시설로서 일원적으로 재편성했다. 천황의 조상신을 모시는 이세신궁은 본종으로서 전 신사의 정점에 두었고 천황의 종교적 권위와 신사신도를 직결시키는 것을 통해 새로운 국교 '국가신도'를 창출해 냈다.(서정민 291).; 일본 근대 천황제 국가의 기반을 분석하고 그 종교정책을 검토하면, 이른바 '종교국가'의 성격이 분명해진다. 이는 일본 근대국가 전체, 특히 일제 말기에 절정에 이른 천황제 이데올로기 국가의 성격을 종교 집단으로 판단할 수 있는 시초가 된다.; "천황은 수호신인 황조신의 자손으로서 국민 위에 군림하는 현신인으로 되었다. 천황이 집행하는 황조신도적 제의는 국가적 행사가 되어 버렸다. 일본이 마침내 나라 밖으로 팽창하고 군사적 침략을 감행했을 때, 천황은 그러한 행위를 뒷받침하고 정리하는 역할을 담당했다. (……) 천황이 이와 같이 만민 위에 선 종교적 권위자가 된다고 한다면, 국민은 그 밑에서 서로 평등한 존재가 된다. 일군만민이라든지 사민평등이라고 하는 관념이 주창되었다."; 이른바 제국헌번 3조에는 "천황은 신성해서 침범할 수 없다."라고 규정되어 있고, 『신사본의』에는 "대일본 제국은 황공하옵게도 황조인 천조대신이 개국한 나라로서 그 신의 후예이신 만세일계의 천황 폐하께옵서 황조의 신칙에 따라 면면한 과거 이래 무궁히 통치하신다. 이것이 세계 다른 나라에는 없는 우리의

기독교는 기본적으로 매우 배타적인 종교이며, 기독교의 유일신 외에는 그 어떤 존재도 신성시 여기거나 기도의 대상으로 삼아서는 안 된다. 이것은 위에서 언급한 것처럼 기독교 철학과 도덕률의 근간인 「십계명」의 첫 번째 조항이다. 이 조항을 여기는 것은 성경에서는 '배도'로 여겨진다. 『구약성경』의 이스라엘 역사를 보면 실제 이스라엘 인들이 여호와 신에게 벌을 받는 것은 대개 십계명의 첫 번째 조항 '① 여호와 신 이외에 다른 신들을 섬기지 말라.'를 어겼기 때문인 경우가 대부분이다.

그렇기 때문에 천황을 신성시하는 것은 정통 기독교인의 입장에서는 있을 수 없는 일인 것이었다. 그러나 『아이생활』에서는 이러한 내용들이 다수 발견되는데, 일본의 개천절이라 할 수 있는 「기원절(紀元節)」을 기념하는 기사가 다음과 같은 내용으로 실려 있다. "2월 11일 2천6백년의 기원가절! 온 국민 받들어축하하옵시다. 만세 만만세!"[8] 「봉축천장가절(奉祝天長佳節)」이라는 기사도 실리는데, 이는 일본 왕(천황)의 생일인 '천장절'(1939년 4월 29일)을 맞아 『조선일보』가 조간 1면 머리에 올린 사설을 그대로 옮긴 것이다.[9] 이렇게 기독교인이 운영하는 기독교 잡지가 천황 숭배의 면모를 보이는 것은 기독교 신앙을 포기한 것으로 볼 수 있지만, 의문스러운 점은 한편으로는 『아이생활』이 꾸준히 성경과 하나님에 대한 글을 간간히 게재하면서 기독교 잡지로서의 성격을 완전히 버리지는 않는다는 점이다. 1941년도 5월호에 실린 글 「하나님께서 만드신 아름다운세계 개미이야기」라는 글은 세계를 창조한 창조주로서의 하나님에 대한 관점을 명확히 한다.[10] 또한 1941년 9월 10월 합본호에 실린 「종교교육부도서안내」 중에는 기독교 신앙서적인 『생명의종교』, 『기

국체이다."라고 기록되어 있다. 이러한 기록이나 통치 근간을 살펴, '종교로서의 천황제'를 주장하는 학자들이 다수이다. (서정민, 위의 책, 292~293쪽.)

8 『아이생활』, 1940.2.

9 『아이생활』, 1940.4.

10 『아이생활』, 1941.5. 26쪽.

독교인의 정석』, 『교회와 소년사업』, 『어린이예수행적』 등의 책들이 목록에 올라와 있다.[11] 이러한 현상은 당시 제국주의 일본의 기독교인들이 가지고 있던 '일본적 기독교' 혹은 '황도적 기독교'에서도 발견된다.

기독교와 신도가 합쳐진 형태는 '일본식 기독교' 혹은 '황도적 기독교'의 모습인데, 그 형태는 1943년 3월호의 「태양이 말하기를—대동아전쟁필승」(향촌훈)이라는 글에서 볼 수 있다. 이 글에는 기독교와 신도가 합쳐진 '일본식 기독교', '황도적 기독교'의 특성이 잘 드러난다.[12]

> 태양은 동녘하늘에서 떠오릅니다. 태양은 더움과 빛을 가진 둥그러운 것입니다. 더움과 빛은 생명이 흐르고 둥그러운 것은 끊임없는 축복을 베푸시는 하나님의 마음이십니다.
>
> 오늘 대동아전쟁 이년을 맞이하는 날!
>
> 역사의 광영한 기록을 하기위한 태양은 태평양 바다의 일직선을 끊어헤치였습니다.
>
> 반도의 소년들아!
>
> 귀여운 나의 일본아들아!
>
> 나는 너들을 잊지못하는 정을 가지고 아침 마다 날마다 말없는말로 복을 빌으며 일어의 날을 기다린지 벌서 이천육백년이란다.
>
> 대화혼(大和魂)[13]이란 이러한 나의정신이며 더움과 빛을 가진 사랑의 덩어리다. 대화혼은 옛날옛날부터 흘러 오늘 일억의피속에 강물처럼 흐르고 십억의 핏속까지 흝을 것이다. (밑줄은 인용자)

---

11 『아이생활』, 1941.9~10월 합본호.

12 향촌훈, 『아이생활』, 1943.3. 28쪽.

13 대화혼(大和魂), 야마토다마시이는 헤이안(平安)시대에 중국 한학(漢學)을 의식한 한재(漢才)와 상대되는 의미로 현실에 대응할 수 있는 사려분별이라는 뜻으로 사용되었다가 에도시대 이후 일본 고유의 정직하고 맑은 정신이라는 의미가 강조되었다. 히라타 아쓰타네(平田篤胤, 1776~1769, 이하 아쓰타네로 약칭) 문하의 국학자 오쿠니 다카마사(大国隆正;1792~1871)는 '야마토다마시이에 대해 누가 물으면 천황을 위해몸을 사리지 않는 마음

일본에서는 일본의 건국 신화에 따라 태양신인 '아마테라스'를 숭배하는 전통이 있다. '아마테라스 오오미카미(天照大神)'는 일본 건국 신화에 등장하는 '이자나기노 미코토'의 딸로 타카마노 하라(高天原)의 주신이며 일본 황실의 조상(소신(祖神))이다. 태양의 신으로 받들어지고 황실 숭경의 중심이 되고 있다.[14] 위의 글을 보면 태양의 성질을 하나님의 축복에 비유하지만 태양을 하나님의 창조물(피조물)로는 여기지 않는다. 또한 일본의 군국주의 정신으로 성격이 변화된 대화혼(大和魂)을 언급하며, 태양을 일본에 비유하고 의인화하여 일본을 찬양하는 내용을 담고 있다. 이것은 기독교와 신도가 합쳐진 형태인 것이며 '일본식 기독교'의 형태가 나타난다.

'일본식 기독교'는 식민지 조선의 기독교인들이 변절한 뒤 일제 말 추구했던 기독교의 이미지와 매우 유사하기 때문에 살펴봐야 할 필요성이 있다. '메이지 유신' 이후 근대화를 추진하는 과정에서도 초기 일본의 종교정책은 '신도(神道) 국교화'를 통한 종교국가 건설을 추진하는 '전근대성'을 보였다. 이는 대외적 개방과 함께 요구되던 강력한 중앙집권과 국민 통합이라는 대내적 목표에 유의한 정책이었다. 상황적인 정책 수정에 의해 국교화 정책이나 종교자유 봉쇄 정책 등의 경직성은 버렸으나 이른바 '종교 예속화'나 '차별화'로 분류되는 새로운 구속체제를 통하여 통제의 내용은 변화하지 않았다. 가령 '신교(新教) 자유'를 허용한 일본제국헌법에 의하면, 신앙의 자유는 허용하되 이것이 국가의 안녕

이라 하겠다(敷島の大和心を人問はば､わが君のため身をば思わじ)'라는 와카(和歌)를 읊었고, 무라타 기요카제(村田清風, 1783~1855)는'야마토다마시이에 대해 누가 물으면 몽고의 사신을 죽인 도키무네의 마음가짐이라 할 것이다(敷島の大和心を人問はば､蒙古の使い斬りし時宗)'라고 읊고 있다. 에도시대 후기에는 야마토다마시이의 '용맹함'에 가치의 비중을 두게 되면서 존황사상과 양이사상을 고취시키는 의미를 군국주의적 의미를 내포하게 된다. 한경자, 「국학자의 『쇄국론』 수용과 야마토다마시이(大和魂)의 재정의」, 『일본사상』 Vol.0 No.22, 한국일본사상사학회, 2012.

14 김용안, 「일본의 건국신화」, 『키워드로 여는 일본의 향』, 제이앤씨, 2009.

질서의 유지에서 벗어날 수 없으며, 특히 "천황의 신성성을 모독할 수 없다"는 단서조항을 명기하여 조건적 자유임을 분명히 하였다. 특히 이 새로운 종교정책의 근간으로 실시된 '국가신도'와 '교파신도'의 분리과정에서 모든 종교는 국가 체제이념의 바탕이 되는 국가신도와 그 중심이 되는 천황의 권위에 예속된다는 점이다. 이는 결국 기독교를 비롯한 모든 종교가 천황을 정점으로 하는 국가신도(國家神道) 하에 복속되는 형식의 실질적 종교 통제이다.[15]

이러한 상황에서 천황제 국가와 기독교가 과연 공존할 수 있을 것인가 하는 문제가 비화되었고, 이러한 논란에는 대부분 일본 지식인, 일반 대중이 부정적인 선입관을 지닌 채 참여했는데, 특히 도쿄 제국대학 교수 이노우에 데쓰지로(井上哲次郎, 1856~1944)가 대표적인 여론 주도자였다. 그는 일본 근대 천황제 국가의 통치 근간이며 사상적 실천 요목인 「교육 칙어(教育勅語)」와 기독교는 도무지 상용될 수 없는 것임을 전제하고, 결과적으로 일본의 국가적 목표를 수행하는 데 있어 기독교의 제거가 필수적이라는 논지를 바탕에 담은 주장을 폈다.

여기에 일본 기독교계는 일제히 반박하였다. 그 반박의 논리는 기독교 자체가 지닌 가치의 선양이나 변증은 일부에 그치고, 오히려 기독교인이 진정한 일본인으로서, 혹은 천황의 충성된 신하로서 국민된 본분을 다하고 있다는 내용이 중심이 되었다. 기독교인이나 기독교 사상이 결코 일본의 국가 이념이나 천황을 정점으로 하는 체제에 '비국민적' 역할, 반역적 정체성을 지닌 것이 아니라는 사실을 애써 변명하는 일로서 정치 사회적 비판에 대처하는 진로를 택한 것이다. 그러한 과정을 거치면서 일본 기독교는 철저한 '국가 적응형 교회'로서의 '황도적 기독교'를 형성해 나간다.[16]

---

15 서정민, 『한일 기독교 관계사 연구』, 대한기독교서회, 2002, 22~23쪽.
16 서정민, 위의 책, 26~27쪽.

일본의 기독교가 살아남기 위해 선택한 '일본적 기독교' 혹은 '황도적 기독교'의 특성은 『아이생활』을 비롯하여 일제 말 친일에 열성적이었던 기독교인들에게서도 공통적으로 발견된다. 기독교인으로서의 신분을 유지하면서 신사참배를 하고 천황을 숭배하며 일본의 군국주의 정책에 협력했던 그 모든 것은 '황도적 기독교'의 특성들이다.

'황도적 기독교'는 또 하나 '민족주의와 제휴된 기독교'이다. 앞서 살핀 바에 따르면 천황제의 특성은 기독교 신앙과 손쉽게 병행될 수 없는 '종교적 성격과 권위'를 지닌 것임에 분명하다. 따라서 일본 기독교가 천황제에 순응하는 기독교로 형성되는 과정이 그토록 순탄한 경로일 수는 없었다. 그러나 국가와 교회가 추진하던 '적응'과 '정책'의 힘을 바탕으로 예상보다는 원만히 그것이 진행되었다. 일본 기독교인들은 정부가 허용한 '신교 자유'에 대해 비록 그것이 제한적인 성격을 지니고 있지만, 국가의 큰 배려로 받아들이는 정서가 강했고 그것이 천황의 특별한 은혜임을 믿으려고 노력했다.[17] 특히 당시 확장된 천황 권위의 강력한 민중적 통합력을 주시할 때 여기에 순응하지 않으면 기독교의 유지나 확산 자체가 불가능하리라는 현실적 판단이 기독교 지도자들에게 있었다. 또한 일본 정부로서는 천황제 이데올로기의 확산, 국민적 통합, 대외적인 제국주의적 목표 수행 등을 진행하는 과정에서 기독교를 비롯한 모든 세력의 안정적 참여가 요구되는 상황이었다. 제국헌법 내의 '종교자유'와 모순된 조항인 '천황의 신성불가치성'의 삽입,[18] '교육칙어'[19]를 통한 천황제 이데올로기의 국민적 통제력 확충, 교육법을 통하

17 서정민, 위의 책, 51쪽.

18 제국헌법 제3조 천황의 신성불가침 조항.

19 1890년 10월에 공포된 천황제 국가체제 하에서 그 이데올로기를 실천적으로 교육할 지침이 기록된 칙어이다. 곧 그 전해인 1889년에 제국헌법이 공포되어 천황에게 정치, 군사, 사법 등 일체의 국가권력을 집중하는 절차를 거쳤다면, 이 교육칙어의 공포를 통해서는 천황에 충성을 다하는 일본국민을 함양하는 교육 배양의 지침으로 천황제 수행의 실천 절차를 마련하였다.

여 학교에서 기독교 교육의 제한 등의 수순으로 탄압책을 함께 폈다. 또한 기독교를 비롯한 모든 종교를 '초종교'인 '국가신도'나 '천황'에 대한 예속화를 추진하는 일을 통해 유일신앙 체계인 기독교에서 나타날 수 있는 저항 자체를 원초적으로 봉쇄하였다.[20]

일제 말기의 '일본적 기독교' 특히 한국 교회에 강요된 '일본화 주문'은 이미 '한일합병'을 전후하여 대두된 일본 기독교의 '조선전도론'으로부터 출발한다고 볼 수 있다. 이 '조선전도론'의 핵심적 이론은 두 가지로 구분할 수 있는데, 첫째는 정치적으로 일본의 영토가 된 한국, 사회적으로 일본에 편입된 한국에 대해서 기독교 전도의 책무도 당연히 일본기독교에게 있다는 논리다. 그리고 둘째는 한국에 대한 문화적 일치, 특히 일본적인 정신을 불어넣기 위해서 기독교 역시 서구에 의한 전도나 교육이 아니라 일본 기독교에 의한 '토착적 사업'이 이루어져야 한다는 논리이다.[21]

당시 유행어처럼 사용되던 이른바 '일본적 기독교'의 수립이란 일제 측에서 보면 기독교를 그들의 국책에 따르게 일본화한다고 하는 기독교의 변질을 강요한 것이었고, 기독교 측으로서는 기독교를 일제의 국책에 조화시킨다는 것이었다. 그러나 이러한 조화란 '신사참배'에서 단적으로 드러나는 것처럼 기독교의 본질을 왜곡시키지 않고는 이루어질 수 없는 것이었다. 실제로 일제가 주장하는 '일본적'이라고 하는 것은 신도적, 군국주의적, 천황 숭배적, 침략주의적이라는 것과 대치될 수 없는 개념으로, 기독교와는 그 근본 사상에서 서로 용납될 수 없는 것이었다.[22]

---

20 서정민, 위의 책, 52쪽.
21 서정민, 위의 책, 252쪽.
22 한국기독교역사연구소 편, 『한국기독교의 역사』 2, 기독교문사, 2019, 303쪽.

"영미의 전도자들만이 한국에 전도하고 일본인 전도자가 일체 관여하지 않으면, 정치, 경제, 법률, 문학, 교육 등에 있어서는 직접 일본의 지도 감화를 받으면서 이것들과 밀접한 관계에 놓인 종교만은 외국인에게서 받는 꼴이 된다. 그렇게 되면 이들 간의 관계에 문제가 생길 뿐만 아니라 일본에서 매일 진보 발전하고 있는 종교사상 및 일본인의 가장 진정한 신념에 접할 기회를 잃게 되어 참으로 가엾기 짝이 없는 일이다. 이런 측면에서 보아도 한국민에 대한 전도를 일본인에게 기대하는 이가 있음은 두말할 나위가 없는 일이다."[23]

위의 글에서 보는 바와 같이 영미권 선교사의 영향 아래서 성장한 식민지 조선의 기독교는 일본에서는 경계의 대상이자 변화가 필요한 대상으로 비치고 있었다. 이와 같은 '조선전도론' 중에 포함되어 표현되기 시작한 '일본적 기독교', '동양적 기독교'의 기준은 곧바로 '탈서구화'의 정의를 포함하고 있다. 이는 상대적으로 한국의 기독교가 서구 선교사들에 의한 '서구적 기독교'의 신학을 지닌 형태가 되고 있다는 우려가 섞인 입장이다. 이는 일본의 정치 목표나 이를 지원하는 일본 기독교의 지향과 거리가 있다는 판단으로 볼 수 있다. 따라서 식민지 조선 교회를 인식하는 기준으로 '일본화', '동양화', '탈서구화'를 중심으로 삼고, 이 방향으로의 지향을 종용하는 일본 기독교의 입장은 일제 말기로 갈수록 더욱 심화된다.[24]

3. 식민지 조선 기독교인들의 일본식 기독교 수용

『아이생활』이 보여주는 일제 말 변화는 결국 식민지 조선의 교회와 기

23 渡賴常吉, 「韓國傳道論」, 『基督教世界』 제1250호, 1907.8.15.
24 서정민, 위의 책, 254~255쪽. 참조.

독교인들의 변화와 관련이 있다. 식민지 조선 기독교인들이 어떻게 하여 기독교와 신도가 합쳐진 일본식 기독교를 받아들이게 되었는가와 친일로의 변절을 연구하는 것은『아이생활』에 실린 친일 기사들과 작품들을 살펴보기 위한 초석이 될 것이다.

이를 위해서는 선교사와 식민지 조선 기독교의 갈등과 분열에서부터 기원을 찾아야 한다. 선교사와의 갈등은 1920년대 후반부터 그 조짐이 보였으나 결정적인 계기는 역시 신사참배였다.[25] 그리고 이후 장로교 총회가 '일본식 기독교'를 주창하는 일본 기독교단과 병합되면서 선교사와 식민지 조선의 기독교단은 등을 지게 된다. 식민지 조선의 기독교 교회가 영미(英美)권 선교사와의 관련되어 있다는 교파의 특성을 무시하며 '일본적 기독교'를 가진 하나의 '조선교회 교단'을 성립시키는 일은 '일본화'의 가장 구체적인 방식이었다. 이것은 '서구 선교 본국'과의 지속적 연관성에 놓인 식민지 조선의 교회를 향해서 일종의 '일본화 요구'를 한 것이다. 그와 같은 증거는 한국 각 교파의 일본화 추진 요구, 그리고 1945년 7월에 진행된 일본 기독교의 교파 합동과 같은 형태의 '일

25 한국의 전통문화에 대한 선교사들의 몰이해 현상은 제2세대 선교사들이 내한하는 1920년대에 접어들면서 더욱 두드러져, 미국 본토의 '서구식 기독교'를 한국에 이식하려는 선교사들과 한국적 문화풍토에 맞는 '토착기독교'를 수립하려는 한국 교인들 사이에 갈등이 빚어졌다. 특히 선교사들에 의해 보수주의적 신학 분위기가 강했던 장로교회에서는 외국 유학에서 돌아온 한국인 신학자들에 의해 유입된 진보주의적 신학이 문제되어 일어난 사건이 많았다. 결정적인 것은 105인 사건과 3·1운동에 대한 일부 선교사들의 태도였다. 선교사들은 한국 교인들의 민족운동에 대해 심정적으로는 동의한다 해도 본국 정부의 외교 정책과 교회의 정치참여를 금지하는 '정교분리'의 신학적 배경 때문에 적극적으로 지원하지는 못했다. 특히 3·1운동 이후 선교부의 지도급 인사들이 보여준 총독부와의 우호적 협력 관계는 의식 있는 한국인들의 우려와 비난을 받기도 했다. 선교사들 중 상당수는 3·1운동 이후 '문화통치'를 표방하며 다소 완화된 듯한 대한 정책을 추구한 사이토 마코토(齋藤實) 총독에게 기대를 걸며, 선교활동을 보장받는 대신 한국 교인들의 정치참여와 민족운동을 교리적으로 '불순한 행위'로 규정하며 교회의 비정치화를 더욱 강하게 추구했다. 이로 말미암아 선교사와 한국인들 사이에 갈등이 일어날 가능성이 있었다. 여기에다 1920년대에 내한한 '제2세대' 일부 선교사들의 '백인우월주의적' 행태가 나타나면서 민족 감정을 일으켜 상호불신의 장벽을 쌓게 되었다. 한국기독교역사학회 편,『한국기독교의 역사』2, 기독교문사, 2019, 162~175쪽.

본 기독교 조선교단'의 성립으로 마무리된다.[26]

> "일본에도 지난날에는 그러했지만, 한국에는 최근까지 주로 미국의 교회로부터 파견된 '프레스비테리안 교회'나 '메소디스트'교회의 선교사가 기독교인들을 지도해 왔다. 그런데 한국의 교인 수는 '프레스비테리안'(한국에서는 장로교라고 일컬음)에 속한 신자만 35만 명, 일본의 같은 신앙신조를 신봉하는 '일본 기독교회'교인의 약 7배에 달하는 신도 수이다. (……) 그러한 교회가 이번에 (미국 선교사로부터) 독립을 하는 동시에 내지(일본)의 교회 즉 '일본기독교회'에 지도를 의뢰해 오게 되고 이때를 맞추어 한국 각지에서 일본과 한국 양 교회 신도들의 연합회가 개최되고 있다. (……) 이는 내선의 기독교가 자연스럽게 합동을 이루는 데 있어 선구적인 일이라고 말할 수 있고 조선반도의 기독교인이 내지의 기독교인과 운명을 함께 하고자 하는 희망을 나타내는 일이다. 지난 27일(1938년 6월)에는 서울에서 내선 기독교 대표자들의 성대한 집회가 개최되었다. 조선의 정치가들은 이를 크게 환영하며, 진심으로 여러 가지 편의를 보아주겠노라고 말하고 있다."[27]

이는 한국의 주요 교파들이 1930년대 후반부터 '일본화'를 추진해 나가는 과정의 묘사이다. 즉 '일본기독교 조선장로교단', '일본기독교 조선감리교단' '조선구세단' 등을 거쳐 '조선혁신교단'을 형성했고 앞서의 '일본기독교 조선교단'으로 통합되어 나간 것이다. 대표적 기독교 기관인 YMCA도 이른바 '내선기독교청년회일체화' 추진에 의해 '일본기독교청년회조선연합회'로 재발족시키는 과정을 거쳤다.[28]

---

26 1945년 7월 19일 조직되었으나 공식적인 발족일자는 '해방' 보름 전인 8월 1일로 기록되어 있다. 장로교 대표 27인, 감리교 대표 21인, 구세군 대표 6인, 그리고 소 교파 5개 대표 각 1인씩이 참가하고 초대 통리 김관식(장로교), 부통리 (김응태), 총무 송창근이 선임되었다.

27 「조선기독교회의변절」, 『복음』 제29호, 1938.6.30.

일제 후기로 들어서면 대기독교 정책도 변화하여 소극적 경계에서 적극적인 재편의 방향으로 변화된다. 즉 식민지 조선의 기독교가 단지 일제의 조선 통치에 있어 방해가 안 되는 선에서 머무는 것이 아니라 '종교보국' '국민총동원' '전쟁협력'의 중심 대열에 서기를 바란 것이다.

"이번에 神教에 이어 내선 기독교도의 일치 단결을 위한 연합회의 설치까지 이른 점은 대단히 의미가 있는 일로서 차후 이 연합회의 활동에 큰 기대를 걸 만하다고 하겠다. (……) 한국인 교회는 외국선교사와 외국선교기관으로부터 지도를 받고 그들에 의해 경영되므로, 이른바 황국신민으로서의 기독교인을 함양하는 데 있어서 유감스러운 점이 많았다.[29]

이 논설은 일제의 식민지 조선에 대한 기독교 정책이 수정되고 있음을 내포하고 있고, 식민지 조선의 기독교도 이른바 '일본적 기독교'로 강제 재편되는 상황을 나타낸다. 이 시기 일제는 식민지 조선의 기독교를 '일본화'하는 것에 목표의 기반을 두었음을 감추지 않는다.[30] 그리고 이러한 기독교의 '일본화'는 천황제 이데올로기와 기독교 신앙이 공존하는 모순적인 기독교 잡지, 40년대의 『아이생활』을 만드는 데 일조했다.

식민지 조선 기독교계의 '일본화' 과정은 중심 교단이었던 장로교의 신사참배 결정에서 정점을 맞는다. 신사참배 결정이 이루어지기 전까지 『아이생활』의 발행과 편집에 관여했던 홀드크로프트(J. G. Holdcroft) 선교사를 비롯하여 서구권 내한 선교사들은 신사참배에 대해 강하게 반발하는 움직임을 보였다.

---

28 서정민, 위의 책, 256~257쪽.
29 시바하라 세이이치, 「내선기독교의 전결과 금후의 대책에 대하여」, 『기독교세계』 제2835호, 1938.7.21.; 서정민, 위의 책, 253쪽에서 재인용.
30 서정민, 위의 책, 313쪽.

북장로교 한국선교부 실행위원회에서 '신사문제'를 처음으로 공식 논의한 것은 1933년 9월 21~22일 회의에서였다. 기독교계 각 학교에서 신사참배가 문제가 되자 이 회의에서 일제가 참가를 요구하는 신사의식이 어떤 것인지 취급하기로 하였던 것이다. 1934년 3월에 열린 실행위원회에서는 일제 당국과 교섭하도록 홀드크로프트를 실행위원으로 위촉하였다.[31] '허대전(許大殿)'이라는 이름으로 『아이생활』에 발행인으로서 참여하고 있더 홀드크로프트는 신사참배에 대해 대단히 회의적이고 비타협적인 입장을 보였다. 그는 실행위원장으로서 와타나베 도요히코(渡辺豊日子) 학무국장에게 다음과 같은 편지를 보낸다.

1935년 12월 13일
조선 경성
조선총독부

12월 9일 우리 회합 이후 우리 선교부 실행위원회는 그날 모여서 오늘까지 회의를 계속하였습니다. 우리는 오늘 여기 각하에게 제출하는 결정에 도달했습니다. 이것을 그 상황에서 우리가 할 수 있는 유일한 일인 것 같습니다.

우리는 당신이 우리에게 국가 신사에 절하는 행동에는 정부에서 아무런 종교적 의미를 부여하지 않으며, 다만 이것들은 애국심을 함양하고 존경의 뜻을 나타내는 장소라는 것을 친절하게 자주 설명해주신 것에 대하여 학무국장이신 당신에게 빚을 지고 있습니다. (……) 한 때 우리는 이 문제가 해결될지 모른다고 생각했습니다.

<u>그러나 그 의식들에는 분명히 종교적 요소들이 있고 참배하는 대부분의 사람들과 그리고 아마 관리들 중에도 신령이 실재하고 있다고 마음속으로 확신</u>

31 김승태, 『한말 · 일제강점기 선교사 연구』, 한국기독교역사연구소, 2006, 188쪽.

하고 있기 때문에 평양 우리 학교 교장들은 양심적으로 신사에 참배할 수 없으며, 우리 실행위원회도 그들에게 그렇게 하도록 지시할 수 없습니다. 선교회와 해외선교부도 어떤 경우에도 이것을 명령하지 않을 것입니다.

(……) 효도에 대해서는 모든 기독교인들이 가르쳤지만, 조상숭배는 교회에서 몰아냈습니다. 옳든 그르든 많은 한국 기독교인들이 국가 신사의 의식은 양심적으로 거기에 참여할 수 없는 조상숭배와 너무나 유사하다고 생각하고 있습니다. 우리는 그 태도를 고려해야 합니다.

(사인) 제이. 지. 홀드크로프트

미북장로회 조선손교회 실행위원회 위원장[32] (밑줄은 인용자가 친 것)

홀드크로프트는 총독부가 기독교 학교에 신사참배를 강요하는 한 학교 설립의 기초인 기독교 자체를 위협하는 것이기 때문에, 당연히 기독교인의 양심에 따라 이를 거부하고, 이들 학교도 폐교하여 항의의 증거를 삼아야 한다고 생각하였다. 홀드크로프트는 실행위의 실행안이 제대로 시행되지 못하자 1940년 1월 31일자로 선교본부의 처신에 불만을 표시하고 북장로교 선교회에서 탈퇴하고 말았다. 그는 탈퇴 성명서의 후반부에서 이렇게 말하고 있다.

“신사참배가 하나님께 대한 죄악이냐 아니냐? 나는 감히 본부에 질문하고자 합니다. 나는 실망하고 위험은 도래하였습니다. 나는 이러한 본부 밑에서 하나님께 봉사하고 싶지 않은 것입니다. 신사참배! 신앙 의식을 재검토하여 보십시오. 유일하신 하나님만을 믿는 신도가 감히 신사를 참배하는 것은 강박과 박해 때문에 어쩔 수 없는 결과라고 비신자까지도 적나라하게 말하고

32 김승태, 위의 책, 334~347쪽에서 재인용.

있는 것이 아닙니까."[33]

언더우드(Horace Horton Underwood, 원한경(元漢慶)) 선교사의 경우, 홀드크로프트의 입장과는 다르게 일제의 정책에 순응하고 학교를 계속 경영하기를 원했다. 그리하여 실행위원회의 결의에도 불구하고 직접 미국 선교본부와 교섭하여 학교를 유지하려 하였다. 이러한 언더우드의 입장은 1938년 1월『프레스비테리언 트리뷴』지에 발표한「가이사의 것은 가이사에게 돌리라」는 글에서 보다 분명하게 표명되고 있다. 그는 이 글에서 일본 국가신도의 성격과 '참배'와 '예배'의 의미를 구분하면서 신사의식에 종교적 의미가 없다는 일제의 성명을 액면 그대로 받아들일 것을 주장하고 있다. 그리고 만약 기독교계가 이를 거부할 경우 가져올 결과를 열거하고 조선에서 기독교 사업 전체를 위험에 빠뜨리지 않도록 순응할 것을 주장하고 있다.

"이 의식의 참가를 거부한다면 그 결과는 어떻게 될까?

① 우리들의 학교는 전부 폐쇄된다

② 생도의 대부분은 비기독교 학교에 인도되고, 비크리스천 선생의 지도하에 놓이며, 결국 의식 참렬은 계속된다.

③ 학교는 전부 참렬이 요구되기 때문에 생도의 인도를 거부하는 자에게는 전혀 교육의 기회가 주어지지 않는다.

④ 무교육자 또는 15년 이상 이 의식에 참렬한 자 중에서 장래 교회 지도자를 선택하는 문제가 일어난다.

⑤ 정부 당국자의 마음에 기독교 선교사는 치안방해와 불충을 교사 선동하

---

33 조선총독부 경무국 보안과,『고등외사월보』제9호, 1940년 4월.; 김승태, 위의 책, 197쪽에서 재인용.

는 자라고 하는 혐의를 일으키게 될 것이다

⑥ 교육 이외의 각 사업, 전도 및 의료 방면에도 결국 곤란에 빠지게 할 것이다.

⑦ 우리가 수만 명의 조선 청소년 소녀들에 대하여 교문을 폐쇄한다면 조선인 신자의 친선적 호의를 잃을 것이다.

⑧ 우리가 신자의 자녀를 비기독교학교에 전학시킴으로써 신자인 학부형의 악감을 사게 될 것이다.[34]

언더우드는 이와 같이 타협론을 주장하였으나 일제는 그런 언더우드마저도 1941년 3월 연희전문학교 교장직에서 내쫓고 구속하였다가 이듬해에 결국 강제 귀환시켰다. 이렇게 식민지 조선의 기독교계는 선교사들의 분열, 목회자의 분열, 기독교인들의 분열을 거듭하다 결국 장로교회는 '일본적 기독교'의 건설을 공식적으로 천명하고 그 실천에 들어갔는데, 그것이 공식화된 것이 1941년 8월 14일에 발표된 "전시체제 실천 성명서"에서이다. 이 성명서 제4조 교제개혁(敎制改革)에 포함되었다. 대강은 다음과 같다.

실천사항

제1조 정신생활의 수양

1. 황도정신의 체득
2. 내선일체의 완수
3. 시국정해의 강화

---

34 조선총독부 고등법원 검사국 사상부, 「사상휘보」 제16호, 1938년 9월, 313~315쪽. 이 자료는 Underwood Horace H. The Korean Shirine Question:Render unto Casesar the things that are Caesar's, The Presbyterian Tribune, 53, No 8, January 20, 1938, 8~11쪽을 일제 정보기관이 수집하여 일어로 번역 게재한 것이다. 김승태, 위의 책, 199~200쪽에서 재인용.

4. 난국타개 극복신념의 강화

5. 당국 지도 절대신뢰

제2조 일상생활의 혁신

1. 사생활의 순화

2. 전시생활 실천

3. 시국 경제체제의 실천

4. 취인 명랑

제3조 시국봉사의 실천

1. 애국기 헌납

2. 금속품 공출

3. 폐품 회수

제4조 교제혁시의 탄행

1. 일본적 기독교 건설

2. 구미의존 구태 잔영의 강제

3. 구미인 선교사 착오 사행의 배격

4. 교역자의 재수련

5. 내선내 반도인 학생 지도[35]

"전시체제 실천 성명서"의 교제개혁의 목록은 1940년대의『아이생활』에서 충실하게 재현되었다.「황국신민의 서사」가 장기간 줄기차게 실리는가 하면「애국소신문」[36],「시국뉴-쓰」[37],「시국독본」[38],「소년제군에게 바라는 것」[39](전체가 일본어로 기술) 등의 코너들이 40년대를 통틀어 장기간

35『장로회보』, 1941.8.15.
36『아이생활』, 1939.5.
37『아이생활』, 1940.7.
38『아이생활』, 1941.6.
39『아이생활』, 1941.5.

게재되며 "황도정신의 체득", "내선일체의 완수" "전시생활 실천" "시국경제체제의 실천" 등등의 목록을 충실하게 수행할 것을 독려하였다.

4. 일제 말 『아이생활』 편집진들의 변절

『아이생활』의 창립자이자 '아이생활사'의 사장이었으며 가장 오랜 기간 편집장을 맡은 정인과, 1940년대 『아이생활』의 편집장이었던 한석원, 장홍범은 『친일인명사전』에 나란히 등재되는 불명예를 얻는다. 그들은 모두 식민지 조선의 기독교계에서 장로교의 지도자 위치에 있던 인물들이었고 한때 독립운동단체에서 활동하던 이력도 있었다. 그러나 그들의 변절과 친일은 『아이생활』에도 그대로 반영되어 『아이생활』 역시 1930년대 말부터 1940년대 종간까지 철저한 친일의 길을 걷게 되었다.

식민지 조선의 기독교계가 친일로 변절하는 결정적 계기가 된 것은 단연 신사참배 문제다. 앞에서 기술한 바와 같이 신사참배를 찬성하는 입장과 반대하는 입장으로 나뉘어 치열한 토론까지 벌인 끝에 장로교 총회는 신사참배에 동의하는 가결안을 제출한다. 1938년 9월 9일부터 16일까지 평양 서문 밖 예배당에서 제27차 조선예수교장로회 총회가 개최되었다. 27개 노회(국내 23, 만주 4) 소속 대표인 목사 88명과 장로 88명 및 선교사 30명 등 도합 206명이 총회 대표로 모였다.[40] 이 총회에서 신사참배 동의안이 제출될 예정이었고, 총회기간 중인 9월 10일 평양노회장 박응률(朴應律) 목사가 평양·평서·안주 등 3개 노회 출석자 32인을 대표하여 다음과 같은 긴급 동의를 제출했다.

40 『조선예수교장로회 총회 제27차 회록』, 1938. 참조.

“아등은 신사는 종교가 아니오 기독교의 교리에 위반하지 않는 본의를 이해하고 신사참배가 애국적 애국의식임을 자각하며 또 이에 신사참배를 솔선 여행하고 국민정신총동원에 참가하여 비상시국 하에서 총후 황국신민으로서 시성을 다하기로 기함.”[41]

선교사 일부의 항의가 있었으나 결국 신사참배안은 가결되었고 총회 임원과 산하 노회 대표들이 평양신사를 참배하였다. 이는 식민지 조선 교회의 주류, 다수 교파가 공식적으로 일본적 기독교로 전환되는 것을 의미하며 멀리는 ‘일본기독교 조선교단’의 첫 단계가 된 일이다.[42]

이 과정에서 선교사들과 조선의 목회자들은 분열되어 양립하는 양상을 보였고, 당시 정인과는 수양동우회 사건으로 구속된 상태여서 신사참배 가결 총회에 참석하지 못했다.[43] 홀드크로프트 선교사는 신사참배에 격렬하게 저항했으나 뜻을 이룰 수 없었다. 1940년 9월 27일 일본, 독일, 이탈리아가 베를린에서 삼국동맹을 체결하자 1940년 10월 10일 서울 주재 미국총영사 마쉬(O. Gaylord Marsh)는 본국의 지시를 받아 선교사를 비롯한 미국인들의 철수를 권고하는 안내장을 보냈다. 미 북장로회 선교본부는 이미 1939년 9월 18일에 “전시 비상 성명”을 결의한 바 있었기 때문에, 그 해 11월 16일 미국 정부에서 미국인들의 철수를 위해 인천항에 보내준 마리포사호(The Mariposa)를 타고 대부분 선교사와 그 가족으로 이루어진 219명이 귀환하였다. 이렇게 시국이 엄중해지고 전쟁의 위험성이 커지면서 신사참배와 종교적 자유의 이유를 포함하여 다수의 선교사들이 고국으로 돌아가기를 선택했다.

---

41 『조선예수교장로회 총회 제27차 회록』, 1938.; 김승태, 위의 책에서 재인용.

42 서정민, 위의 책, 317~319쪽.

43 1937년 8월 서울에서 55명, 11월 평안도 지역에서 93명, 1938년 3월에는 황해도에서 33명 등 모두 181명의 동우회원들이 치안유지법 위반 혐의로 체포되었다.

이들은 선상에서 그들의 철수 이유에 대한 간단한 성명서를 만들어 선교본부를 비롯한 관계자들에게 보냈다. 미 감리회 해외선교부 총무 디펜도르퍼(R. E. Diffendorfer)에 의해서 미 국무성에 보고된 이 성명서에 나타난 이들의 철수 이유는 다음과 같다.[44]

동양에서 철수하는 두 가지 중요한 이유 :

1. 선교사에 대해서뿐만 아니라 모든 민주 세력에 대한 일본정부의 변화된 태도.

2. 전쟁이 일어날 경우에 기독교 사업의 불가능성; 적국 외국인으로 우리는 억류될 것임.

(기타) 다른 이유들

2. 교육과 교회 예배에서 양심의 자유 원칙에 강요하는 규제들.

3. 실제적으로 (일본) 정부가 모든 서구인을 스파이로 간주하고, 그렇게 선전함.

4. 선교사들과 교제하는 자국민들에 대한 위협.

(중략)

2. (일본 현지) 교회는 우리가 적응할 수 없는 국가적 표준에 순응하도록 강요받고 있다.

3. 미국 정부가 우리를 떠나도록 권고했다. 그렇게 하지 않는 것은 우리가 지지할 수 없는 어떤 것에 안주하는 것이다.[45] (밑줄은 인용자)

2번 항목 "교육과 교회 예배에서 양심의 자유 원칙에 강요하는 규제

---

44 이면열 엮음, 『신사참배문제 영문자료집 1』, 한국기독교역사연구소, 2003, 496쪽.; 김승태, 위의 책에서 재인용.

45 A Brief Summary of the Factor Presented by Evacuees on Board the S. S. Mariposa as their reason for Returning Home, Aboard S.S. Mariposa, November, 25, 1940.; 이만열 엮음, 『신사참배 영문자료집 1』, 497~499쪽.; 김승태, 위의 책에서 재인용.

들"과 "(일본 현지) 교회는 우리가 적응할 수 없는 국가적 표준에 순응하도록 강요받고 있다"가 귀국의 이유인 것을 보면 식민지 조선 교회의 신사참배 수용과 일제의 '일본식 기독교' 강요가 이들이 선교사직을 내려두고 고국으로 돌아가게 된 원인임을 알 수 있다.

신사참배안 가결 당시 '수양동우회 사건'으로 인해 구금되어 있었던 정인과는 출소한 뒤 바로 변절하였다. 수양동우회는 도산 안창호(安昌浩)가 미국 로스앤젤레스에서 조직한 흥사단(興士團) 계열의 국내 조직으로 1922년 이광수(李光洙)에 의해 결성되었다. 정인과는 수양동우회의 일원이었으며 변절 전까지는 독실한 기독교인이자 독립운동가였다. 윤치호는 그의 영문 일기에서 정인과가 "서구식 조선인들로 구성된 흥사단의 지도자로 간주"된다고 말하고 있다.[46] 그러나 그는 수양동우회 사건 이후 변절을 하고, 그 뒤부터 철저한 친일의 길을 걷는다.

조선 총독부는 초대 총독 데라우치 마사타케(寺內正毅)의 정책을 답습하여 민족의식이 강한 식민지 조선 기독교회 지도자들을 그 관련 단체에 모두 연좌해서 굴복시키고 변절하도록 만드는 방법을 취하였다. 그 첫 번째가 1937년 6월 '수양동우회(修養同友會) 사건'이었다. 동우회가 독립운동단체라는 자백을 받아내어 치안유지법 위반으로 150명을 검거하여 42명이 송치된 사건이다. 이 사건으로 정인과는 일제의 감시 대상 인물 명단에까지 올랐다.[47]

동우회의 검거 단서가 된 것은 1937년 5월 기독교청년면려회(YMCA) 서기 이양섭(李良燮)이 35개 국내 지부에 발송한 금주운동 관계 인쇄물이었다. 이 인쇄물의 "멸망에 함(陷)한 민족을 구출하는 기독교인의 역할"이라는 문구가 일제 경찰에 발각되어 이양섭을 체포 취조한 결과 그 배후에 정인과(鄭仁果), 이용설(李容卨), 이대위(李大偉), 주요한(朱耀翰), 류

46 『윤치호 일기』 1935. 6. 21.
47 『일제감시대상인물카드』, 「정인과」, 1937-08-23, 한국사데이터베이스

형기(柳瀅기) 등 동우회 인사들이 체포되었다.[48] 예심 보석 중이던 이광수를 비롯하여 갈홍기(葛弘基), 전영택(田榮澤), 정인과 등이 "민족자결사상은 이제는 조선 민중에게는 무의미하며 동아시아 역사 발전의 신방향을 무시한 반동적 관념"이라고 하며 변절을 선언했다.[49]

정인과는 1939년 12월 8일 경성지방법원에서 무죄 언도를 받았으나 담당검사의 공소로 징역 2년 집행유예 3년을 선고받는다. 이 기간에 그는 1939년 9월 조직된 국민정신총동원 조선예수교장로회연맹 상무이사 겸 총간사를 맡는다. 홀드크로프트가 1940년도 11월에 강제 출국을 당했으니, 1939년 정인과가 본격적으로 친일의 길을 선택하고 '일본식 기독교'를 받아들이면서 둘의 관계는 소원해졌을 것으로 추측된다.

정인과는 변절 전까지는「왕궁을지은대담한청년」,[50]「로빈손크루쏘」[51]와 같은 외국 동화를 번안하여 싣거나 성경의 일화를 동화로 각색하여 다양한 글을 게재한다. 변절 뒤에 잡지에 실린 정인과의 유일한 글은 1940년 12월호에「이해도 저물어갑니다」라는 제목의 친일 사설이다. "소년들도 식식이 자라나서 국가를 위하여 충성을 다할 세월을 재촉해 넘어서렵니다. (……) 건실한 머리와 건강한 육체로 자라나서 해군이면 동향대장같이 영웅이면 이등공과 같이 훌륭한 인물이 될 마음을 굳게 먹고 이해를 보내시기 바랍니다."[52] 12월이면 11월 홀드크로프트가 마리포사호를 타고 떠난 바로 다음 달이다. 한때 함께『아이생활』을 발행 편집했던 홀드크로프트와 정인과는 그렇게 다른 길을 걸어간다. 윤치호는 그의 영문 일기에서 정인과에 대해 "이기적인 장로들과 목사들의 악랄한 음모 아래서 몸살을 앓고 있는 장로교와 감리교는 사악한 책략

---

48 김인수,『일제의 한국 교회 박해사』, 대한기독교서회, 2006, 110쪽.
49 김승태,『한국 기독교의 역사적 반성』, 다산글방, 1994, 393쪽.
50『아이생활』, 1929.9.~1927.12.
51『아이생활』, 1931.1.~1931.6.
52『아이생활』, 1940.12, 33쪽.

과 부끄러운 파벌투쟁의 소굴로 전락"했으며, "정인과는 장로교회의 최고 모사꾼"이고, "타고난 음모꾼들은(정인과를 지칭) 경찰의 환심을 사는 데 성공했다"라는 기록을 남긴다(괄호는 인용자).[53] 1940년 12월 7일자 일기로 정인과가 변절한 뒤 얼마 되지 않아 쓴 윤치호의 이 일기는 한때 독립운동에 관여했던 정인과의 철저한 변절에 대해 시사하는 바가 있다.

한석원과 장홍범은 신사참배를 가결한 장로교 총회 종교교육부 소속 목사들이었고 『아이생활』의 판권지에 편집인으로 이름을 올리는 것 외에는 특별한 활동을 보이지 않는다. 장홍범은 정인과의 차남 결혼식의 주례를 설 만큼 정인과와 각별한 친분이 있었던 것으로 보인다.[54] 한석원도 장로교 소속 목사로서 정인과와 주일학교대회 강사로 참석하여 주일학교 사역을 함께 담당하였다.[55] 그 둘이 담당한 1940년대의 『아이생활』은 20년대, 30년대와 비교했을 때 내용이 상당히 부실해지고 페이지수도 그 시절의 절반으로 줄어든다. 독자 코너에는 내용의 부실함에 대한 원망어린 편지가 실릴 정도였다.[56]

장홍범과 한석원도 정인과와 마찬가지로 친일의 길을 걸었고 2009년 『친일인명사전』에 등재되었다. 장홍범은 신사참배 거부로 종로경찰서에 구금당한 적이 있었으나 1939년 9월 조선예수교장로회 제27회 총회에서 신사참배를 실행하자는 제안에 종교교육부장으로서 신사참배를 옹호하는 발언을 하며 변절했다. 1939년 9월 장로회 총회에서 『기독신문』 이사로 파송되어 폐간될 때까지 활동했으며 1941년 8월 조선장로교신도애국기헌납기성회 서기를 맡는 등 다양한 친일 활동을 한다.

한석원 역시 다양한 친일 활동을 하는데, 1940년 2월 국민정신총동

---

53 『윤치호 일기』, 1940.12.7.
54 민경배, 『정인과와 그 시대』, 한국교회사학연구원, 2002, 150쪽.
55 민경배, 위의 책, 27쪽.
56 "요사이는 웬일인지 아이생활을 받아 읽을때마다 좀 섭섭한감이듭니다. 좀 더 자미있는 이야기가 읽고 싶습니다." 1943년 3월호 63쪽.

원 조선예수교장로회연맹 평북노회지맹 이사를 맡았고, 같은 해 3월 장로회 기관지인『장로회보』편집주간을 맡는다. 그는 '동양지광(東洋之光)사'에서 주최하는 '미영타도좌담회'에『장로회보』주간으로서 참석하여 미국을 비판하면서 일본의 대동아공영권 사상을 칭송하는 발언을 한다.[57] 또한 1944년 2월 일본기독교 조선감리교단 황해교구 주최 주관자 연성회에 강사로 참여하여「대동아전쟁 완수와 기독교의 활로」라는 제목으로 강연할 정도로 해방 전까지 활발한 친일 활동을 보여준다.[58]

장홍범과 한석원은 모두『아이생활』에 편집인으로서만 이름을 올렸을 뿐 잡지 내에서 그들의 이름을 내건 게재물은 하나도 발견되지 않는다. 1940년대의『아이생활』은 기독교 문학지로서의 색채를 완전히 잃고 게재물의 질 역시 현저히 떨어지는 모습을 보여준다.『아이생활』이 1920년대와 30년대에 기독교지이자 문학지로서 보여준 높은 수준을 생각할 때, 40년대의『아이생활』이 한낱 일제의 어용지 수준으로 떨어진 것을 보면 장홍범과 한석원에게 있어 잡지의 편집과 발간은 그들이 1940년대에 보여준 활발하고 굵직한 친일 활동 안에서도 별 중요성을 갖지 못하는 미미한 일이었을 것으로 생각된다.

5.『아이생활』의 친일 아동문학 작품

1938년 3월호는『아이생활』의 창간 12주년 기념호이다. '간부의 면영'

57 "일본은 교육을 받은 높은 국민입니다. 우리는 이 때에 일억일심으로 분투노력하고 신애협력하고 인고단련하면서 타력 의존을 배제하여 독립 자주의 입장으로부터 대동아공영권의 확립에 매진해야 합니다. 이 때 우리의 책임 의무는 신국 일본의 황도를 선양하여 동아로써 동아인을 동아답게 하여 일억일심 서로 손을 잡고 동아의 활동무대인 세계의 신천지에 약진하여 일본의 국위를 세계에 떨쳐나가 세계의 신질서를 건설하는 것이라고 믿습니다."

58『친일인명사전』종교편.

이라 하여 사진을 실었는데, 사장인 정인과가 포함된 것은 당연한 일이었다. 이 시기에 정인과는 '수양동우회' 사건으로 기소되어 재판을 받고 있었다. 이를 빌미로 1938년 경성종로경찰서장이 경기도경찰부장에게 「잡지 아이생활사에 관한 건」(1938.5.3)과 「기독교 잡지 아이생활의 동정에 관한 건」(1938.7.1.)을 보고하였다.[59] 전자는 1937년 5월 '수양동우회' 사건에 연루된 정인과, 주간 전영택, 이윤재 등이 예심에 계류되어 있는데도 정인과를 발행인으로 경영하고 있어 경고한즉 편법으로 미국인 안대선을 발행인으로 하여 속간 중인데 1938년 3월 12주년 기념호에 사장 정인과, 이윤재, 전영택 등의 사진을 게재한 점을 발견하고 현재 책임자인 주간 강병주와 최봉칙, 임홍은을 취조하였다는 내용이다. 조사 결과 강병주는 실제 관여하지 않아 석방하고 최봉칙과 임홍은은 민족주의 의식이 농후해 이들을 계속 취조하고 있다는 것을 보고하고 있다. 후자는 전자와 같은 사정으로 민족의식이 농후한 잡지를 폐지하도록 할 예정이며, 저번부터 기독교의 일본화 운동에 헌신적 노력을 하고 있는 장홍범과 김우현에게 장차 황국신민의 본분에 맞게 경영하도록 편집방침을 개선하게 하였다는 것이다. 그러면서 1938년 7월호 권두에 '황국신민의 서사'와 일본 국가인 '기미가요(君が代)', 중국 북부에 있는 황군(皇軍) 사진 또는 「군신(軍神) 노기 대장(乃木大將)의 전기」 등을 실어 전체적으로 면목을 일신하도록 하였다는 내용이다.[60] 시국에 발맞춰 잡지 편집 방향이 정해지자 수록 작품도 거기에 영합하는 친일적인 내용이 많았다. 원고 모집을 할 때 "작품은 시국에 순응하야 건재명랑(健在明朗)하야 할 것"[61]이란 주의가 붙었다.

---

59 「思想에 關한 情報9 雜誌子供ノ生活社ニ關スル件」(京城鍾路警察署長, 1938.5.3)과 「思想에 關한 情報9 基督敎雜誌兒童生活ノ動靜ニ關スル件」(京城鍾路警察署長, 1938.7.1) 한국사데이터베이스.; 류덕제, 「한국 근대 아동문학과 『아이생활』」, 『근대서지』 24, 근대서지학회, 2021, 605쪽에서 재인용.

60 류덕제, 「한국 근대 아동문학과 『아이생활』」, 『근대서지』 24, 근대서지학회, 2021, 605쪽.

이 시기 『아이생활』에는 「황국신민의 서사」의 아동용이 매호마다 서두에 게재되었다. 「황국신민의 서사」는 1937년 황국신민화 정책의 일환으로 미나미 지로(南次郎) 총독의 조선총독부가 제정한 것이다. 1937년 7월에 발발한 중일전쟁의 와중에서 발표된 것이자 제3차 조선교육령의 국체명징, 내선일체, 인고단련 중심의 식민교육책과 연계되었다. 「황국신민의 서사」 아동용에서는 "1. 우리는 대일본제국의 신민입니다. 2. 우리는 마음을 합하여 천황폐하에게 충의를 다합니다. 3. 우리는 인고단련하여 훌륭하고 강한 국민이 되겠습니다"는 서사를 제창하도록 하였다. 성인용에서는 "1. 우리는 황국신민이다. 충성으로서 군국에 보답하련다. 2. 우리 황국신민은 서로 신애협력하여 단결을 공고히 하련다. 3. 우리 황국신민은 인고단련 힘을 길러 황도를 선양하련다"는 서사를 제창하도록 하였다. 개인적 신체는 이처럼 천황과 일제에 대한 충군애국을 바치는 사회적 신체로 동원되고 소비되었다.[62] 「황국신민의 서사」에 아동용이 따로 구분되어 존재했던 것은 조선의 아동을 장차 제국 일본을 위해 헌신할 '제2세국민' '소국민'으로 보고 육성하려고 하는 의도가 일찍부터 있었음을 알 수 있다. 이러한 의도는 『아이생활』에 실린 다양한 친일 아동문학작품들을 통해서 실현되었다. 문학을 통해 어린이들에게 제국의 이데올로기를 주입하여 그들을 충실한 황국신민으로 양성하기 위한 도구로 활용한 것이다.

1) 신체제운동의 전쟁의식 고취

1940년 8월, 일본의 제2차 고노에(近衛文麿) 내각은 동아신질서건설

---

61 「'소국민문단' 원고모집」, 『아이생활』, 1943.9, 36쪽.
62 「황국신민서사」, 『한국민족문화대백과』, 한국학중앙연구원.

방침을 국책으로 천명하면서 그 구체화 방책으로 이른바 신체제운동을 제시하였다. 백인제패의 세계 질서를 대신할 일본 중심의 동아블럭 건설을 위해서 천황귀일(天皇歸一)의 정치와 우선적 전체주의 체제를 확립하려는 운동으로 만민익찬(萬民翼贊)의 국가중심주의체제를 완성하자는 것이었다. 1940년대『아이생활』에 실린 친일 아동문학들 중에는 신체제운동의 대동아공영권 사상 옹호와 미국 및 영국을 적대시하는 내용의 작품들이 다수 발견된다. 1943년 3 · 5월호 합본에 실린 함처식의 동화 「정수와 제비」[63]도 그러한 작품에 해당한다.

"국민학교"에 새로 입학한 정수가 학교에서 돌아와 마루에 앉아 놀다 제비 두 마리를 발견한다. 이후 정수는 엄마에게 제비가 어디서 날아왔는지를 물어보며 대화를 나눈다.

「엄마! 제비가 왔어—」

「제비가……?」

「우리 제비야! 아이 좋아 어듸서 왔을까?」

「저- 남쪽나라 다스한 곧에서 오는데 봄철마다 여기에 와서 한철을 살구 가을이되면 또 남쪽으로 간단다」

「남쪽나라가 어디야?」

「남쪽나라는 지금 우리나라 헤이다이상들이 미국 영국 병정을 막 때려부시는 곧이 바로 남쪽 나라란다」[64] (밑줄은 인용자)

"남쪽나라가 어디"인지 묻는 정수의 질문에 엄마는 "우리나라 헤이다이상(병사)들이 미국 영국 병정을 막 때려부시는 곧"이라고 얘기한다. 어

63『아이생활』, 1943년 4 · 5월합호, 32~34쪽.
64『아이생활』, 1943년 4 · 5월합호, 32쪽.

린이의 천진한 질문에 일제가 수행하고 있는 전쟁을 연결시켜 이야기함으로써 작품을 읽는 어린이들에게 현재는 '전시상황'이며 미국·영국은 적국임을 인식시킨다. 어린 주인공 정수는 엄마의 말을 듣고 천진하게 "엄마! 나두 남쪽나라 갈내-"라고 대답한다. 전쟁이 일어나는 위험하고 무서운 장소라는 걸 알면서도 그 장소(남쪽나라)에 가고 싶다고 얘기하는 어린이의 반응은 정상적이지 않다. 이러한 장면들은 결국 조선의 어린 아이들에게도 전쟁 의식을 고취시키려는 의도가 드러나 보이는 부분이다. 이후 정수는 잠이 들고 꿈을 꾸는데 제비의 등을 타고 하늘을 날아 남쪽 나라에 가서 전쟁이 벌어지는 광경을 본다.

> 붕-붕 통- 탕-
>
> 하는 소리가 멀니서 들리드니 비행기가 몇대 보이고 새까만 군함도 몇척 둥실 둥실 뒹굴고 있었습니다. 그런데 웬일인지 통! 탕! 쾅! 하는 요란스런 소리가 연겁펴 나드니 바닷물이 하늘을 찌르듯 쭉- 버더올나오고 싯컴한 연기와 함께 불빛이 번쩍 번쩍 하였습니다.
>
> 그리고 비행기 몇대가 불벼락을 맛고 끼울덕 거리며 떨어지고 군함도 몇척 불과연기 속에서 물속으로 물속으로 까라 앉었습니다.
>
> 비행기나 군함이 부서지고 깨여지는 것은 모두 미국과 영국, 깃빨이 그려진 것뿐이였습니다.[65] (밑줄은 인용자)

성인과 달리 어린 아이들은 전쟁을 직접적으로 체험할 수 없기에 꿈에서 전쟁을 간접적으로 체험할 수 있도록 한 작품이다. 비행기와 새까만 군함이 바다 위에 떠 있고 "싯컴한 연기"와 "불빛이 번쩍 번쩍"하며 폭격음("붕-붕 통-탕-")이 들린다. 바다 위의 비행기와 군함이 공격을 받

65 『아이생활』, 1943년 4·5월합호, 34쪽.

고 물속으로 가라앉는 모습을 묘사하여 말 그대로 전쟁 한가운데에서 벌어지는 전시상황을 나이 어린 주인공인 정수는 생생하게 지켜본다. "비행기나 군함이 부서지고 깨여지는 것은 모두 미국과 영국, 깃빨이 그려진 것뿐이였습니다"라는 문장에서는 일본이 미국 · 영국과 전쟁 중이며 일본이 이기고 있는 상황임을 암시한다. 이러한 작품이 창작될 수 있었던 배경에는 2차 세계대전 당시 일본이 주장한 신체제질서와 대동아공영권 사상이 존재했을 것으로 추측된다. 어린이들이 그러한 사상과 전쟁에 익숙해지고 그것을 받아드릴 수 있도록 위와 같은 작품들이 창작되었을 것이다. 작품의 마지막 부분에서는 "정수는 꿈속에서 자미가 쫄쫄 흐르는 남쪽나라를 구경한것입니다."라는 문장이 나온다. 실제로 전쟁에 참가할 수 없는 어린이에게 위험한 전쟁 상황을 꿈을 통해서 간접 체험하게 하고 그 상황을 "자미가 쫄쫄 흐르는 남쪽나라 구경"이라고 묘사한 것은 전시 상황을 어린이가 친숙하게 느낄 수 있도록 하려고 한 의도로 보인다.

1943년 3월호 성처식의 「울지않는 눈사람」[66] 역시 동화의 양식을 빌려 어린이들에게 전쟁의식을 고취시키려 한 의도가 보이는 작품이다. 주인공 정수는 유치원에 다니는 아동이다. 어느 겨울날 밖에는 눈이 쌓였고 정수는 옆집 숙희와 눈사람을 만든다.

> 정수와 숙히는 눈을 데굴데굴 뭉쳐서 눈사람을 만드렀습니다.
>
> 눈과 코와 입은 숫트로 만들고 눈썹과 수염은 솔닢으로 만드렀습니다. 그리고 막대로 총을 메우고 박아지로 데즈가부도를 만드러 씨웠습니다.
>
> 「야— 눈사람 헤이다이상이구나」[67] (밑줄은 인용자)

66 『아이생활』, 1943년 3월호, 36~37쪽.
67 『아이생활』, 1943년 3월호, 36쪽.

유년 시기의 두 아이는 '일본 군인' 눈사람을 만든다. 막대로 '총'을 세우고 바가지로 군인들이 쓰는 모자를 군인 형상을 한 눈사람에게 씌우고 기뻐한다. 유년 시기의 어린 아이들에게는 전쟁 의식 고취라는 프로파간다를 제시하기가 쉽지 않다. 그런 점에 유의하여 작가는 유년기의 놀이 중 하나인 '눈사람 만들기'를 통해 전쟁 의식 고취를 시도하였다. 작품의 후반부에도 유년기의 어린이들에게 전쟁 의식을 고취시키기 위한 장면이 등장한다.

> 「이게 웬 일이야?」
>
> 정수의눈에는 눈물이 핑도랐습니다. 숙히의눈도 똥그래졌습니다.
>
> 「애구 눈알이 빠지구…… 코가 떠러졌어……」
>
> 「조것봐! 팔이 다 떠러졌으니 오직 압흘가?」
>
> 「그래두 눈사람은 울지않아」
>
> 「눈사람은 헤이다이상이니가 울지않어」
>
> 조곰 다처두 울기만하든 울보 정수와 숙히는 울지않는 눈사람이 한끗 부르워서 다시 눈과 코와 팔을 만드러놓았습니다. 그리고는
>
> 「눈사람 만세」
>
> 「울지않는 눈사람 만세」
>
> 「눈사람 헤이다이상 만세」
>
> 하고 눈사람만세를 세 번이나 기운차게 불렀습니다.[68] (밑줄은 인용자)

녹아내린 눈사람을 보고 정수는 울고 숙히는 깜짝 놀라며 슬퍼한다. 그러나 정수와 숙히는 곧 "눈사람은 울지않아"라고 외친다. 눈사람은 "헤이다이상"(일본 병사)이기 때문에 울지 않는다는 것이다. 일본 제국의

---

68 『아이생활』, 1943년 3월호, 37쪽.

군인은 눈물을 흘리면서 울 만큼 나약한 존재가 아니며 강인한 존재라는 점을 어린이들에게 전달하려는 의도가 읽힌다. 정수와 숙히는 울지 않는 눈사람을 부러워하며 다시 눈사람을 손질하고 "눈사람 헤이다이상 만세"라며 만세 삼창을 외친다. 이 작품은 전쟁 이데올로기와 전쟁의식을 학습시키는 것이 쉽지 않은 유년을 대상으로 유년들에게 친숙한 놀이인 '눈사람 만들기'를 사용하여 전쟁 이데올로기와 전쟁의식을 학습시키려 한 친일 동화로 볼 수 있다.

1943년 3월호에 실린 황영덕의 「비행기 영돌이」(1943년 3월호, 62~63쪽) 역시 유년기의 아동들에게 전쟁 이데올로기와 전쟁 의식을 고취시키려는 작품으로 볼 수 있다. 어느 날 아침 영돌이의 어머니는 아침밥을 먹고 학교에 가라고 영돌이를 부른다. 그런데 영돌이는 어머니 말을 들은 체도 않고 양팔을 쫙 벌리고 비행기가 날아가는 흉내를 내며 마당에서 놀이를 한다.

어머님은 문을 열고

「영돌아!……야! 영돌아!」

암만불러야 대답이없습니다. 어머님은

「영돌아! 영돌아! 불으면서 찾어갔더니 순자네 마당에서 두팔을 쫙- 버리고는 마당을 빙-빙돌면서

「우르릉 우르릉」 소리를 지르면서 비행기노름만 하고있지요. 그래 어머님은「영돌아!」하고 불렀더니 대답도않어요. 조곰 있더니 숨이차서 대답을 하는데 자기는 비행기라나요 일본비행기요. 그러고는 지금 장개석편을 친다나요.[69] (밑줄은 인용자)

69 『아이생활』, 1943년 3월호, 62쪽.

영돌이가 양팔을 펼치고 마치 비행기가 된 것처럼 마당을 뛰어다니며 노는 모습은 일종의 '활공훈련'이 유년기 어린이에게 적용되고 있는 것과 같은 모습을 보여준다. 제국 일본의 문부성에서는 이미 중등학교 학생들에게 '활공훈련'을 실시하기로 결정하는데, 이는 1937년 7월 중일전쟁의 영향으로 볼 수 있었고 이 활공훈련은 "비행기 조종에 관한 적성"을 알기 위함이며 생도의 철저한 단체훈련과 비행기 지식을 실제화하는데 주안을 두고 있었다. 문부성 보통학무국 학무과장 이와마쓰 고로(岩松五郞)는 『문부시보(文部時報)』(1938년, 제636호)에서 중일전쟁을 통한 "근대전에서 공군이 점하는 지위의 중요성"을 언급하며 국민에게 항공사상 및 기능을 양성하는 것이 무엇보다도 급선무임을 밝히고 있다. 주요 목표는 "비행기 조종에 이르는 예비교육" 즉, 공군 양성의 기초교육이라는 것을 명확히 알 수 있다.[70] 이러한 일본의 상황은 식민지 조선의 교육에도 영향을 미쳤고 그 영향으로 위와 같이 유년기 어린이에게 적합한 '비행기 놀이'라는 형태로 나타났다고 추측할 수 있다.

1943년 10월호에 실린 「할미꽃」(1943년 10월호, 34~37쪽)이라는 동화에서도 제국 일본이 강조한 '활공 교육'이 나타난다. 국민학교 학생 목동이와 초동이는 동네 친구다. 어느 날 초동이 아버지는 궁핍한 살림을 견디다 못해 강원도에 일거리가 많다고 강원도로 가자고 한다. 강원도에서 아버지는 탄광촌에서 광부로 일을 하시고 어머니는 자갈을 나르시는데 어느 날 아버지가 탄광차에 치여 돌아가신다. 이후 초동이는 "탄광훈련소 제일회졸업식"에 졸업생으로서 참석한다. 이 졸업식에서 탄광회사 사장은 다음과 같은 졸업 축하 연설을 한다.

---

70 권희주, 「'제국일본'의 중등학교 활공교육—아시아태평양전쟁시기를 중심으로」, 『일본학』 42, 동국대학교 일본학연구소, 2016, 122~123쪽.

「제군은 튼튼하고 건전한황국신민으로서 대동아 전쟁을 익여낼 폭탄과같은 용사들이다. 또한 우리회사는 산업증산보국(散業增産報國)에 매진하고있는 차제에 앞으로 제군들에 힘으로 이 대업을 일우워낼 훌륭한 전사들인 것을 잊어서는 안된다.」

초동이는 두주먹이 쥐여지고 앞날에 올 새희망과 큰각오를 가지게되였습니다.[71]

작품에서 초동이는 "국민학교"(소학교) 학생이다. 그러나 초동이와 같은 어린이들을 보는 일제의 시선은 "황국신민"으로서 "대동아 전쟁을 익여낼 폭탄과 같은 용사"이자 "전사"들이다. 초동이는 탄광회사 사장의 연설을 듣고 "새 희망과 큰 각오"를 가지게 된다. 이러한 내용은 일제의 황국신민화 정책을 어린이들에게서도 실현시키고 "소국민" 혹은 "제이세국민"으로서 '대동아공영권' 슬로건을 달성하기 위한 전쟁 자원으로 식민지 조선의 어린이들을 바라보고 있다는 의도가 그대로 드러난다. 이후 초동이는 항공병 모집 광고를 보고 흥분에 들떠 밤새 잠을 이루지 못하고 다음 날 어머니에게 항공병이 되고 싶다는 포부를 밝힌다. 어머니를 설득한 초동이는 탄광회사 사장에게 자신은 항공병에 지원하겠다고 말하고 탄광회사 사장은 초동이를 치하하며 초동이의 가정에 필요한 경제적 지원을 전폭적으로 할 것을 약속한다. 이후 초동이는 "반자이 반자이"라는 함성과 함께 손수건을 흔들며 항공병에 입대하러 길을 떠난다. 이러한 내용의 친일동화는 '공군 양성 및 육성'이라는 일제의 교육정책에 부합하는 것이다.

1943년 11월호에 실린 이종성의 동요「산밑에 집」[72]에서도 조선의 아

71『아이생활』, 1943년 10월호, 6쪽.
72『아이생활』, 1943년 11월호, 8쪽.

동들에게 대동아공영권을 위한 신체체의식과 승전의식을 학습시키려는 의도가 보인다.

산은/천천이 단풍옷을 벗기 시작했읍니다./산밑에 숙아내집/석류가 모 – ㄹ 내 버러지고/맨드래미도 시드렀읍니다/해쌀드는 당정안에/흰둥이 혼자/재주넘어요//엄마하구/숙아가/집웅에 고추를 널든/그 어느날 아츰/감나무서/까치가 세 번 울었지요/……그리구 웅이가 왔습니다. (……)

작품은 '동화시'라는 표제어로 실렸다. 초반부는 산골마을의 가을 정경을 노래하며 산골마을에서 사는 가족에게 귀여운 막내동생이 태어나 기뻐하는 모습을 묘사했다. 작품의 중반부로 가면 어른들이 담소를 나누는 장면을 묘사하는 부분이 나오는데 작가는 '어른들의 담소'가 오가는 부분에 신체제운동과 전쟁의식을 고취시키는 친일적 요소를 집어넣었다.

「전은 셈방이라구유 대포알이며 폭탄을 깍고 있어유, 미국영국이 하나 만들동안에 우리는 두개 세개식이나 만들지 않으면 이 귀드란전쟁을 이길수 없어유 그러니가 하로 더쉬 그만큼 전쟁을 빨리 이길수없구헤이다이상들이 골난을 받게된대유」

조용한 밤/도란도란 이야기/ 언제나 끝이나나/ 언제나 끝이나나/ 옹기 화로에/ 숫불이 새우는데……(중략)[73]

"미국영국이 (폭탄을) 하나 만들동안에 우리는 두 개 세 개식이나 만

73 『아이생활』, 1943년 11월호, 10쪽.

들지 않으면 이 귀드란전쟁을 이길 수 없"다고 말하는 '시골 어른'들의 말 속에서는 총후보국의 중요성을 강조하고 있다. 헤이다이상(일본 병사)들이 고통을 겪지 않도록 전쟁을 빨리 이겨야 한다는 말을 통해 작품을 읽는 어린이 독자들에게 전쟁의식을 고취시키려는 의도 역시 읽을 수 있다.

1943년 12월호에 실린 목효원의 「바다와 하늘」[74] 역시 전쟁의식을 고취시키는 작품으로 식민지 조선의 아동들을 미래의 병력 자원으로 여기는 시선이 보인다.

> 바다는 끝이 없고/하늘은 가이 없다.//바다의 꿈은 언제나 파—레고/하늘의 꿈은 언제나 해맑은데/바다에는 군함을 띄우고/하늘에는 비행기를 날린다.//바다는 군함을 맘대로 띄울 수 있고/하늘은 비행기를 멋대로 날릴수있는데/씩씩한 해군들은 바다에서 살—고/용감한 공군들은 비행기서 지낸다.//우리들은 바다로 갈것인가/우리들은 하늘로 갈것인가/바다도 좋다/하늘도 좋다.//

이 시에서 "바다의 꿈"과 "하늘의 꿈"은 언제나 파랗고 해맑다. 그리고 그 꿈이 가득한 바다와 하늘에는 "군함"이 존재하고 "비행기"가 날아다닌다. 바다의 군함과 하늘의 비행기는 바다와 하늘의 "꿈"을 상징하는 것이다. 그 '꿈'은 장차 조선의 어린이가 성장하여 일본의 병사가 되어 신체제 질서를 위해 싸우는 것이다. 바다와 하늘에는 "씩씩한 해군"이 살고 "용감한 공군"이 살고 있다. 바다와 하늘의 꿈은 군함과 비행기로 이어지고 그 마지막에는 일본의 군인인 "해군"과 "공군"이 있다. 시의 마지막 연에서는 "우리들은 바다로 갈것인가/우리들은 하늘로 갈것

74 『아이생활』, 1943년 12월호, 15~16쪽.

인가/바다도 좋다/하늘도 좋다"라고 마무리 지으며 장차 조선의 어린이들이 성장하여 바다의 일본 해군이 될지 하늘의 일본 공군이 될지를 고민하지만 이내 바다와 하늘 어디라도 좋다고 하는 시적화자의 목소리는 조선의 어린이들을 '일본 병사'로 호출하고자 하는 의도가 강하게 반영되어 있다.

2) 총후보국에 포섭되는 조선 아동

김화선은 친일 아동문학을 분석한 논문에서 '황국신민의 서사'가 성인용과 아동용으로 구분되고 있음에 주목할 필요가 있다고 말한다.[75] 일반용에 비해 아동용 '황국신민의 서사'는 당장의 실천적 측면보다는 장차 "인고단련하여 훌륭하고 강한 국민이" 되어야 한다는 미래지향적 속성이 강하다는 것이다. "인고단련하여 훌륭하고 강한 국민"이 되어야 하는 것은 전시총동원 체제에서 일본 제국을 위해 영국·미국을 비롯한 서구의 적들을 대적하고 싸워서 이길 인적자원을 키우기 위함이 목적이다. 조선의 어린이들을 "소국민"으로 호칭하면서 일본을 위해 싸울 인적자원으로 키우기 위해서는 우선 조선의 어린이들이 일본 제국의 신민임을 내면화하는 것이 필요하다. 조선의 어린이들을 일본을 위한 미래의 병력 자원으로 불러내기 위해선 '내선일체'가 내면화된 조선 어린이들이 필요하고, 이 '내선일체'를 조선 아동들에게 내면화하기 위한 동요가 장시욱의 「대일본의 소년」이다.

一. 우리들은 大日本에 일꾼이란다/大日本을 빛내일 일꾼이란다/다같이

75 김화선, 「대동아공영권의 전쟁동원론과 병사의 탄생—일제 말기 친일 아동문학 작품을 중심으로」, 『인문학연구』, 충남대학교 인문과학연구소, 2004년, 21쪽.

두팔것고 앞으로가자/산이라 풀이라도 거칠것없다/에헤야 少年들아 大日本少年들아/굿굿이 씩씩하게 힘써나가자//二. 우리들은 大日本에 용감한少年/大日本을 빛내일 용감한 少年/할일많은 大日本에 귀한少年들/할일을 다할때까지 앞으로가자/에헤야 少年들아 大日本少年들아/두주먹 붉은쥐고 앞으로가자//三. 우리들은 大日本에 똑같은 少年/할일많은 大日本에 少年이란다/굼드래도 할일을 하고야말고/벗드래도 할일을 하고야말리/에헤야 少年들아 大日本少年들아/기운껏 힘있게 앞으로가자[76]

동요는 조선의 어린이들을 "大日本의 일꾼"으로 호출한다. "大日本의 일꾼"으로 호출된 조선 아동들은 "다같이 두팔것고 앞으로" "산이라 풀이라도 거칠것없"는 씩씩하고 힘이 넘치고 용기있는 아동들이다. 2연에서는 조선의 어린이들을 "大日本을 빛내일 용감한 少年"으로 호출하며 "빛내일"이라는 단어를 사용해 장차 미래에 일본을 위해서 일할 어린이들을 상상하과 불러낸다. 그렇게 부름 받은 조선의 아동들은 "두주먹"을 "붉은쥐고" 행진하는 아동들이다. '주먹을 불끈쥐고'라는 표현은 강한 결심과 결의를 보여줄 때 쓰는 표현이다. 조선의 어린이들은 장차 미래에 일본을 위해 주먹을 불끈 쥐고 결의를 보여줄 아이들이다. 3연의 "우리들은 大日本에 똑같은 少年"이라는 행을 주목할 필요가 있다. 조선인은 내지의 일본들과는 등급에 차이가 있는 2등 시민 같은 존재이고 '내선일체'가 주장되더라도 현실에서 조선인과 일본인에 대한 차이과 구별은 분명했다. 장시욱은 그런 상황을 의식하듯 우리들은 대일본의 "똑같은" 소년이라는 표현을 사용함으로써 조선인 어린이와 일본인 어린이 사이에 구분이나 차별은 없음을 강조한다. '내선일체'의 강조인 것이다.

76 『아이생활』, 1943년 3월호, 3쪽.

『아이생활』 1940년 6월호의 「애국소신문」에는 "童心에어린內鮮一體" 라는 기사가 실렸다.

內地小學生들이일어나
朝鮮旱害地에 義捐金

작년 가뭄으로 경기이남칠도의 이재지 동포들은 실로 말할 수 없는 곤궁에서 헤매이는 터입니다. 그런데 이곳 아동들을 그제하고 저 내지 각소학교 직원들과 학생들이 아울러 일아나 의연금을 모으기로 되었다는 소식이 총독부에 전하여 듣는이를 감격케하고 있습니다. (……) 이런 따뜻한 이야기를 통하여 어린이들의 동심세계에 더욱 더 내선일체의 관념을 뚜렷이 하기로 되었다고합니다.[77]

어려움에 처한 조선의 어린이들을 내지인(일본인) 어린이들이 의연금을 모아 기부하였다는 소식을 전하면서 이러한 일들을 통해 일본인과 조선인이 일체라는 '내선일체'의 관념을 조선의 어린이들이 더욱 뚜렷하게 가지게 되었다는 내용이다. '내선일체'의 관념을 조선의 어린이들에게 주입하려 하는 의도의 작품과 기사들은 1940년대『아이생활』의 곳곳에서 발견된다.

朝鮮人最初의 榮譽
故李仁錫상등병에게

내선일체의구현 황국신민에 출발이되는 조선의 지원병(志願兵)제도는 그

77『아이생활』, 1940년 6월호, 22쪽.

성과가 자못 양호하여 새로운역사를 창조하여 가고있습니다. 이영예의 지원병에 제1착으로 선발되어 모든 훈련을마치고 산서전선에까지 나아가서 혁혁한 무훈을 남기고 제일 먼저 명예의 히생으로 지원병의 모범을 보여준 고 이인석상등병에 대하여는 여러 가지 영예있는 특전이 있었지만 이번에는 군인으로서 최고영예인 금치훈장이 나리게되어(중략)[78] (밑줄은 인용자)

"내선일체의 구현"인 "조선의 지원병 제도"에 대한 기사이다. 기사는 조선인 어린이가 지원병으로 선발되어 전쟁터에 나가 공을 세웠다는 내용이다. '내선일체'는 이렇게 일제가 조선의 식민통치를 편리하게 합리화하기 위한 허울좋은 구호였을 뿐, 실상은 조선의 어린이들을 전쟁터로 보내기 위한 병력 자원으로 보는 성격이 강했고 이에 대한 홍보와 이를 조선의 아동들에게 주입하려는 의도는『아이생활』의 다양한 지면에서 발견된다.

1943년 3월호에 실린 아동극 大河東根(오오카 히가시네—창씨개명한 이름으로 추정)의「옵바가 出征하신 뒤」는 총후보국에 힘쓰는 식민지 조선 어린이들의 모습을 그린 작품이다. 숙자의 오빠는 아버지가 안 계시고 어머니는 몸이 편찮으시지만 아픈 어머니와 여동생을 두고 일본을 위해 전쟁에 참전하기로 한다. 숙자 오빠를 환송하기 위해 숙자의 친구들은 일장기 히노마루(日の丸)와 꽃을 사들고 숙자를 만난다. 친구들을 만난 숙자는 눈물을 글썽이며 오빠가 전쟁터로 떠난 후 자신이 돈을 벌어야 해서 더 이상 학교에 다닐 수 없음을 이야기한다.

淑子 옵바도 인젠 안계시니 누가 버릴해서 월사금을 내니? 너이들처럼 아버지도 계시지 않구!(눈물이 고인다) 더군다나 어머니는 알키만 허시구……

78『아이생활』, 1940년 7월호, 20쪽.

昌根 그렇지만 학교를 그만두면 어떻거니!

叔子 (가는소리로 운다)

－사 이－

昌根 (恩求, 南秀의 손목을 잡으며) 얘들아! 우리 숙자가 그대로 학교를 단이게 할 수 없니?

恩求 난 우리집에 가서 어머니 아버지께 말슴 하겠다.

南秀 그래 나두.

昌根 참 모두들 고맙다. 그럼 나도 집에가서 벙어리에 모둔 돈을 갖어오겠다.

(이때 左便에서 愛國班長 登場)

班長 참 너이들은 기특한 아이들이다.(叔子에게 향하여) 너는 너이 옵바가 나라를 위하여 거리낌없이 출정을하였스니 용감허구 훌륭헌 옵바인 것을 언제나 잊어서는 않된다. 그리고 우리 제3반 반원들도 감격하여 너이 옵바가 도라 올때까지 너를 학교에 계속해 단기게 하기로 되었으니 어서 공부를 잘하여 너이 옵바와같은 훌륭한 사람이 되어야 한다.[79]

숙자의 사정을 들은 친구들 창근, 은구, 남수는 숙자가 학교에 계속 다닐 수 있도록 경제적 지원을 해주기 위해 각자 부모님께 숙자를 도와달라고 말씀드리고 창근은 모아둔 돈을 쾌척하겠다고 한다. 오빠가 지원병 제도를 통해 전쟁에 참전하고 가장인 오빠가 집을 비우자 경제적으로 어려워진 숙자를 친구들이 힘을 합해 도와주는 것은 당시 일제가 식민지 조선인들에게 요구하던 총후보국을 수행하는 것이다. 『아이생

79 『아이생활』, 1943년 3월호, 60~61쪽.

활』에는 친일 기사가 셀 수 없을 정도로 많이 실렸는데 그 중에서도 총후보국과 관련된 기사가 다수 발견된다.

> 총후라는 말은 넓이 씨워져서 그 뜻을 모르는 사람이 하나도 없게 되었습니다. 처음에는 제일선에서 싸우는 병정들이 뒤에 있는 부대의 전우들을 '총후의 사람'들이라고 불러왔었지만 지금은 국민 전체를 '총후의 사람'이라고 불르게 되었습니다. 즉 전쟁이란 병정들만이 하는 것이 아니라 우리 국민 전체가 하는 것이라는 것을 알게 한 것입니다.[80]

"전쟁이란 병정들만이 하는 것이 아니라 우리 국민 전체가 하는 것"이『아이생활』에서 어린이들에게 가르치려 한 "총후"의 의미다. 이러한 의미에 걸맞게「옵바가 出征하신 뒤」의 등장인물들은 오빠가 전쟁터에 출정해 생계가 어려워진 숙자를 도움으로써 총후를 실천하는 것이다. 작품의 후반부에서는 또 다른 등장인물인 "애국반장"이 등장하여 숙자와 친구들을 칭찬한다. 당시 식민지 조선에서는 애국반(愛國班)이 있었고 애국반은 인적, 조직적으로 동원 가능한 자원이 빈약했던 조선에서 총독부가 주축이 되어 만든 최하부 말단 조직이었다. 총독부는 애국반 단위를 통해 주민들에게 후방에서의 마음가짐과 임무에 대해 선전하면서 노동력과 자원 등을 체계적으로 동원하려 하였다. 이러한 애국반의 애국반장이 숙희와 친구들을 칭찬하고 격려한 것은 이 작품이 총후보국 실천과 수행에 관하여 어린이 독자들에게 교육시키기 위한 의도로 창작된 것임을 알 수 있다.

1943년 6월호에 실린 정태환의「회람반」(1943년 6월호, 14~16쪽)은 애국반장인 민이네 아버지의 집에서 상회를 하기로 하자 민이가 회람판을

80『아이생활』,「(시국뉴스)총후」, 1940.7, 5쪽.

들고 동네 곳곳을 돌아다니며 나라를 위해서 좋은 일을 할 것이니 상회에 참석하라고 마을 사람들에게 열심히 상회를 알리는 내용의 친일 동화이다.

> 민이는 회람판을 옆에 끼고 이웃집으로 달려갑니다.
>
> 아버지가 애국반장이기 때문에 회람반은 언제던지 민이네집 민이 손으로부터 나가는 것입니다. (……)
>
> 마침 정석이를 대문깐에서 만났습니다.
>
> 「정석아! 에따 회람반」
>
> 「–오늘 밤 여덟시 민이 집에서 애국반 상회를 여니까, 모두 출석하라구 그랬지」
>
> 정석이는 이제 곧 민이가 읽은게 참말 용하다 생각해봅니다.
>
> 「정석아! 자 빨리 돌려라. 오늘밤엔 말야 모두 모두 민이네집에 모혀서 나라를 위해 좋은일을하자고 의논을하는거야 자 빨리 돌려」
>
> 정석이는 어머니에게서 회람반을 받어들고 삼이네 집으로 달음질처 갑니다.[81]

애국반상회를 위한 회람반은 민이의 손을 거쳐 정석이에게로, 정석이에게서 다른 이웃집에게로 릴레이를 하듯 전달된다. 애국반상회에 적극 참여하기를 독려하는 의도로 창작된 동화로 볼 수 있다.

1942년 당시 경성부에는 약 1만여 개의 애국반이 있었던 것으로 추산되는데, 각 반장이 주재하는 애국반상회의 내용을 통제하고 보조하기 위해 연맹 측은 여러 가지 방법을 동원하였다. 우선 총독부의 정책과 전달 사항을 보다 이해하기 쉽게 전달하기 위해, 글을 읽을 수 있는 반원

---

81 『아이생활』, 1943년 6월호, 15쪽.

들을 대상으로 전단을 배포하여, 그 내용 중 공감을 얻은 것은 무엇인지 등을 설문지를 통하여 점검하였다. 반상회가 끝난 후에는 반원들에게 영화나 연극 등으로 메시지를 전달하고, 반장은 애국반상회 보고서를 상급연맹에 제출하여 점검을 받았다. 이렇게 반상회는 당국의 지시나 선전 메시지를 전달하는 것 외에도 또 다른 역할을 담당하고 있었다. 그것은 반장을 비롯하여 같은 반인원끼리 얼굴을 익히게 되므로, 도시에서 이웃 간의 관계를 가깝게 만드는 것이다. 그 결과 전차나 버스 안 등에서 서로 인사를 교환하게 되고, 집단적 압력이 형성되어 청소에 참여하도록 하거나 모금이 걷히도록 작용하기도 하였다.[82]

1943년 11월호에 실린 박인수의 「가을하늘」(1943년 11월호, 3~4쪽)은 '위문대'를 소재로 한 친일 동화이다. 영자와 복동이는 남매로 국민 학교에 다니는 어린 학생들이다. 뜨거운 여름이 지나가고 찾아온 가을을 즐기며 복동이와 영자는 하교길을 걷는다. 영자의 오빠는 먼 북지(北支)로 싸우러 나갔다. 영자는 오빠를 떠올리며 오빠에게 위문대(慰問袋)를 보내고 오빠에게서 답장을 받는다. 너무도 기뻐하고 행복해하는 오빠의 편지를 받고 영자와 복동이는 "위문대는 전지의 병정들을 그렇게까지 반갑게 할 수 있는 것인가?"라고 생각하고 동생 복동이에게 "얘! 우리들이 합해서 위문대를 맨드러보면 어떠냐?"[83]라고 제안하여 오빠에게 보낼 위문대를 만든다. 전장에 지원병으로 나갈 수 없는 조선의 어린이들은 총후보국을 수행하기 위해 전선에 있는 지원병들을 위해 위문대를 보내는 것으로 병사들의 사기를 북돋고 위로해주는 역할을 부여받고 있는 것이다.

---

82 이종민, 「전시하 애국반 조직과 도시의 일상 통제」, 『동방학지』 124, 연세대학교 국학연구원, 2004, 867~868쪽.

83 『아이생활』, 1943년 11월호, 4쪽.

3) 스파이 담론과 대동아공영권의 신체제 :『마경천리』

『아이생활』에 실린 장편소설『마경천리』(1940.4~)는 당대에 유행한 스파이 담론과 신체체운동의 구호를 반영하고 있는 작품이다.『마경천리』의 내용은 다음과 같다. XX상사회사의 고급사원인 아버지가 가족들을 데리고 "이태리 로마"로 출장을 가게된다. 주인공인 세웅군과 누이동생 숙경이 부모를 따라 이태리에 가기 위해 탄 배에서 스파이를 만나고 스파이가 배를 침몰시켜 무인도에서 표류하다 마지막으로 무인도에 있던 스파이 소굴을 폭파하고 무사히 무인도를 빠져나와 집으로 돌아간다는 내용이다. 이 소설의 초반부에서는 스파이에 대해 암시하고 경고하는 내용이 나오고 용감한 주인공들이 스파이를 물리치는 내용으로 소설 내용이 마무리 된다.

조선에서 스파이 담론은 1930년대 초반부터 유행했다. 특히 스파이 담론이 본격화하는 것은 중일전쟁을 전후한 시기이다. 경무당국은 '불경 사건, 불온언론 사건, 치안유지법 위반 사건, 첩보모략 사건'을 중요한 4대 현안으로 제시한다. 조선에서 첩보모략 범죄와 관련된 집단으로 제시된 것은 중국계, 소련계, 미영계의 외국인 및 이들과 관련된 '내국인'이었다.[84]『마경천리』에서도 스파이로 등장하는 '윌리엄'은 영국인으로 나타난다.

이 소설의 초반부에 나타나는 내용인 스파이에 의한 일본배 침몰 사건과 소설 속 한 인물이 주인공에게 스파이의 위험성에 대해 경고하는 내용을 보면 다음과 같다.

> 한데 숙경양의 한반 동무 경순이는 근심스럽게 말하였다.

---

84 정종현, 위의 책, 291~292쪽.

『며칠전 신문에 인도양에서 일본배가 침몰했다는 기사가 났더라. 네가 탄 배는 무사히 갔으면 좋겠다만은』

『넌 별걱정을 다하는구나. 저러니깐 머리가 자꾸 빠지지.』

남을 핀잔주기로 유명한 명희가 불쑥 말하니까

『넌 아지두 못하는게 남 핀잔은 잘주더라. 요새 스파이가 일본배를 노리고 있단다.』[85] (밑줄은 인용자)

소설 초반부에서 이미 스파이에 대한 경고와 일본 배를 침몰시키고 다니는 스파이의 위험성이 나온다. 이후에도 소설의 내용은 일본을 위협하고 나쁜 음모를 꾸미는 스파이를 물리치는 것이 주요 골자인데 식민지시기 스파이-탐정소설은 당대에 유행한 스파이 담론과 이를 반영한 동시대 문학, 문화와의 관련 속에서도 이해할 필요가 있다. 예컨대 중일전쟁을 배경으로 중국계 스파이단의 암약과 이에 연결된 내부자 조선인의 군용열차 폭파음모를 중요서사로 하는「군용열차」, 만주를 배경으로 마적 이야기와 스파이 담론을 결합한 윤백남의「사변전후」등 대중서사는 물론이거니와 한설야의『대륙』,『국민문학』을 배경으로 활동한 경험을 바탕으로 식민지 말기 경성문단을 다룬 재조선 일본인 작가 타나카 히데미츠의『취한 배』등에서도 스파이 서사는 당대 정치현실을 재현하고 전시체제하 조선인의 존재론적 위치를 그려내는 핵심 장치로 사용되었다.[86]『마경천리』에서는 스파이에 대항하는 세웅의 가족들이 자신들의 정체성이 일본인이라는 것을 강하게 드러내는데, 내선일체와 황국신민화 정책에 의해 일본인으로 존재하고자 하는 조선인의 모습이 나타난다. 주인공인 세웅이의 아버지는 스파이가 일본 배를 침몰시켰

85『아이생활』, 1940년 4월호, 26~27쪽.

86 정종현,『동양론과 식민지 조선문학』, 창비, 2011, 285~286쪽.

다는 뉴스를 듣고 강한 남성상을 드러내며 '일본인'으로서 일본 경제를 발전시키는 사명을 띠었기에 이태리 여행을 포기할 수 없다는 다짐과 '일본인'으로서의 긍지를 드러낸다.

『아버지! 우리가 타고갈 기선은 염려없지요?』

세웅이는 심상치 않은 양친의 얼굴을 번갈아 치어다보면서 말하였다. 숙경이는 아무말 없이 그 큰눈을 더욱 크게 뜨고 얼굴이 해쓱해 앉아있다.

(……)

『걱정할거없소, 내일 신호(新戸)로 갑시다. 일본배가 두척쯤 조란당했다고 우리가 탄배 마저 화를 당하란 법은 없으니까. 확실히 스파이의 소행인지두 모르구 또 스파이의 소행이라구 발표가 되었더라두 그것이 무서워서 출발을 주저하거나 연기하거나 하는 것은 부끄러운 노릇이니깐……』

세웅이는 이 남자다운 아버지 말씀에 깊이 감동이 되어 더욱 아버지를 공경하는 마음으로 우러러보았다.

『우리는 경제적으로 중대한 임무를 띠고 가는이만치 하루라도 지체하면 그만큼 우리나라의 손실이니깐, 예정을 변경할수는없어.』[87]

세웅의 아버지가 말하는 '우리나라'가 일본을 지칭하는 것임은 자명하다. 이 대화에서 보듯 세웅의 가족들은 내선일체와 황국신민화 정책에 따라 일본인으로서의 정체성을 가진 조선인이며, 일본을 위해 위험한 상황을 감수하고 용기를 낼 수 있는 애국심 강한 일본인의 정체성을 가진 가정이다. 이러한 이들의 일본인 정체성은 이후 이들이 배에 올라 무인도에 조난당한 뒤 스파이의 위협이 강해질수록 더욱 강해진다. 세웅은 배에 탄 뒤 한 영국인을 스파이일 가능성이 높다고 지목하

---

87 『아이생활』, 1940년 4월호, 27~28쪽.

고 경계한다. '아시아의 해방'을 내건 영미와의 '성전'이 대동아공영권의 슬로건이었던 만큼 '앵글로색슨'과 관련된 것은 스파이이자 악으로 규정된다.

『이쪽을 향하구 모른척하구 있어, 저기 수상한 사람이 있으니깐……』

『응?』

세웅이는 낮은 음성으로

『저 우리 바른편 저쪽에 영국사람이 서있지, 저사람이 암만해두 물장수하단말야. 아까부터 망원경으로 바다를 바라보는 꼴이……』

『우리처럼 고래를 찾나보는게지.』

『애 바보같으니. 저 영국사람은 홍꽁(香港)에서 탔는데 내가 보기에는 그때부터 수상해보이더라. 지금 망원경을 들여다보는 것은 필경 흥아환에 가까이 오는 배를 찾는 것이 틀림없다.』

『왜?』

『스파이야』[88]

세웅은 그가 영국인이라는 이유만으로 수상하다고 생각하며 논리적인 근거와 증거도 없이 그를 스파이로 규정한다. 그리고 그가 망원경으로 바다를 구경하는 모습에 대해 후에 자신이 탈 배를 찾으려는 의도이며 스파이가 분명하다고 정리해버린다. 논리적이지 않고 명확한 근거도 없이 영국인이라는 사실만으로 스파이로 의심받고 확정되는 것은 귀축영미(鬼畜英米)로 대변되는 서구세력에 대한 적대감을 그대로 드러내는 것이다. 세웅이 스파이로 규정한 영국인이 자신의 아버지와 좋은 분위기에서 즐거운 대화를 이어갈 때도 세웅은 "글세 내 말만 믿으라니깐

88 『아이생활』, 1940년 4월호, 29쪽.

그러는구나. 저렇게 태연자약하게 앉아 이사람 저사람에게서 비밀을 알아내려는 계획이야. 한번봐서 스파이구나! 대번 알게되는 스파이라면 누구든지 정신을 반짝채리니깐 스파이로서의 중대한 임무를 어떻게 이행하겠니? 그러니까 스파이는 남이 알지 못하게 남이 의심내지 않게 차림차림을 하는 것이란다."[89]라고 말하며 주변인, 특히 '앵글로색슨'족을 경계하고 빠르고 정확하게 스파이를 식별해낸다. 아직 나이어린 소년인 세웅의 이러한 경계와 식별은 '스파이'를 경계하고 식별하고 색출해내야 한다고 강조하는『아이생활』의 다양한 기사들과도 상통한다.『아이생활』 1940년 8월호에는「시국 독본―'스파이를 막자'」라는 특집 기사가 실렸다.

1. 스파이란 무엇인가?

스파이란 알기쉽게 말한다면 남의나라의 비밀을 몰래 살펴다가 자기나라에 알려주는 무서운 나라 도적놈입니다. 이런고약한 도적들이 우리 일본나라에도 많이 들어와서 가진수단으로 우리나라의 비밀을 알려고 꾀하고 있습니다. 옛날의 전쟁은 군대와 군대가 서로싸움을 했기 때문에 스파이도 적국의 군대만을 엿보았지만 지금의 전쟁이란 군대와 국민이 힘을합하여 싸움을 하기 때문에 스파이들도 요국으로 알리워준답니다. 가령 무기를 만드는데도 옛날에는 군인들만이 만들었지만 요지음에는 국민들과 나노아 여러공장에서 만수를 알어봅니다. 그래서 적국군대의 병력이 얼마나되며 어떠한 작전을 하고있는가, 그것을 다- 알어 낸답니다. 이런것만 먼저 알어낸다면 벌써 그나라는 전쟁하기전에 승리를 한셈이랍니다.[90]

89『아이생활』, 1940년 4월호, 30쪽.
90『아이생활』, 1940년 8월호, 4쪽.

『아이생활』에 실린 스파이 특집 기사를 보면 당시의 스파이 담론에 대해 자세히 알 수 있으며 스파이 담론을 어린이들에게 어떤 방식으로 전하고 교육시키려 했는지에 대해서도 알 수 있다. "우리 일본나라"라는 표현을 사용한 것을 보면 『아이생활』은 이미 내선일체 정책을 충실하게 수행하고 있으며, "지금의 전쟁이란 군대와 국민이 힘을합하여 싸움을 하기 때문에" 일반 국민들도 스파이의 활동을 경계하고 주의해야 한다고 설명한다. '3. 스파이를 막자' 항목에서는 "여러분은 가령 총을 들지 않었다 하드래도, 제일선에는 나서지 않었드래도 우에말한바와같이 전국민이 마음과뜻을 합하여 전쟁하고 있다는 것을 언제나 머릿속 깊이 삭이어두고 여러분은 물론 여러분에 아버지나 형님이나 선생들도 다 같이 병대가된셈으로 이무서운 스파이, 나라를 도적하려는 스파이를 막읍시다."라고 주장하며 스파이에 대해 경계하고 그들이 식별해낼 것을 요구한다. "기차에 탔을 때나 정거장같이 사람이 많이 뫃여있는곳에는 반듯이 스파이가 귀를 기우리고 있으니까 될수있는대로 말을하지"않음으로써 스파이를 경계하고, "조곰이라도 수상스러운 사람이있거든 얼른 아버지나 선생들에게 의론하여 헌병대나 경찰서에 알리도록" 노력함으로써 어린이들 역시도 스파이 담론에 포섭할 수 있도록 노력하였다.[91] 「마경천리」의 주인공 소년인 '세웅'이 스파이를 경계하고 식별해내는 모습은 당시의 일제의 스파이 담론이 원하는 이상적인 '제2소국민' 어린이의 모습이다.

『마경천리』에 '선(善)'으로 등장하는 인물에는 박물학자이자 탐험가인 '김병호'가 있다. 그는 여러 오지 나라를 탐험한 경력이 있는 탐험가로서 영국인 스파이 윌리엄에 의해 배가 폭발하여 난파되고 바다에 빠진 세웅과 숙경을 구해 무인도에서 함께 표류하는 인물이다. 원만하고 호

91 『아이생활』, 1940년 8월호, 5쪽.

방한 성격을 지닌 것으로 묘사되는 김병호는 무인도에서 구조를 기다리며 세웅과 숙경을 돌보고 무인도를 빠져나가기 위한 배를 만든다. 배를 만든 후 김병호는 무인도의 해변가의 모래사장에 "이섬은大日本帝國의領土다. 金韓島라 명명한다. 昭和十X年X月X日"[92]라고 글씨를 쓰고 자랑스러워한다. 『마경천리』에 등장하는 선한 조선인들은 철저하게 황국신민화되어 내선일체 규정을 따르는 '일본인'의 정체성을 갖는다.

스파이로 등장하는 영국인 '윌리엄'은 시종일관 악랄한 스파이이자 적으로 그려진다. 작중에 등장하는 스파이 소굴인 '기암성'으로 끌려간 세웅과 숙경 남매는 윌리엄과의 대화에서 자신들의 '일본인'으로서의 정체성을 드러내고 정의로운 인물로 그려진다.

『우리들이 일본인이란 것을 저놈들에게 보여주자. 결코 울거나 무서워해서는 안된다.』

『오빠! 나도 벌서각오햇세요. 그러나 죽기전에 부모님이나 만나스면』

『응—』

(……)

『하하하하, 너잘왔다. 내얼굴이낯이익지.』

별안간 남매옆에서 목소리가 남으로 돌려보니깐

『아! 당신은!』

인도양상에서 침몰한 흥아환에탓든 윌리암이 서있지 않은가?

『응, 날아나보구나. 나는 윌리엄이 틀림없다. 너 때문에 내일의 지장된거이 한두가지가아니다. 이제는 거네에게 그보복을 할차례다』

『듣기싫다. 일본배를 침몰식히고 죄없는 선객을 수백명이나 물귀신을맨든 흉악한놈, 너같은놈은 이렇게 버릇을 가르켜야한다.』[93]

---

92 『아이생활』, 1940년 5월호, 59쪽.

위의 인용문을 보면 세웅은 '좋은 일본인 되기' 뿐만 아니라 "죄없는 선객을 수백명"이나 죽게 만든 악인 윌리엄을 책망하는 의로운 어린이다. 식민지 말기의 스파이 담론을 연구한 권명아에 따르면 국민 방첩은 "'국민'의 일상생활 전체를 잠재된 적에 대한 공포를 통해 규율함으로써 일상적으로 끝없이 '좋은 일본인 되기'의 실천을 수행하게 하는 주체화의 역학"[94]으로 설명한 바 있다. 『마경천리』의 주인공 세웅은 반복해서 자신이 일본인임을 역설하며 의로운 행동을 하고 영국이자 백인 스파이인 윌리암은 세웅의 '좋은 일본인 되기'를 세웅의 주변을 맴돌면서 끊임없이 강화하는 역할을 한다. 윌리엄의 위협 앞에서 세웅과 세웅의 아버지가 보여주는 행동과 대사는 이러한 주장을 뒷받침한다.

『고집을부리지말고 내말을들으면 네사람의목숨을 구해줄텐데 그래.』
윌리암은 이러한기회를 맨들랴고 남매를 식인수에서 구해냈든 것이다.
『아버지! 안됩니다. 우리나라의비밀을 절대로 말슴허시지마세요. 저이들은 죽어도상관없습니다.』
『저도 벌서 각오했세요.』하고 숙경이도 덩다러 자기결심을 말하였다.
『응, 기특하다. 내아들이고 내딸이다.』[95]

『응, 이래도 미스터한! 비밀을 토설하지 않을테야?』
『듣기싫다. 우리는 일본인이다. 가령자식이 죽는다고하드라두 우리나라의 비밀을파는 매국노는 되고싶지않다.』[96]

---

93 『아이생활』, 1940년 11월호, 31쪽.
94 권명아, 『역사적 파시즘—제국의 판타지와 젠더 정치』, 책세상, 2005, 226쪽.
95 『아이생활』, 1940년 11월호, 32쪽.
96 『아이생활』, 1940년 11월호, 33쪽.

영국인 스파이인 윌리엄이 세웅의 아버지에게 기밀을 누설할 것을 종용하자 아들인 세웅은 아버지에게 자신들은 죽어도 상관없으니 절대로 '우리나라(일본)의 비밀'을 말하지 말라고 하며 아버지는 그런 아들 딸을 매우 기특해한다. "우리는 일본인"이며 "죽는다고 하드라구 우리나라의 비밀을 파는 매국노"는 되고 싶지 않다고 말하는 세웅의 아버지는 충실한 황국신민의 모습을 예표한다. 목숨을 걸고 '우리나라'인 일본의 비밀을 지켜려 하는 가족의 모습은 '국민방첩'의 실현과 그에 준하는 이상적인 '좋은 일본인' 가정의 모습을 구현해낸 장면이다.

이처럼 『아이생활』은 정인과를 비롯하여 『아이생활』 발행에 참여한 주요 기독교계 인사들의 변절 이후 친일의 길을 걸으며 다양한 친일 기사와 친일 아동문학 작품들을 실었다. 이 시기 『아이생활』의 독자란인 「우리면회실」에는 "그런대 선생님! 요사이는 웬일인지 아이생활을 받아 읽을때마다 좀 섭섭한감이듬니다. 좀 더자미있는 이야기가 읽고 싶습니다. (……) 지대는 얼마든지 많아도걱정안되겠것만 내용이 쓸쓸하여 걱정입니다."[97] "생각컨데 나의사랑의불덩이로 안고놀든 아이생활 (……) 페지수도 작고 내용도…… 나는 과거를잊으려는 사람이요 이지옴나오는 본지에 기재동화도 없고 모험소설도없으니 어듸를붓들고 정을들일지 망막합니다. 맑은가을하날 외로히떠가는 저기럭이보다 더 애처롭습니다. 아이생활이 非常時에 마음대로 못하는줄은 이미모르는바는아니나…… 평안이."[98] 등과 같이 『아이생활』의 변절과 변화에 대해 안타까움과 섭섭함을 표하는 투고들이 실렸다. 『아이생활』의 변절은 그 당시 독자들에게도 여러 가지 측면에서 실망이 되었던바, 일제로부터 수모를 당하느니 당대의 다른 잡지들과 같이 붓을 꺾었더라면 '일제 말기'의

97 『아이생활』, 1943년 3월호, 63쪽.
98 『아이생활』, 1941년 9 · 10월 합본호, 45쪽.

『아이생활』이 한국 아동문학사의 어두운 측면으로 남는 것을 모면할 수 있지 않았을까 하는 아쉬움이 크다.

제5장
『아이생활』의 문학적 의의

본 연구서는 일제강점기 기독교 아동잡지 『아이생활』을 분석하고 연구하는 것에 목적을 두었다. 『아이생활』은 식민지 조선의 기독교 지도자들이 중심이 되어 창간된 매체로 조선주일학교연합회를 비롯한 기독교 관련 인사들 다수와 선교사들의 참여가 있었다. 그리하여 자연스럽게 기독교적 종교지의 성격을 지향하는 측면이 있었다. 그러나 『아이생활』에 실린 기사와 문예물들을 검토해 보면 종교적인 내용의 작품만 존재하는 것이 아니라 종교적 배경이 없는 아이들도 재미있게 읽을 수 있도록 다양하고 다채로운 내용과 양식의 작품들이 존재함을 알 수 있다.

『아이생활』이 창간되었던 1920년대는 아동문학이 독자적인 장르로 성립해서 소년운동과 더불어 폭넓은 사회적 반향을 불러일으킨 시기이다. 당시 소년운동과도 호응을 이루며 아동문학의 주요 발표무대가 되었던 매체는 『어린이』(1923~1935), 『신소년』(1923~1934), 『별나라』(1926~1935), 『아이생활』(1926~1944)이다. 『아이생활』은 기독교 색채를 명시적으로 내세웠기 때문에 다른 잡지들과 구별된다. 『어린이』는 천도교와 개벽사의 민족사회운동이 소년운동과 아동문학 분야로 나타난 결과물이다. 한편 『신소년』은 신명균을 주축으로 조선어학회나 대종교와 연결되어 있었다. 『별나라』는 동심천사주의적 경향을 나타내다가 1930년대 이후 급속히 계급주의 노선으로 선회하였다.[1] 반면 『아이생활』은 조선예수교서회와 조선주일학교연합회를 비롯한 기독교계 인사들과 선교사들이 관여하여 시종일관 기독교적 색채를 띠며 잡지를 운영해 나갔다. 인적 토대, 물적 토대 및 주요 독자층 모두 기독교와 깊이 관련되어 잡지가 운영되었다.

본고에서 『아이생활』을 연구한 결과 『아이생활』의 문학사적 의의는 다음과 같다. 첫째, 기독교 문학지로서 기독교 아동문학을 모색했다는 점이다. 『아이생활』은 기독교 문예지를 표방하고 발간된 잡지로서 기독교 아동문학의 창작을 다양하게 모색하였다. 우선 『아이생활』의 필자들이 동화 창작을 학습함에 있어 사용했던 교재가 미국의 기독교계에서 사용되던 동화 작법서를 번역한 것이었다. 조선주일학교연합회에서 발간한 『신선동화법』과 『동화연구법』이 그 책들이다. 미국인 선교사 피득(彼得, Alexander Albert Pieters)이 역술하고 도마련 선교사가(都瑪蓮; M. B. Stokes)가 발행한 『동화연구법』(1927)과 탐손 박사의 동화이론 강연을 강병주(姜炳周) 목사가 정리한 『신선동화법(新選童話法)』(1934) 이 두 책은 주일학교의 동화구연자를 위해 펴낸 동화이론서이다. 『신선동화법』과 『동화연구법』에는 『성경』의 일화들을 동화 창작의 모범이자 예시로 들며 동화 작법을 서술하였다. 그리고 성경에 나오는 모티프들을 동화 창작에 적극 활용할 것을 독려하였다.

동화, 동요, 아동극 등에서 기독교적 아동문학이 많이 발견되는데, 가장 많이 창작된 기독교 아동문학은 '동화' 분야이다. 『아이생활』은 창간호에서부터 기독교적 교훈과 신앙이 담겨 있는 동화를 창작하였다. '단계생'이라는 필명을 쓴 작가의 동화 「貯金은?」이라는 동화는 창간호에

1 원종찬, 『한국 아동문학의 계보와 정전』, 청동거울, 2018, 10쪽.

실렸다는 점에서 잡지가 앞으로 지향하게 될 바를 보여주는 측면이 있는데, 이 동화에는 선행의 실천과 하나님께 기도를 하는 내용이 나온다. 이후에는 기독교의 교훈주의적인 작품만 실린 것이 아니라 「구약성경」에 등장하는 다양한 일화와 모티프, 초자연적인 요소들을 이용하여 작품을 창작한다. 특히 「구약성경」에 등장하는 다양한 초자연적 요소와 일화들을 사용하여 동화를 재창작한 것은 한국 아동문학의 판타지적 성격을 형성하는 것에 도움을 줄 수 있었던 것으로 보인다. 『아이생활』의 작가들이 창작한 기독교 아동문학에는 신앙심을 길러주는 것과 동시에 아동들에게 윤리와 도덕성을 강조하는 교육적 메시지를 담은 작품들이 많았고, 이러한 작품들은 아동들이 올바른 생각을 가지고 성장할 수 있도록 돕는 역할을 했다고 볼 수 있다.

두 번째, 유년문학의 활성화이다. 김동길은 날파람, 은방울, 금잔디, 새파람 등의 필명을 사용하여 유년문학을 실었다. 김태오, 이성락, 주요섭, 임원호, 임홍은, 임동은 등의 다수의 작가들이 유년문학 집필에 참여하였다.

『아이생활』에 게재된 유년 동화들을 분석해보면 공상성-유희성-웃음이 한데 어우러져 '재미있는 이야기'로 나타나고 있음을 알 수 있다. 공상성, 유희성은 유년기 아동들이 갖는 특성이다. 유년기는 전조작기에서 구체적 조작기로 넘어가는 시기로 자연계의 동식물이나 사물을 살아있는 대상으로 여기는 물활론적인 사고방식을 지니고 있다. 따라서 유년문학에서는 자연물이나 사물을 의인화하여 유년기의 특성을 반영하는 작품들이 창작되었다. 이렇게 물활론적 사고를 반영한 동화들에는 자연스럽게 상상의 세계를 펼치는 판타지적 성격, 공상성이 나타난다.

『아이생활』에 실린 유년문학들이 보이는 또 다른 특징은 유희성이다. 유년기에는 놀이를 통하여 세상을 경험하고 자신을 표현하며, 놀이를 통해 일상의 규범에서 벗어난 상상의 세계를 경험하게 된다. 『아이생활』에 게재된 동화를 살펴보면 이렇게 공상성과 유희성이 함께 어우러지면서 웃음과 해학이 나타나는 작품이 다수 발견된다. 의인화된 동·식물과 어린이들의 일상 생활을 그려낸 놀이의 세계에는 웃음을 유발할 수 있는 요소들이 존재하며, 옛이야기의 서사에서 영향받은 것으로 추측되는 해학적 요소들이 있다.

세 번째, 주일학교와 연계된 아동극의 활성화이다. 1920년대 초에는 '유년'주일학교와 유아·유치원에서의 가극공연 외에도 다양한 아동극 공연이 이루어졌다. 1920년대 서구 근대극이 서서히 도입되었다 하더라도 한국 어린이연극의 초기 기록은 이보다 훨씬 앞선다. 국내 어린이 연극공연에 대한 초기의 기록들은 대부분 개신교 교회 안에서 펼쳐진 교회극과 밀접한 관련을 맺고 있다.

19세기말 무렵 서구 선교사들에 의해 한국에 처음으로 개신교가 소개되었을 때 개종을 했던 대부분의 사람들은 천민계급과 문맹인이었다. 이러한 상황으로 인해 초기 개신교 교회의 선교방법은 마치 서양의 중세극처럼 성경의 이야기를 무대화하는 것이었다. 특히 어린이들을 위해 선교사들은 주일학교에서 기독교적 메시지를 담은 연극 공연으로 성경의 내용을 보다 효과적으로 전달할 수 있었다.[2]

기독교 어린이 잡지였던『아이생활』에는 창간호에서 이미 아동극이 2편이나 게재되었다. 붙잡은 참새를 소중히 돌봐주고 다시 자연 속으로 보내주어 동물을 사랑하는 마음을 기르도록 하는 내용의 김현순의「앵무의 가정」(1926년 3월호, 29~37쪽), 할머니와 할아버지가 하나님의 선물로 생선이 열리는 나무와 금상자를 얻는다는 내용의 정남연의「침묵과 다언」(1926년 3월호~5월호, 44~51쪽)이 해당 작품들이다. 이 작품은 교훈성

2 한은숙,『한국어린이연극의 발달과정에 관한 연구』, 성균관대학교 박사학위논문, 2005, 28~29쪽.

이 강하고, 기독교적인 요소들을 작품 곳곳에 배치하였으며 창간호 이후로 2회 더 연재된 장편 아동극으로 이후『아이생활』에 실릴 작품들의 방향성을 예상할 수 있게 해주는 작품이다.『아이생활』에는 기독교적 색채의 성극을 통해 어린이들에게 성경의 내용을 교육하였으며 기독교적 교훈을 가르치기 위해 노력하였다. 교훈성뿐만 아니라 희극적 성격을 살린 재미있는 작품도 다수 실렸으며, 물활론적 세계관의 아동극을 창작하여 유년을 고려한 작품들도 다수 실었다. 또한 서구권 명작 동화들에 등장하는 모티프들을 활용하여 아동극을 창작하기도 하였다. 다채롭고 재미있는 아동극이 다양하게 실린『아이생활』은 기독교계에서 활발하게 전개된 아동극과 아동극 공연 문화를 발전시키는 데 역할을 한 하나의 장으로서 한국 아동극에 남긴 문학적 의의가 크다.

『아이생활』은 발간기간이 긴 만큼 1937년을 기점으로 잡지의 성격이 미세하게 변화된다. 1937년 2월호에 실린 정인과의 권두언[3]에는 연약한 민족을 발전시키기 위해서 먼저 일본이 가진 문명의 힘을 인정하고 배워야 한다는 주장이 나타나며 여기에서 정인과의 태도가 변하는 것을 확인할 수 있다. 1937년을 기점으로 1940년대에 들어서면서『아이생활』에는 친일 작품들이 다수 실린다.

1940년대에 들어서면서 식민지 조선의 기독교인들과 기독교 지도자들은 천황 숭배와 정통 기독교가 혼합된 혼합 종교인 일본식 기독교를 받아들였고, 일본식 '기독교'를 받아들였으니 기독교를 배도한 것이 아니라는 자기 위안식 논리를 만들어 적극적인 친일을 하였다. 이 친일 인사들 중에는 정인과를 포함한 1940년대『아이생활』의 편집주간들도 포함되어 있었다. 그들의 변질된 신념을 따라『아이생활』에는 친일 아동문학으로 분류될 만한 친일 작품을 다수 게재된다.

3 정인과,「몬저 착한 마음에서부터」,『아이생활』, 1937.2, 8~9쪽.

이들 친일 작품들은 신체제운동의 전쟁의식을 고취시키려는 작품, 총후보국에 포섭되는 조선 아동, 스파이 담론과 대동아공영권의 신체제에 기반하고 있다. 『아이생활』의 친일 작품들은 식민지 조선 기독교계의 친일과 밀접한 관련이 있다.

『아이생활』은 1930년대 후반 이전에는 다양하고 재미있는 아동문예물들을 실었고, 특히 민족주의적 기독교의 색채가 강한 시기에는 민족정신과 민족주의 색채가 강한 작품들을 게재하며 한국 아동문학사에 남을 수 있는 작품들을 실은 아동잡지라고 평가받을 수 있었다. 하지만 『아이생활』은 1930년대 후반 이후 친일의 길을 걸으면서 앞서 세운 공적마저 훼손될 수 있는 치욕적인 길을 걸었다. 그런 부분에서 안타까운 점이 있지만 『아이생활』은 한국 아동문학사에서 가장 긴 기간 발행된 잡지인 만큼 아직도 연구되지 못한 부분과 작품들이 있으며 결호도 존재하여 차후 연구가 더 진행되어야 하는 부분들이 남아 있다. 『아이생활』의 결호를 발굴하고, 『아이생활』에 실렸으나 아직 연구되지 못한 많은 작품들의 연구가 계속 진행된다면 『아이생활』 연구와 앞으로의 한국 아동문학사 연구에 더욱 큰 진전이 있을 것으로 기대한다.

참고문헌

1. 자료

『아이생활』, 『성경』, 『조선일보』, 『동아일보』, 『개벽』, 『매일신보』, 『친일인명사전』, 『일제감시대상인물카드』, 『윤치호 일기』, 『죠선크리스도인회보』, 『그리스도신문』

탐손 박사 저, 강병주 목사 필기, 『신선동화법』, 조선 야소교 장로회 총회 종교 교육부, 1934.

피득 역술, 도마련 발행, 『동화연구법』, 조선주일학교연합회, 1927.

2. 국내논저

가스펠서브, 『교회용어사전 : 교리 및 신앙』, 생명의말씀사, 2013.

강란혜, 「기독교 세계관에서 본 아동관」, 『한국일본교육학연구』 Vol.7, 한국일본교육학회, 2003.

권명아, 『역사적 파시즘—제국의 판타지와 젠더 정치』, 책세상, 2005.

권영민, 『한국현대문학대사전』, 서울대학교출판부, 2004.

권혁래, 「근대 한국 전래동화집의 문예적 성격 고찰」, 『韓國文學論叢』 Vol.76, 한국문학회, 2017.

______, 「문학 : 일제 강점기 호랑기, 토끼 서사의 양상과 문학교육」, 『溫知論叢』 22, 온지학회, 2009.

권혁주, 「雪崗 金泰午 童謠 硏究」, 『한국아동문학연구』 20, 한국아동문학학회, 2011.

권희주, 「'제국일본'의 중등학교 활공교육—아시아태평양전쟁시기를 중심으로」, 『일본학』 42, 동국대학교 일본학연구소, 2016.
교육부 국사편찬위원회, 한국독립운동사 자료 38 종교운동편, 2002.
김득룡, 「한국주일학교사 연구」, 『전국주교30년사』, 대한예수교장로회 전국주일학교연합회, 1985.
김승태, 『한말 · 일제강점기 선교사 연구』, 한국기독교역사연구소, 2006, 20쪽.
______, 「정인과 목사 : (鄭仁果, 창씨명 : 德川仁果, 1888~1972)」, 『한국기독교와 역사』, 한국기독교역사연구소, 1994.
______, 『한국 기독교의 역사적 반성』, 다산글방, 1994, 393쪽.
김인수, 『한국 기독교회의 역사』, 쿰란출판사, 2012.
______, 『일제의 한국 교회 박해사』, 대한기독교서회, 2006, 110쪽.
김용안, 『키워드로 여는 일본의 향』, 「일본의 건국신화」, 제이앤씨, 2009.
김정철, 「그림형제 동화의 주인공과 조력자 연구」, 『독일어문학』 67, 한국독일어문학회, 2014.
______, 「그림형제 동화의 등장인물 연구—역할과 기능에 따른 등장인물의 분류」, 『독일어문학』 Vol.62, 한국독일어문학회, 2013.
김제곤, 「1920년대 창작동요의 정착과정 연구」, 『아동청소년문학연구』 No.3, 한국아동청소년문학학회, 2008.
김화선, 「대동아공영권의 전쟁동원론과 병사의 탄생—일제 말기 친일 아동문학 작품을 중심으로」, 『인문학연구』 Vol.31 No.2, 충남대학교 인문과학연구소, 2004.
김현숙, 「근대 초기 기독교 여성과 기독교적 여성교육」, 『기독교교육논총』 59, 한국기독교교육학회, 2019.
노영숙, 『내한 선교사들의 기독교 교육과 의의 : 부산 · 경남지역을 중심으로(1884~1941)』, 慶尙大學校 박사학위논문, 2012.
대한기독교교육협회, 『한국기독교교육사』, 대한기독교교육협회, 1974.
류덕제, 「한국 근대 아동문학과 『아이생활』」, 『근대서지』 No.24, 근대서지학회, 2021.

류덕제, 「『아이생활』 발간 배경 연구」, 『국어교육연구』 No.80, 국어교육학회, 2022.
류대영, 『초기 미국 선교사 연구』, 한국기독교역사연구소, 2001.
______, 『개화기 조선과 미국 선교사』, 한국기독교역사연구소, 2004.
박금숙, 「일제강점기 『아이생활』의 이중어 기능 양상 연구—1941~1944년 『아이생활』을 중심으로」, 『동화와 번역』 Vol.30, 건국대학교 동화와번역연구소, 2015.
박인경, 『1930년대 유년문학의 형성과 전개에 관한 연구』, 인하대학교 대학원 박사학위논문, 2021.
백낙준, 『한국개신교사』, 연세대학교출판부, 1998.
백정숙, 「『아이생활』에 게재된 만화 연구」, 『근대서지』 No.24, 근대서지학회, 2021.
백혜리, 「아동관 연구를 위한 개념적 구조」, 『교수논총』 Vol.17, 서울神學大學校, 2005.
______, 「해방전 한국인의 아동관 변천 : 1876~1945」, 『열린유아교육연구』 No.2, 한국열린유아교육학회, 2006.
서정민, 『한일 기독교 관계사 연구』, 대한기독교서회, 2002.
손원영, 「한국초기 주일학교의 특성에 대한 연구」, 『기독교교육논총』 18, 2008.
손은주, 「독일 민담 속의 난쟁이 연구 -그림형제의 민담을 중심으로」, 『괴테연구』 27, 한국괴테학회, 2014.
송명호, 『유아극의 이론과 실제』, 백록출판사, 1983.
송수연, 「식민지시기 소년탐정소설과 '모험'의 상관관계 : 방정환, 김내성, 박태원의 소년탐정소설을 중심으로」, 『아동청소년문학연구』 8, 한국아동청소년문학학회, 2011.
손증상, 『1920~30년대 아동극 연구 : 『어린이』, 『신소년』, 『별나라』를 대상으로』, 경북대학교 대학원 박사학위논문, 2018.
신동흔, 「한국과 독일 설화 속 원조자의 형상과 의미—신령과 난쟁이의 거리에 얽힌 세계관적 편차」, 『古典文學硏究』 Vol.47, 한국고전문학회, 2015.
심성경, 「고대사회~16세기 유아교육」, 『유아교육개론』, 창지사, 2024.
심지섭, 「최병화의 해방기 장편 소년소설 연구—해방기 도시 · 농촌의 지역성 인식을 중심으로」, 『아동청소년문학연구』 21, 2017.
안동교회 역사보존위원회, 김창제 일지 1926, 안동교회역사보존위원회, 2010.
양영란, 「그림 형제와 푸쉬킨 낭만주의 민담 비교 연구」, 『슬라브학보』 28, 한국슬라브유라시아학회, 2013.
원종찬, 『아동문학과 비평정신』, 창비, 2016.
______, 「순수와 동심, 타락한 천사의 기원 : 1930년대 아동문학의 몇 가지 문제」, 『창비어린이』, ,2016.3.
______, 『한국 아동문학의 쟁점』, 창비, 2010.
______, 『한국 아동문학의 계보와 정전』, 청동거울, 2018.
연동교회 편, 『연동주일학교 100년사: 1907~2007』, 연동교회역사위원회, 2008.
염희경, 『소파(小波) 방정환(方定煥) 연구』, 인하대학교 일반대학원 박사학위논문, 2007.
______, 「근대 어린이 이미지의 발견과 번역 · 번안동화집」, 『현대문학의 연구』 62, 한국문학연구학회, 2017.
오연옥, 「현대소설에 나타난 통신매체 인식 연구」, 『한국문학회』Vol.65, 韓國文學論叢, 2013.
오천석, 『발전한국 교육이념탐구』, 배영사, 1977.
오현숙, 『한국 아동문학의 형성과 장르 분화 : 동화와 아동소설을 중심으로』, 서울대학교 대학원 박사학위논문, 2016.
윤은순, 『1920 · 30년대 한국 기독교 절제운동 연구』, 숙명여자대학교 박사학위논문, 2008.
윤춘병, 『한국감리교교회성장사』, 감리교출판사, 1997.
이동순, 「목일신 작품 서지오류와 발굴작품 의미연구—잡지 『아이생활』을 중심으로」, 『語文論集』 Vol.93, 중앙어문학회, 2023.

______, 「동요작가 목일신의 문학적 생애」, 『한국문학이론과 비평』 58, 한국문학이론과비평학회, 2013, 120쪽.
이문기, 「2～3세기 한반도(韓半島)와 일본열도(日本列島)의 정세(情勢)와 교류(交流)에서 본 연오랑(延烏郎) 세오녀(細烏女) 설화(說話)의 역사적(歷史的) 배경(背景)」, 『동방한문학회』 57, 2013.
이미정, 「『아이생활』 유년꼭지의 시기별 특성 연구 : 형성부터 해체 과정까지」, 『근대서지』 No.24, 근대서지학회, 2021.
______, 「『아이생활』을 통해 본 유년서사물 특징 연구」, 『批評文學』 No.91, 한국비평문학회, 2024.
이은주, 「『아이생활』의 「아가차지」 삽화에 대한 연구1」, 『근대서지』 No.25, 근대서지학회, 2022.
이유정, 「물질문화를 통해 살펴 본 개화기 조선의 미국 : 근대 신문 광고 면에 나타난 미국 제품을 중심으로 (1890～1910)」, 한국아메리카학회 2020 美國學論集 Vol.52 No.3, 92쪽.
이윤진, 「1910년대 개신교 주일학교의 교육활동」, 『한국교육사학』 Vol.30, 한국교육사학회, 2008.
이종민, 「전시하 애국반 조직과 도시의 일상 통제」, 『동방학지』 124, 연세대학교 국학연구원, 2004.
이재철, 『한국현대아동문학사』, 일지사, 1978.
이현진, 「일제강점기에 있어서 전쟁과 한일아동문학 : 아동잡지 『아이생활』을 중심으로」, 『근대서지』 No.24, 근대서지학회, 2021.
장정희, 「康承翰의 아동 서사문학 연구」, 『한국아동문학학회』 25, 한국아동문학연구, 2013.
정달빈, 『주일학교지도법』, 대한기독교서회, 1956, 62쪽.
조은숙, 『탐정소설, 소년과 모험을 떠나다—1920년대 방정환 소년탐정소설의 문학사적 위치와 의의』, 우리어문학회, 2010.
중앙대학교 80년사 편찬실무위원회, 『중앙대학교 80년사 1918～1998』, 중앙대학교출판부, 1998.
정선일, 『한국 기독교 연극의 역사와 그 방향성에 관한 연구』, 중앙대학교 예술대학원 석사학위논문, 2008.
정종현, 『동양론과 식민지 조선문학』, 창비, 2011.
진선희, 「일제강점 말기 『아이생활』 수록 동시 연구—1937년~1944년 수록 동시의 동심을 중심으로」, 『청람어문교육』 No.84, 청람어문교육학회, 2021.
차은정, 「근대화와 영국 아동문학: 문학적 관점에서 아동문학 발전의 역사적 조건 재해석」, 『새한영어영문학』 50권 1호, 2008.
최기숙, 「도시, 욕망, 환멸:18 · 19세기 '서울'의 발견—18 · 19세기 야담집 소재 '상경담(上京談)'을 중심으로」, 『古典文學研究』 23, 한국고전문학회, 2003.
최명표, 「『아이생활』 연구」, 『한국아동문학연구』 No.24, 한국아동문학학회, 2013.
최원규, 『외국민간원조단체의 활동과 한국 사회사업 발전에 미친 영향』, 서울대학교 대학원 박사학위논문, 1996.
최윤실, 『근대 아동잡지와 주일학교 노래집을 통한 한국 동요 재조명』, 이화여자대학교 대학원 박사학위논문, 2019.
최영근, 「정인과의 기독교 민족주의 연구」, 『교회사학』 9, 2010.
______, 『기독교 민족주의 재해석』, 대한기독교서회, 2021.
한국기독교역사연구소, 『한국 기독교의 역사 1』, 기독교문사, 2006.
한국기독교역사연구소 편, 『한국기독교의 역사』2, 기독교문사, 2019.
한국학중앙연구원, 『한국민족문화대백과』
홍승표, 『일제하 한국 기독교 출판 동향 연구 : 「조선예수교서회」를 중심으로』, 연세대학교 대학원 박사학위논문, 2015.
한경자, 「국학자의 『쇄국론』수용과 야마토다마시이(大和魂)의 재정의」, 『일본사상』 Vol.0 No.22, 한국일본사상사학회, 2012.
한은숙, 『한국어린이연극의 발달과정에 관한 연구』, 성균관대학교 박사학위논문, 2005.
홍은표, 「아동극의 어제와 오늘」, 『아동문학평론』, 1976.

3. 국외논저

헤리 로즈 저, 『미국 북장로교 한국 선교회사』, 연세대학교 출판부, 2009.
마샬 맥루한, 김성기 역, 『미디어의 이해』, 커뮤니케이션북스, 2002.
혼다 마스코, 구수진 옮김, 『20세기는 어린이를 어떻게 보았는가』, 한림토이북, 2002.

찾아보기